Richard Werther

# Der skandalöse Ball

Richard Werther

# Der skandalöse Ball

*tosa*

im Verlag Carl Ueberreuter Ges. m. b. H., Wien
Bearbeitet von Helmuth Santler
Einführung von Dr. Ulrike Müller-Kaspar
Satz und Layout: www.textwerkstatt.at
Cover von Studio Höpfner-Thoma GraphicDesign, Gräfelfing,
unter Verwendug eines Bildes von Bridgeman
Druck: CPI Moravia Books s.r.o.

www.tosa-verlag.com

# EINFÜHRUNG

Erotische Literatur entstand zu allen Zeiten und in wohl allen Kulturen, die sich der Schrift als Unterhaltungsmedium bedienten. Offenbar ist sie wie die Erotik selbst ein Grundbedürfnis der Menschen.

Worin sich Zeiten und Kulturen jedoch unterscheiden, ist ihr Umgang mit der Erotik und vor allem mit der erotischen Literatur. Während Erotika heute in Buchhandlungen offen neben Fitness- und Gesundheitsratgebern angeboten werden, gingen sie noch vor hundert Jahren, ja selbst noch in den Siebziger-Jahren des 20. Jahrhunderts als Privatdruck in Umlauf.

Genau das war bei den Büchern von Richard Werther der Fall. Zwar hatte bereits 1962 die ehemalige Pilotin und Stunt-Fliegerin Beate Uhse ihr Fachgeschäft für Ehehygiene in Flensburg eröffnet, ein Schritt, der der sexuellen Aufklärung den Weg ebnen sollte. Doch noch 1970 erschien das hier in einer neuen Bearbeitung vorliegende Werk Richard Werthers (bei dem Namen handelt es sich um ein Pseudonym) als Privatdruck in der Edition UKE in

Schweden – UKE steht für „unkastrierte Erotik“, wie es so schön im Buch selbst heißt. In der gleichen Form hatte Werther selbst 1919 die Originalausgabe seines Werks herausgebracht: als Privatdruck in wenigen nummerierten Exemplaren.

Werthers Schriften stellen ihn mitten in eine umfassendere kulturhistorische Strömung, die sich zu Beginn des 20. Jahrhunderts mit Erotik und Sexualität befasste. Es war dies die Zeit der beginnenden Sexualwissenschaft. Den Begriff prägte 1906 der Berliner Hautarzt Iwan Bloch. Zwei Jahre später erschien die erste Zeitschrift für Sexualwissenschaft, ebenfalls in Berlin. Darin befand sich unter anderem ein Artikel Sigmund Freuds. 1913 wurde ebenfalls in Berlin die erste Ärztliche Gesellschaft für Sexualwissenschaft und Eugenik gegründet, 1919 das erste Institut für Sexualwissenschaft. Am 6. Mai 1933 bereiteten die Nationalsozialisten dessen Tätigkeit jedoch ein gewaltsames Ende.

Der Beschäftigung mit Sexualität in Deutschland in dieser Periode verdankten übrigens nicht nur die Schriften Werthers ihr Entstehen, sondern auch wesentlich ältere erotische Schriften ihre erstmalige Publikation. Genannt seien nur bis dahin unpublizierte Romane des Marquis de Sade. Werthers Roman ist also keine isolierte Erscheinung, sondern schwimmt mit anderen auf einer Welle seiner Zeit.

Nicht nur Berlin, sondern auch Wien war im frühen 20. Jahrhundert eine wichtige Stätte der Beschäftigung mit Sexualität und Erotik: Da ist die Literatur mit Autoren wie Arthur Schnitzler und Peter Altenberg, Karl Kraus mit „Sittlichkeit und Kriminalität“, Otto Weininger verfasste hier sein berühmtes „Geschlecht und Charakter“, der Trivialroman blühte (Josefine Mutzenbacher). Die Anfänge der Sexualwissenschaft (Sigmund Freud, Friedrich Salomon Krauss) mischten sich mit dem Engagement von Rosa Mayreder und der frühen Frauenbewegung vor dem Hintergrund unverhohlener Erotik in der Kunst von Gustav Klimt, Egon Schiele oder Alfred Kubin.

Werthers Roman traf also auf ein gut vorbereitetes Publikum, als er erstmals erschien. Schauplatz der Handlung ist jene österreichische Stadt, die 2003 als Kulturhauptstadt Europas tausende Besucher anzog und deren Altstadt 1999 zum UNESCO-Weltkulturerbe erhoben wurde.

„Graz ist dem Wesen nach eine gemütliche und anheimelnde Kleinstadt von zu Herzen gehender Naivität geblieben und zugleich von der Regsamkeit einer Metropole erfüllt; die Stadt verbindet die Vorzüge beider Welten in unnachahmlicher Weise“, schreibt Richard Werther über die steirische Landeshauptstadt, und auch wenn sie seit dem Erscheinen der Erstausgabe seines Romans erheblich gewachsen ist, so hat die Stadt doch bis heute ihren Charme bewahrt.

Dieser Stadt, in der „man“ sich untereinander kennt, schreibt der Autor eine Reihe erotischer Aktivitäten der besseren Gesellschaft zu. Damen der besseren Gesellschaft widmen sich der käuflichen Liebe mit ausgewählten Partnern … ein eingeschworener Damenfreund erlebt ein erregendes homoerotisches Abenteuer … Mutter und Tochter vergnügen sich erst miteinander und dann mit einem Dienstboten … Schülerinnen werden beim Baden beobachtet …

und auch eine Entjungferungsszene darf nicht fehlen. Den Höhepunkt dieses skandalösen Treibens bildet der Gruppensex bei einem Ball, dessen Kleiderordnung Schuhe, Strümpfe und Schmuck vorsah – und sonst nichts ...

Man muss nicht auf Genderfragen sensibilisiert sein, um die von männlicher Dominanz geprägte Erotik zu erkennen. Wo ein Autor wie Andréa de Nerciat hundert Jahre vorher die Entjungferung eines Mädchens durch einen zu gut ausgerüsteten Partner scheitern und durch einen zarter gebauten Jüngling vornehmen lässt, ist Werther weniger rücksichtvoll. Vom galanten Zeitalter ist bei ihm, mitten im ersten Weltkrieg, nicht mehr viel zu spüren.

# 1

# ZIMMERSERVICE IM HOTEL

Mit einem vernehmlichen Aufstöhnen, als wolle er alle Fahrgäste auf seine Bemühungen aufmerksam machen, überquerte der Autobus die Schwelle der Toreinfahrt des Hotels X., einem der ersten Häuser von Graz.

Diese reizende Stadt, gleichermaßen Großstadt wie Garten, beglückt die Besucher mit ihren gepflegten, einladenden Straßenzügen, dem vielen Grün der Alleen und Parks und, allem voran, dem Anblick so schöner Mädchen wie wohl nirgendwo anders.

Bei derart vielen Sehenswürdigkeiten und Annehmlichkeiten braucht es nicht zu verwundern, dass Graz oft und gerne von Fremden aufgesucht wird; nicht zuletzt, weil die Stadt sich ausgezeichnet als Ausgangspunkt für Ausflüge in die beeindruckende obersteirische Bergwelt eignet.

Das städtische Leben selbst ist zudem nicht minder anregend: Fröhliche Gesichter beherrschen die Szenerie, das rege Treiben auf den Straßen wird von ansteckender Herzlichkeit und Freundlichkeit bestimmt – so ganz anders als in anderen Großstädten, in denen Hektik und Stress überwiegen, so dass es scheint, der eine wolle den anderen umrennen auf der Jagd nach dem ganz eigenen, selbstsüchtigen Vorteil. Graz hingegen ist dem Wesen nach eine gemütliche und anheimelnde Kleinstadt von zu Herzen gehender Naivität geblieben und zugleich von der Regsamkeit einer Metropole erfüllt; die Stadt verbindet die Vorzüge beider Welten in unnachahmlicher Weise.

Der elegante junge Herr, einer der Passagiere des Autobusses, mochte Ähnliches denken: Ein Lächeln der ruhigen, erwartungsvollen Vorfreude umspielte seine Lippen, als er sich beiläufig über seinen glänzenden, wohl gepflegten schwarzen Schnurrbart strich. An seiner Haltung und seinem selbstsicheren, klaren und intelligenten Blick waren deutlich seine edle Abkunft erkennbar, und tatsächlich entstammte er einem jener alten Geschlechter, die in der entlegenen, rauen Region der bergigen Obersteiermark vor Jahrhunderten das Ritterhandwerk geübt hatten. Seine Kleidung war von moderner, vornehmer Zurückhaltung geprägt, ein Trenchcoat neuesten Zuschnitts lag neben ihm bereit, und auf seinem Kopf saß ein Hut, der alpine Tradition und weltmännische Erfahrung auf das Flotteste zu verbinden verstand.

Dieser erste Eindruck entsprach voll und ganz der Wahrheit: Tatsächlich handelte es sich um Baron Max P., der seinen Gutshof im Bergland wieder einmal verlassen hatte, um der Landeshauptstadt einen Besuch abzustatten.

Der Baron hatte einen Sitz im Landtag inne, den er von Zeit zu Zeit einnehmen musste, oder auch sonstige Geschäfte zu erledigen. Nicht selten reiste er auch um des reinen Vergnügens willen in die Stadt, denn die Einsamkeit seines ritterlichen Gutes versorgte ihn recht spärlich mit den süßen Freuden, für die Graz so bekannt geworden war.

Als nun der Wagen endgültig zum Stillstand gekommen war, sprang Max P. behände auf und verließ als Erster den Omnibus, angetan nur mit einem kleinen Reisetäschchen für das Allernötigste; so dürfen wir wohl annehmen, dass dieses Mal keine Geschäfte oder politische Verpflichtungen auf den Baron warteten, sondern sich das stillvergnügte Lächeln in seinem Gesicht auf die nahen Freuden bezog, um derentwillen er in die Stadt gekommen war. Er eilte schnurstracks, offenbar mit den örtlichen Gegebenheiten bestens vertraut, die Treppe des Hotels empor und wurde vom Zimmerkellner mit einer ehrerbietigen Verbeugung in Empfang genommen.

„Meine Verehrung, Herr Baron“, sagte der Mann. „Willkommen in unserem Haus. Leider kann ich Ihnen dieses Mal nicht Ihr übliches Zimmer anbieten, weil es bereits anderweitig vergeben worden ist. Ein nicht minder bequemes mit schönster Aussicht stünde jedoch zur Verfügung, es liegt allerdings in der zweiten Etage.“

„Das Stockwerk spielt doch gar keine Rolle, Karl. Wie Sie wissen, benötige ich das Zimmer ausschließlich für die Nachtruhe – und nicht selten nicht einmal dazu“, fügte der Baron lächelnd hinzu.

Karl, der Zimmerkellner, erwiderte das Lächeln, machte kehrt und ging dem Baron voran, um ihn zum empfohlenen Zimmer zu geleiten. Er bewegte sich dabei mit der für seinen Berufsstand so typischen diskreten, geräuschlosen Anmut über die teppichbelegten Stufen, dass er ein wenig den Eindruck erweckte, als schwebte er.

Beim Zimmer angekommen, öffnete Karl dem Baron die Tür und ließ ihm höflich den Vortritt. Max trat schwungvoll ein und warf mit geübter Lässigkeit seinen Hut in hohem Bogen auf das Bett, während der Kellner den Trenchcoat sorgsam an einen Kleiderbügel hängte und die kleine Tasche neben das Bett auf den Boden stellte.

Max trat ans Fenster und blickte einen Moment auf die Straße und die Fenster gegenüber. Einige Sekunden lang herrschte völlige Stille.

„Wünschen der Herr Baron noch etwas?“, sprach Karl danach den Stammgast respektvoll an.

P. wandte sich zu dem Mann um und winkte ab. Dann schlich sich doch ein neugieriger Funke in seinen Blick und er fragte: „Gibt es neue – Sachen?“

Karl verzog seine Mundwinkel geringfügig zur Andeutung eines wissenden Lächelns.

„Selbstverständlich, Herr Baron!“, sagte er. „Wenn Ihr gestattet, lege ich Euch sogleich das Album vor.“

Der neugierige Funke in Max Augen verwandelte sich in ein Blitzen. „Nun, wenn es der Mühe wert ist“, meinte er und schaffte es dabei, sich in seiner Stimme nichts von seiner aufkommenden vorfreudigen Unruhe anmerken zu lassen.

Der Bedienstete verschwand und der Gutsbesitzer ließ sich auf die Couch nieder, streckte die Beine von sich und zündete sich eine Zigarre an.

Einige Minuten lang war nichts anderes zu vernehmen als das gelegentliche Knistern des Tabaks. Das Rauchen umfing P. mit einer Wolke stiller Behaglichkeit.

Er blies Rauchringe in die Luft und sah jedem einzelnen mit sinnendem Blick hinterher. Sein männlich schönes Gesicht wurde von einem Lächeln überzogen. Er lag ausgestreckt und völlig entspannt auf dem Sofa, die Augen auf den Plafond gerichtet, und hing seinen Gedanken nach.

„Schon eigenartig“, ging es ihm durch den Kopf, „diese Sache mit der Geilheit der Weiber. Wüsste ich's nicht besser, ich könnt's kaum glauben, dass mir der Karl jetzt gleich das Album bringen wird, voll mit Fotografien von mannstollen Frauen. ‚Damen‘, die es so nötig haben, es mal wieder so richtig besorgt zu bekommen, dass sie sogar bereit sind, dafür auch noch zu zahlen. Ha! Der Gauner fährt nicht schlecht bei diesem Geschäft. Aber er macht es auch gut – es sind ja wirklich ausgesuchte Schönheiten darunter, aus den besten Kreisen, aus meinen Kreisen nämlich. Etliche kenne ich persönlich – wenn ich nur an meinen letzten Blick in das Album denke, da ist doch tatsächlich meine liebe Cousine aufgetaucht, die Komtesse Gisela; siebzehn Jahre jung ist der Fratz und kann schon nicht genug bekommen von den Schwänzen.“

Er lachte auf und zog kräftig an seiner Zigarre.

„Die sollte ich mal bestellen“, sagte er jetzt laut im Selbstgespräch. „Das wäre ein geiler Spaß; was die wohl sagen würde? Außerdem ist sie ja ein wirklich rassiges Pferdchen, blutjung und schön wie die Sünde.“

In diesem Moment kehrte Karl zurück und unterbrach die lüsternen Gedanken des Barons, die die geneigten Leserinnen und Leser in einiges Erstaunen versetzt haben mögen. Aber tatsächlich enthielt das Album, das Karl jetzt seinem vertrauten Gast überreichte, Fotografien dutzender Frauen der Gesellschaft, denen es nach Genüssen verlangte, die sie auf direktem Wege nicht bekommen konnten. Ihrem Geschlecht stand es nicht an, einfach nach einem Liebhaber zu verlangen.

Karl hatte sich einen einschlägigen Ruf als diskreter und vertrauenswürdiger Vermittler erarbeitet und verdiente sich ein nettes Zubrot auf diese Weise: Jede Dame, der er einen willigen und standhaften Bettgefährten verschafft hatte, zahlte ihm bis zu fünfzig Gulden dafür, je nach Stand und Vermögen. Und natürlich zeigten sich auch die Herren der Schöpfung erkenntlich.

Das Procedere war folgendermaßen: Karls erste Aufgabe bestand darin, sich von der Diskretion der Personen zu überzeugen, denen er das Album vorlegte. Hatte ein Herr sein Vertrauen erlangt, konnte er nach Belieben in den Fotos gustieren.

War die Wahl getroffen, gab der Mann Karl eine Abbildung von sich selbst, die der umtriebige Zimmerkellner der erwählten Lebedame vorlegte. Diese fällte dann die Entscheidung, ob sie zum gewünschten Treffen erscheinen würde oder nicht.

Bei Max lief die Sache etwas anders ab, denn er war sowohl Karl über Jahre ein treuer Kunde gewesen als auch der Damenwelt namentlich bekannt; auch ohne ein Foto von ihm gesehen zu haben, war jede der begierigen Schönheiten nur zu gern bereit, dieses Bild von einem Mann in die Arme zu schließen. Tatsächlich hatte sich der Baron schon einige Male im Schlafgemach von Frauen eingefunden, die er bereits aus der Gesellschaft gekannt hatte, und beide Teile empfanden stets die zugleich anrüchige und überaus diskrete Art ihrer Zusammenkunft als besonders anregend und köstlich amüsant.

„Bitte, Herr Baron, das Album. Im hinteren Teil befinden sich Fotografien, die Ihnen bereits bekannt sind, die Neuerwerbungen sind vorne zu betrachten."

Max griff rasch nach dem Buch, blätterte es durch und warf schnelle Blicke auf die angebotene Weiblichkeit.

Engelhafte, so vermeintlich unschuldig aussehende Gesichter junger Mädchen gab es da zu sehen, kaum der Schule entwachsen und bereits vollends der Wollust verfallen; reife, üppige Schönheiten schienen ihn mit ihren begehrlichen Blicken regelrecht anzubetteln, doch sie zu erwählen für eine lustvolle Begegnung ohne die üblichen Hemmnisse von Stand und Gesellschaft. Dunkelhaarige mit schwarzer Glut in den Augen streckten ihm ihre Brüste entgegen, Blondinen lächelten verrucht in die Kamera, die geschminkten Lippen um einen Zigarettenspitz geschmiegt, den sie in ihrer in Glacéhandschuhe gehüllten Rechten hielten.

Max wurde heiß und kalt zugleich. Er verspürte eine wachsende Erregung und beinahe Schwindel, als er von Schönheit zu Schönheit wanderte und sich ausmalte, jede einzelne dieser Frauen besitzen zu können. Ganz besonders erhitzte ihn die Gewissheit, dass er hier ausschließlich seinesgleichen begegnete – nur Damen von Stand und Welt, Frauen aus der besten Gesellschaft, fanden Eingang in Karls Album. Kein Anblick einer gewöhnlichen Hure, keine Aussicht auf eine Begegnung mit einer Dirne, die für etwas Geld für Jedermann die Beine öffnete, hätte Max Feuer derart schüren können.

Darin unterschied er sich nicht von anderen Männern – gerade die süßesten Früchte, die am schwersten zu erlangen waren, weckten das größte Verlangen. Und hier waren sie alle versammelt, zum Greifen nah. Noch dazu kannte er die meisten von ihnen, er hatte sie zumindest in Gesellschaften gesehen oder sogar bei langweiligen Soireen ein wenig Konversation mit ihnen getrieben, ohne die geringste Ahnung zu haben, sie eines Tages in Karls besonderem Album wieder zu finden – mit der Aussicht, gänzlich andere und gar nicht langweilige Dinge mit ihnen zu treiben.

„Sieh an“, rief er vergnügt, „die schöne Anna, Tochter des Rechtsanwaltes N., und ihre Cousine – wenn deren Bankiersvater wüsste, was seine Tochter für ein geiles Luder ist. Dann haben wir da die dicke Busenberg, auch die alte Gerichtsrätin glänzt noch inmitten all der jungen Schönheit.

Und hier, die Witwe Laura, was für ein Prachtweib! Achtundzwanzig ist sie, jung noch und zugleich schon sehr erfahren, bestens geschult und immer bereit, geil wie eine rollige Katze. Den Herrn Geheimrat, ihren verblichenen Gatten, hat sie wahrscheinlich zu Tode gevögelt.

Ach, und die Gräfinnen X., die göttlichen Schwestern. An die dreißig sind sie, aber immer noch wie Mädchen; die beiden sind sogar weitschichtig verwandt mit mir. Die Gräfin Geleckny, auch noch attraktiv; die Arme hat ja, wie man so hört, gehörig unter ihrem Gatten zu leiden, diesem greisen Idioten.

Meine Güte, so viele bekannte Gesichter. Na wartet nur, ihr geilen Weiber, ich will euch alle der Reihe nach vernaschen. Aber jetzt mal zu den Neuen, los, Karl, zeig schon was sich getan hat in deiner illustren Sammlung."

Karl blätterte einige Seiten des Albums um, zeigte auf eine der abgelichteten Damen und erklärte: „Unsere bekannteste Darstellerin am hiesigen Theater, die Schweifling. Spielt immer die Heldinnenrollen. Das hier ist die naive Kollegin von ihr, das Fräulein Nicolsadosti aus Rumänien. Naiv sind aber nur ihre Rollen am Theater, ansonsten sehr zu empfehlen.

Dann hätten wir hier ein besonderes Gespann, Mutter und Tochter nämlich.

Sehr aufregend können auch die beiden Generalstöchter sein. Die beiden blonden Schönheiten sind siebzehn und neunzehn Jahre alt und gleichen einander wie die linke Arschbacke der rechten. Und weil sie einander jeden Genuss neiden, kommen sie zu den Rendezvous immer gemeinsam – eine Herausforderung für einen richtigen Mann, wie Sie es einer sind, Herr Baron, wenn Sie mir die Vertraulichkeit gestatten.

Es ist übrigens beileibe kein Zufall, dass Ihnen beinahe jede der Damen, die ich Ihnen bisher gezeigt habe, bekannt war. Diese Frauen sind auch untereinander bekannt, sie sind mehr oder weniger freundschaftlich verbunden, und alle wissen von der besonderen Art Amüsement, der sie frönen. Sie kommen auch immer wieder zusammen zu kleinen Abendgesellschaften, die sie Kränzchen nennen. Bei diesen Kränzchen berichten sie einander von ihren amourösen Eskapaden und ergötzen sich in geselliger Runde gleich noch einmal daran. Übrigens, falls Herr Baron Interesse zeigen, es stünde in meinen Möglichkeiten, Ihnen eine Einladung zu einem dieser Kränzchen zu verschaffen."

Max hatte Karls Ausführungen mit größtem Interesse verfolgt und reagierte jetzt ganz euphorisch: „Aber für mein Leben gern, mein Bester. So eine Einladung musst du mir unbedingt besorgen."

„Betrachten Sie die Angelegenheit als erledigt, geschätzter Baron. Nun habe ich aber noch das besondere Vergnügen, Ihnen etwas gänzlich Außergewöhnliches zu zeigen, meine so genannte geheime Kollektion nämlich."

Mit diesen Worten holte Karl ein zweites, kleineres Album hervor, das er unter seiner Livree verborgen gehalten hatte. Er schlug es auf und überreichte es P. „Diese Damen gehören nicht zum Kreis der Erwähnten, sondern gehen ihren frivolen Neigungen ganz im Verborgenen nach. Unter den verdorbenen „feinen" Damen gelten sie als schlichte, ganz und gar biedere Frauen. Ich kann Ihnen jedoch versichern", fügte er viel sagend hinzu, „dass dem keinesfalls so ist.

Ich werde mich nun zurückziehen, um Ihnen in aller Ruhe die Auswahl zu ermöglichen. Zögern Sie nicht zu klingeln, sobald Sie eine Entscheidung getroffen haben oder aus sonstigem Grund meiner Dienste bedürfen.“

Karl wandte sich zum Gehen, aber der Baron rief ihn zurück.

„Moment, Karl. Es bleibt noch die Frage zu klären, wie lange es bei den Damen jeweils dauern würde, bis ein Schäferstündchen möglich wird.“

Karl neigte devot den Kopf. „Das hätte ich beinahe vergessen, Herr Baron.“

Er fischte ein Blatt Papier aus seiner Jackentasche und zeigte es Max. „Dies ist ein Verzeichnis der Zeitpunkte, die die Damen ihrem Vergnügen widmen. Wie Herr Baron sicher bemerkt haben, sind unter jedem Bild in den Alben Zahlen eingetragen. Die Entsprechungen auf dem Papier bezeichnen jeweils Spalten, in denen genau aufgelistet ist, zu welchen Tagen und Stunden die liebesbegeisterten Damen verfügbar sind.“

„Sie sind wahrlich ein Pfundskerl, mein lieber Karl“, sagte P. und ließ eine Zehn-Gulden-Banknote fallen, die der Kellner mit unverhohlener Freude wieder aufhob. Danach zog er sich ohne weitere Umschweife zurück und ließ Max mit der Qual der Wahl allein.

Das Betrachten der zahlreichen Schönheiten, in das er sich sofort wieder vertiefte, war tatsächlich eine aufs angenehmste quälende Angelegenheit. Der Baron fühlte sich ein wenig wie ein Schmetterling, der von Blume zu Blume flattert, überall kostet und sich doch nie entscheiden kann aus Furcht, nicht ganz gewiss das allerbeste Angebot zu erwischen.

Schließlich wurde er des Suchens überdrüssig und verfiel auf eine praktischere Lösung des süßen Problems: „Heute ist Donnerstag“, sagte er sich, „also schaue ich einfach, welche heute möglich wäre und die wird es dann.“

Er überflog das Verzeichnis und fand rasch das Gesuchte: Nr. 5 bot sich donnerstags von vier bis sieben Uhr abends an, Nr. 28 erst ab zehn, dafür jedoch die ganze Nacht und schließlich stand noch die Nr. 7 aus der Geheimkollektion zur Verfügung, täglich von sechs bis acht; die brauchte es offenbar besonders dringend.

Schnell griff er nach den Alben und schlug die passenden Bilder auf. Nr. 5 entpuppte sich als die geile Bankierstochter. „Die gibt wahrscheinlich vor, zu ganz züchtigen Literaturstunden zu gehen“, dachte er bei sich.

„Wenn ihre Eltern wüssten, was ihr Früchtchen hinter ihrem Rücken so alles treibt! Na, die wäre ein echter Leckerbissen für mich.“

Nr. 7 von der geheimen Kollektion kam hingegen nicht in Frage: Auf dem Foto lächelte die dicke Fleischermeistersgattin ein wulstiges Lächeln. Max fand sie abstoßend, griff wieder zum großen Album und blätterte rasch zur Nr. 28.

Der Anblick elektrisierte ihn schlagartig. „Teufel noch eins! Was für ein überirdisches Geschöpf! Die hat mir der Karl doch tatsächlich verschwiegen! Diese Augen, einfach wunderschön. Und sie ist – wie alt? – fünfundzwanzig, sechsundzwanzig Jahre vielleicht. Also einfach im perfekten Alter, schön wie der junge Morgen und doch kein kicherndes Gänschen mehr. Reizend, also wirklich, das ist die Richtige für heute!“

Angestrengt starrte er noch eine ganze Weile auf das Bildnis der hinreißend anziehenden jungen Frau, deren engelhaftes Gesicht auf eine natürliche, unverbrauchte Art Verlockungen der sündhaftesten Art versprach. Nach einer Weile gab er es auf, in seinem Gedächtnis zu forschen – diese anmutige, liebreizende Gestalt war ihm tatsächlich völlig fremd, er hatte sie noch nie zuvor gesehen. Daran würde er sich gewisslich erinnern.

Als ob die wachsende Begierde nur darauf gewartet hatte, endlich ein Ziel vor Augen zu bekommen, brach sie nun mit ungehemmter Macht hervor. Max wollte wissen, wer dieses Weib war, er wollte sie nehmen, er wollte sie besitzen. Er wollte sie lieben und von ihr wiedergeliebt werden.

Er sprang auf und riss heftig an der Klingel. Ungeduldig auf und ab gehend erwartete er das Kommen des Zimmerkellners.

„Karl! Endlich! Sag, rasch, wer ist das?“

Karl folgte dem Zeigefinger des Barons und nickte wissend. „Nr. 28“, sagte er lächelnd.

„Spann mich nicht auf die Folter, Kerl!“ rief P. „Sag mir wer das ist; Nr. 28, das sehe ich selbst.“

Karl begann verlegen zu stammeln: „Ach, Herr Baron, die Dame gehört eigentlich gar nicht richtig zur Runde, das ist … etwas Privateres. Eine Art kleiner Nebenverdienst von mir, Sie verstehen ..."

Max verstand ausgezeichnet. „Ach so ist das. Nun denn ..." Damit griff er zu seinem Portemonnaie und entnahm ihm einen Hunderter, den er dem Kellner vor die Füße warf.

„Nein, nein, Herr Baron missverstehen mich", versuchte Karl die Situation zu klären. „So war das nicht gemeint. Der Herr Baron ist mir ja bestens als ein nobler und großzügiger Herr bekannt, von dem ich niemals etwas im Voraus verlangen würde. Da Ihnen die Dame offenbar so sehr zusagt, werde ich ein Treffen arrangieren. Es wird mir eine persönliche Ehre sein, Sie zufrieden zu stellen."

„Wie das?" erkundigte sich Max.

„Nun, euer Gnaden, es verhält sich so, dass diese Frau wohl das Glanzstück meiner „Sammlung" darstellt, weshalb ich sie nur ganz besonderen, ausgewählten und bewährten Kunden präsentiere. Für gewöhnlich ist ihre Fotografie nicht Teil des Albums; aber heute, weil Sie es sind, habe ich das Bild hinzugefügt, bevor ich Ihnen die Kollektionen zur Ansicht übergab."

„Du weckst meine Neugierde mehr und mehr. Wer ist denn nun dieses Prachtstück?"

Karl senkte den Blick und sagte: „Diese Frau – nun, sie ist – Herr Baron seien bitte nicht schockiert – diese Dame ist – meine Frau!"

Max wich zurück, als hätte er einen Schlag ins Gesicht erhalten.

„Deine Frau?!", entfuhr es ihm. „Und du – verkaufst sie?"

Karl hob abwehrend die Hände. „Sie ist eine sehr leidenschaftliche Frau und macht es selbst sehr gerne. Und mir ist es eine echte Freude, hohen Herren zu Diensten sein zu können. Wenn Ihr Euch also nicht daran stößt, es mit der einfachen Frau eines Bediensteten zu tun, wäre ich glücklich ein Treffen zu vereinbaren. Sie käme, wann immer es Euch beliebt."

Max wandte sich ab und sah nachdenklich aus dem Fenster. Die Bankierstochter, überlegte er, wäre wohl die pikantere Wahl, aber andererseits hatte er von den höheren Töchtern langsam genug. Und die Frau des Kellners war eine wahre Augenweide. Er wandte sich dem Diener wieder zu und nickte. „Gut, Karl, ich bin einverstanden, deine Frau zu empfangen. Schicke sie zu mir, am besten gleich – ich werde sie hier erwarten."

Karl vollführte eine vollendete Verbeugung und verließ die Suite.

Max ergriff erneut das Album, warf sich aufs Sofa und betrachtete ausgiebig das Foto der Kellnersgattin, der er nun sehr bald begegnen sollte. Sie war wirklich außergewöhnlich schön, viel zu schön im Grunde für einen so einfachen Stand. Ihre Augen strahlten Intelligenz und wache Anteilnahme aus, ihr Antlitz war von solcher Feinheit und von solch edlem Schnitt, dass man ihr jederzeit eine hohe Abkunft geglaubt hätte. Wer hätte gedacht, dass der Zimmerkellner des Hotels X., selbst nicht mehr und nicht weniger als seinem Stande angemessen, eine so reizvolle Gattin sein Eigen nennen durfte? In höchster Spannung erwartete der Baron den Augenblick, in dem Karls leidenschaftliche Frau sein Zimmer betreten würde.

Nach einer schwachen halben Stunde war es dann so weit. Im Korridor waren leise Schritte zu vernehmen, die sich seiner Tür näherten. Dezentes Klopfen machte deutlich, dass sein Warten ein Ende genommen hatte.

„Treten Sie ein!“, ließ er sich vernehmen, woraufhin sich die Tür öffnete und den Blick auf ein Geschöpf erlaubte, das jedes Mannes Herz zum Singen gebracht hätte. Die junge Frau im eleganten Kostüm wusste ihre Reize auf eine so natürliche und ungekünstelte Art zur Schau zu stellen, dass Max sofort davon überzeugt war, die einzig richtige Wahl getroffen zu haben. Kokett lächelte sie ihn an, ihre klugen, lebenslustigen Augen blitzten, ihre eher kleine, aber wohl gerundete, dralle Gestalt wirbelte einmal um sich selbst – der Baron war hingerissen. Er sprang auf und empfing das reizende Weib mit offenen Armen. Sie an sich ziehen und den Mund aufs Innigste auf den ihren zu pressen war eine einzige, fließende Bewegung.

Sie ließ es gerne geschehen und erwiderte den Kuss sogar – hoch erfreut verspürte Max, wie sich ihre kleine, flinke Zunge zwischen seine Lippen schob und mit der seinen auf feuchtwarme Tuchfühlung ging.

Sie wirkte wie ein munteres Mädchen von vielleicht siebzehn Jahren und sah auf einen ersten, flüchtigen Blick auch nicht älter aus. Die erfahrenen Augen des Barons nahmen aber sehr wohl die Fülle des Busens wahr, die gefälligen Rundungen um ihre Hüften, die herrliche Üppigkeit ihrer Schenkel – vor ihm stand ein Vollweib, das reiche Erfahrungen mit der körperlichen Liebe gemacht hatte und darauf brannte, hier und jetzt wieder geliebt zu werden. Dies in der Gestalt einer Unschuld vom Lande, die sich nicht recht zu erklären wusste, warum alle Männer ihr so große Augen machten – es war beinahe zu schön, um wahr zu sein.

Sie begann sich in seinen Armen sachte zu bewegen, schmiegte ihren warmen Körper an den seinen, rieb ihren Bauch an seinem Geschlecht – kurz, sie verhielt sich wie eine Frau, die ihren Liebhaber dazu animieren möchte, doch endlich die Initiative zu ergreifen und ihre aufglühende Lust zu befriedigen.

Die Geilheit und Willigkeit dieses Frauenzimmers brachten den Baron fast um den Verstand. Schließlich fiel er auf die Knie, blickte zu ihr empor und erflehte ihre Liebe.

„Mein süßes Weib, verrate mir: Wie darf ich dich nennen? Ich muss deinen Namen wissen, denn er wird zugleich der Name für diese Stunden unbeschreiblichen Glücks sein! So sagt ihn mir!"

Sie schenkte ihm einen zärtlichen Blick.

„Sag Almy zu mir“, flüsterte sie und ließ sich langsam niedersinken, auf dass Max sie erneut in die Arme nehmen könne. Als ihre Augen sich auf gleicher Höhe trafen, fragte sie: „Und du, mein feuriger Baron, wie möchtest du genannt werden?“

„Ich will dein ergebener Sklave sein“, brachte dieser hervor, „und so sollst du mich auch nennen: Sklave.“

„Dann soll es so sein“, rief Almy und löste sich in einer raschen Bewegung aus den Armen des Barons. „Sklave,“ sagte sie und legte gespielte Strenge in ihre Stimme, „bediene deine Herrin und ziehe mir die Schuhe aus!“

Sie sank auf einen Polstersessel und streckte Max ihr Bein entgegen. Der Baron rutschte auf Knien näher, ergriff das in einen schwarzen Seidenstrumpf gehüllte Bein und löste einen schwarzen Lackschuh von ihrem schlanken, zierlichen Fuß. Seine wollüstigen Blicke wanderten zu ihrem Knöchel, der sich in fester Rundung in ihre Fessel ergoss, aus der die vollendeten Linien ihrer Wade entsprossen. Zitternd glitten seine Hände über ihren Rist, umkreisten ihre Fußknöchelchen und wanderten zu der unerklärlich liebreizenden Form ihrer Wade. Mit der hohlen Hand umschloss er den wunderbar schlanken Anfang des Weges ins Himmelreich der Männer und begann seinen Aufstieg. Bei der Kniekehle wurde sein Vordringen jedoch fürs Erste gestoppt, denn hier verschwand der Weg unter den seidenen Spitzen ihres Unterrocks, und der erregte Lustsklave war unschlüssig, ob er dieses gewagte Terrain bereits betreten durfte.

Almy, die des Barons vor Begehrlichkeit zitternde Annäherung bewegungslos über sich hatte ergehen lassen, erkannte diesen Moment der Unschlüssigkeit sofort. Sie schob seine Hände zur Seite und sprang auf. Max folgte ihr mit schmerzvollen Blicken, die derart glühten, dass Almy sie auf der Haut zu spüren glaubte. Sie lächelte innerlich: Männer waren doch alle gleich. Gerade was sie nicht bekommen konnten, begehrten sie am meisten. In der Liebe hieß das: Willst du einen Mann in der Glut der Leidenschaft verbrennen sehen, dann verweigere ihm, was er am meisten ersehnt, zögere seine Erfüllung so lange hinaus wie irgend möglich.

Diese quälende Taktik war umso erfolgreicher, je deutlicher es dem Manne wurde, was er nicht bekommen konnte. Also befahl sie ihrem „Sklaven", ihr das Kleid am Rücken zu öffnen, was Max natürlich nur zu gerne tat. Er wurde mit einem Blick auf den Schwung ihres weißen Nackens belohnt und mit einem kleinen Ausblick auf ihren entzückenden Rücken, der leider allzu rasch unter einem eng sitzenden Korsett verschwand.

Max Brust entrang sich ein erleichtertes Seufzen, denn nun war er in der Lage, unter den Armen Almys hindurch zu greifen und seine wollüstigen Hände von beiden Seiten auf ihre apfelgroßen, wunderbar festen Brüste zu legen. Er drückte sie an sich und schmiegte sein Gesicht an ihren Nacken, an ihren Rücken, fühlte der Form ihrer Brüste unter dem Mieder nach, die sich wie für seine Hände gemacht anschmiegten, und atmete endlich ihren Duft ein. Almys glatter, samtigweicher Haut entströmte das sinnverwirrende, betörende Aroma warmen, lebendigen Frauenfleisches, willigen, bereiten Frauenfleisches, unterzogen von etwas frischem, fruchtigen, bei dem es sich nur um Almys ganz eigenen Wohlgeruch handeln konnte.

Der Liebeswahn brachte den Mann nun beinahe um den Verstand. Er wollte in dieses alabasterne Fleisch beißen, wollte es schmecken und auf seiner Zunge fühlen, doch die straffe Festigkeit des Rückens erlaubte seinen Zähnen nirgendwo einen Halt.

Er ließ grunzende Laute der unerfüllten Gier hören und krallte seine Hände fest um ihre göttlichen Wölbungen, er drückte sie noch fester an sich und begann, sich in zuckenden und windenden Bewegungen an ihr zu reiben.

Almy packte seine Hände mit liebevollem und doch festem Griff und löste sie unnachgiebig von ihren Brüsten. Dann entwand sie sich der liebestollen Umarmung und drehte sich zu dem Baron um.

Sie sah im fest in die fiebrig glänzenden Augen, warf ihr Jäckchen ab und öffnete mit routiniertem Griff ihren Rock, der daraufhin zu Boden sank.

Max starrte sie an. In Korsett, Strümpfen, Höschen und Hemdchen stand sie vor ihm, eine Opfergabe an die Liebe selbst, anbetungswürdig wie eine Göttin.

Ihre nackten Arme hoben sich und umfingen den von ihrem Anblick völlig trunkenen Liebhaber, der sich im Anblick ihrer nackten Schultern verlor und kaum glauben konnte, dass die Träger ihres Hemdchens nach unten verrutscht waren, sodass er den Ansatz ihres Busens erkennen konnte, so wie Gott ihn einst erschaffen hatte.

Wie von Sinnen stürzte er erneut zu Boden, sank willenlos auf die Knie und vergrub sein Gesicht in Almys heißem Schoß.

Er glich nun einem wilden Tier, dessen einziger Gedanke es war, seinem Trieb zu gehorchen und sein Verlangen zu erfüllen. Er drängte sich voran, er wollte nichts anderes, als so schnell und so direkt wie möglich mit dem berauschend duftenden Frauenfleisch in Berührung zu kommen. Doch Almy war es noch immer nicht genug; noch weiter wollte sie seine Lust aufstacheln, und so wich sie langsam zurück, um sich seinen verlangenden Küssen zu entziehen.

Max rutschte ihr auf Knien nach und löste dabei keinen Moment die Umklammerung ihrer Hüften und Schenkel. Der hauchfeine Stoff ihres Höschens ließ das darunter liegende Paradies deutlich erahnen, doch er hatte keinen Blick für feine Details. Er hatte sein Antlitz in ihren Schoß gesenkt und folgte ihren Bewegungen, stöhnend darum bemüht, keinen Augenblick den engsten Kontakt zu verlieren.

So bewegte sich die seltsame Prozession durchs Zimmer, bis Almy gegen einen Fauteuil stieß und darauf niedersank. Ein weiteres Zurückweichen war nun nicht mehr möglich. Der Sklavenbaron kniete weiter vor ihr und hielt sie fest umschlungen und begann dann, ihre Schenkel zu streicheln, erst außen auf und ab, dann, mutiger geworden, auch innen.

Almy genoss die zärtliche und doch so viel versprechende Berührung. Ihre Arme hatte sie um den Nacken des Mannes gelegt. Voll und warm blickte sie ihn an, ihr Busen wogte heftig, denn auch sie verlangte es mittlerweile heftig nach der Erfüllung ihrer lüsternen Wünsche. Max blickte endlich hoch, sah die Liebeslust in ihren Augen, sah den Busen wie in Wellen auf ihn zurollen, und nur umso gieriger versank er wieder in ihr und presste seine bebenden Lippen auf jedes Fleckchen Fleisch, das er erreichen konnte.

Das Korsett. Auf einmal erschien es ihm wie ein Käfig, in dem seine Göttin eingesperrt war und der ebenso verhinderte, dass er zu ihr gelangen könnte. Er wollte, er musste diesen Leib aus der Umklammerung befreien. Rücksichtnahme und Etikette waren schon lange animalischer Wollust gewichen, und so packten seine beiden starken Arme zu und rissen das Mieder kurzerhand entzwei.

Überwältigende Empfindungen stürzten auf ihn herein. Aphrodite, die den Wogen des Meeres entsteigt, ein Quell reinen Wassers, der sich plötzlich seine Bahn bricht, die aufsteigenden Fluten des Ozeans drohten seine Sinne zu umnachten, als nun endlich der Panzer gesprengt war, der die herrlichen Brüste umklammert hatte. Die Liebeshügel drängten übermächtig hervor und es schien ihm, als hätten sie sich von selbst befreit aus ihrer quälend engen Behausung, in der sie viel zu lange gefangen waren.

Wehrlos und besiegt ergab sich das Korsett und sank herab. Almys befreiter Körper schien aufzuatmen und dehnte sich in lustvoller Behaglichkeit.

Beinahe ließ der tiefe Ausschnitt des seidenen Hemdchens, das alleine nun den Leib des Weibes bedeckte, die Knospen ihrer Brüste erkennen, doch Max bemerkte vor lauter Aufregung fast nichts davon. Er wähnte sich nun bereits am Ziel seiner Sehnsüchte und drückte seinen Kopf an ihren Busen, sodass ihre Brüste seine Wangen umschmeichelten, und sog inbrünstig ihren Duft ein, der den Frauen an dieser Stelle besonders süß und innig entströmt. Seine Hände irrten derweil unablässig über ihren Rücken, ihre Hüften und Schenkel und ertasteten sich mehr und mehr von der Begierde der Frau, die unter eben diesen Berührungen stärker und stärker wurde und sich über ihr warmes Fleisch den Weg nach außen in die Fingerspitzen des Barons bahnte.

Almy küsste sein Haar, seine Stirn, seine Augen. Noch enger schmiegte er sich an sie, übertrug immer mehr seiner Leidenschaft auf sie und fuhr fort, sie mit seinen Händen und seinen Lippen zu liebkosen, wo immer es ihm möglich war. Almys nacktes Knie erspürte nun deutlich die Ausbuchtung in seinem Schritt, die ihr zeigte, dass sein Glied heiß und bereit war. Es bereitete ihr ein köstliches Vergnügen, daran zu reiben und die Höllenglut in seinen Lenden noch weiter anzufachen. Schließlich hielt es der Baron nicht mehr aus. Ganz kurz löste er sich von seiner Lustgefährtin und riss sich mit einem heftigen Ruck die Hose auf. Sein pochender Schwanz sprang hervor und drängte augenblicklich danach, mit Almys nackter Haut in Berührung zu kommen.

Sie fühlte die Hitze seiner strotzenden Männlichkeit an ihrem Knie und versuchte sogleich, das heiße Ding zu fangen. Dazu öffnete sie ihre Beine ein wenig und ließ das Glied dazwischen rutschen. Doch im selben Moment presste sie ihre Schenkel auch schon wieder fest zusammen.

Der kleine Herr Baron saß in der Falle. Almy erhöhte noch den Druck ihrer Beine und Max ließ einen gurgelnden Laut der Lust hören, die beinahe schon Schmerz ist. Das hinderte ihn aber nicht daran, seinerseits zum Angriff überzugehen. Er tastete nach ihren Knien, erwischte das Höschen und glitt entlang der Schenkel ihrem Tempel der Lust entgegen, dabei die Beine des Weibes noch fester aneinander pressend.

Bald war der Saum so weit nach oben geschoben, dass Maxens Szepter sich gänzlich auf nacktem Gebiet befand. Die Liebesperlen, die sich längst von seiner Eichelspitze gelöst hatten, sorgten nun für die rechte Feuchtigkeit, sodass er seinen strammen Pfahl zwischen ihren Knien hin und her bewegen konnte, als befände er sich direkt am Ziel aller männlichen Sehnsüchte.

Vor und zurück, vor und zurück schob er seine Hüften; wie es sich für einen rechten Lustsklaven geziemt, waren die Knie seiner Herrin bereits mehr, als er hätte erträumen dürfen, und so näherte er sich mit Riesenschritten dem Höhepunkt. Almy aber, die die Vorzeichen des nahenden Ergusses, die Heftigkeit seiner Bewegungen und ein stoßweises Zittern, das ihn befallen hatte, wohl zu deuten wusste, wollte ihn keinesfalls auf ihre Schenkel kommen sehen und solcherart auf ihren eigenen, größten Genuss verzichten.

„Haltet ein, lieber Baron", flüsterte sie mit Leidenschaft und Wärme in der Stimme, und öffnete die Schenkel ein wenig, um die Reibung auf sein bestes Stück etwas zu verringern. „Nicht so. Komm doch näher, komm zu mir." Sie öffnete ihre Beine noch weiter und fasste mit der Hand nach dem zuckenden Glied. „Komm näher, noch näher", sagte sie und bemerkte selbst, wie kehlig und rau sich das angehört hatte. Sie rutschte etwas tiefer, ihre Beine schoben sich links und rechts am Baron vorbei, ihrem erwartungsvollen Schoß entströmte der reife Moschusduft einer Frau, die befriedigt werden will. Weit spreizte sie ihre Schenkel, die ganze Zeit mit dem prallen Gemächt in der Hand, und zwang den Baron nun gänzlich zu sich heran.

Max ließ zitternd und schnaufend alles über sich ergehen. Fast beobachtete er sich selbst, als sein von der warmen, zarten Frauenhand umschlossenes Glied der feuchten, heißen Spalte entgegen geführt wurde. Doch in dem Moment, als seine Eichel an die Schwelle der Liebespforte gelangte, öffnete sich ihre Hand und ließ sein Szepter fahren und etwas, das Max war und auch wieder nicht, ergriff die Initiative und stürmte voran.

Mächtig schob sein Leib nach, sein Schwert drang in die Scheide, tiefer und tiefer, drängte ihre Schenkel noch weiter auseinander, bis er bis zum Heft in ihre feuchtwarme Umhüllung gelangt war.

Der Freiherr stöhnte auf und ergoss sich im selben Augenblick. Almy fühlte, wie sein heißer Samen in sie strömte, wie sein zuckendes Glied ein ums andere Mal seine Liebesessenz in sie verspritzte und schrie glückselig auf. Sie umschlang den Geliebten und presste ihn an sich und drückte einen wahnsinnigen Kuss auf die Lippen des Barons, der wie ohnmächtig niedersank.

Als Max allmählich wieder zu sich kam, befand sich sein nun schlafendes Glied immer noch in ihrer Lustgrotte. Almy fing seinen Blick auf und lächelte ihm zu. Das genügte bereits, um sein Gemächt sich recken und strecken zu lassen und wieder seinen ihm zugedachten Platz in voller Größe zu beanspruchen. Max erwiderte ihr Lächeln und küsste sie. Dann umschlang er den halb nackten Leib des berückenden Weibes und begann mit den so typischen Bewegungen, die anzeigten, dass er sich erneut auf den Pfad der Lust begeben wollte.

Diesmal ließ Almy sich jedoch nicht so einfach überreden. Nachdrücklich entzog sie sich ihm und meinte, es wäre doch viel schöner gemeinsam im

Bett – und sie hätte auch nichts dagegen, wenn er sich auszöge...

„Mein Götterweib", rief er freudestrahlend, „wie nachlässig ich doch bin. Verzeih mir, ich bin von Sinnen vor Entzücken. Lass uns nackt sein, völlig nackt. Ich habe gerade erst angefangen, süße Almy. Oh meine Herrin, Herrin des Begehrens, du sollst noch erleben und erspüren, wozu dein Sklave im Stande ist!"

Damit sprang er auf und riss sich die Kleider vom Leib, als käme es auf jede Sekunde an. Almy, die sich dürftig bedeckt auf dem Fauteuil räkelte, sah im belustigt zu. Dann legte sie sich einen schmollenden Klang zurecht und sagte: „Sklave, das dauert viel zu lang. Warum muss ich als deine Herrin so lange auf dich warten? Zieh mich zuerst aus!"

Das ließ sich Max nicht zweimal sagen. Er stürzte lachend auf sie zu und knüpfte die Bänder ihres Höschens auf. Almy vollführte eine anmutige Bewegung und das feine Gewebe glitt lautlos über ihre Hüften und Schenkel zu Boden. Mit einem Fuß stieg sie heraus, mit dem anderen fuhr sie unter den seidenweichen Stoff und schleuderte ihn elegant zur Seite.

Das lange seidene Hemdchen war nun das einzige, das ihre vollkommene Blöße noch bedeckte. Es floss allerdings so weich an ihr herab und war so zart, dass jede Bewegung, ja jedes Härchen sich darunter abzeichnete. Sie hob in gespielter Verschämtheit eine Hand vor ihre Brust, als wolle sie die seidene Wäsche etwas höher ziehen, um etwas mehr von ihrer Brust zu bedecken. Stattdessen ließ sie es auf diese Art von einer Schulter herabgleiten, sodass eine ihrer sanft gerundeten Marmorkuppeln plötzlich gänzlich unbedeckt war.

Sogleich trat der Baron an sie heran, schloss sie wieder in die Arme und bedeckte diese wundervolle Brust mit seinen Küssen. Seine Lippen wanderten hügelauf und hügelab und umschlossen endlich den Gipfel, an dem er mit dem Hunger eines Säuglings und der Gier eines Lüstlings zu saugen begann.

Die glutvollen Küsse auf ihrer Brust sandten wohlige Schauer durch Almys Körper. Als er jedoch seine hungrigen Lippen auf ihre Nippel senkte und damit begann, ihre Knospen zu küssen, daran zu lecken und zu saugen, war es ihr, als stünde sie in Flammen. Die sinnverwirrenden Empfindungen, die er bei ihr auslöste, waren dabei nicht bloß auf ihre empfindsamen Brustwarzen beschränkt. Als gäbe es eine direkte Verbindung, lösten sie ein hitziges Verlangen in ihrem Allerheiligsten aus und sie begann, ihre Schenkel aneinander zu reiben, um diesem unstillbar scheinenden Begehren ein wenig gerecht zu werden.

Bei all dem verlor sie jedoch nicht gänzlich den Kopf, sondern schaffte es, auch noch den zweiten Träger ihres Hemdes von der Schulter gleiten zu lassen, sodass sich auch die andere Brust den schon wieder liebestollen Blicken des Barons in vollkommener Nacktheit darbot. Das Hemdchen fiel nur deshalb nicht zu Boden, weil Max sie in so inniger Umarmung an sich gedrückt hielt.

Sie wartete auf die passende Gelegenheit, und als ihr Geliebter für einen Moment ein wenig von ihr abließ, trat sie einen Schritt zurück und präsentierte dem Baron ihr kleines Schauspiel. Der Vorhang fiel und eröffnete den ungehinderten Blick auf die Bühne der Liebesgöttin. Almy war splitternackt.

Sie gönnte ihrem Liebhaber einen ausgiebigen Blick auf das unvergleichliche Bühnenbild, genoss das Entzücken, das sich in seinen Augen breit machte, und warf sich ihm dann erschauernd vor Begierde in die Arme.

Auch der Baron konnte und wollte ein Aufstöhnen nicht unterdrücken, als er nun Almy endlich in ihrer ganzen, unverhüllten Pracht umfangen konnte. Er hob sie auf und trug sie rasch zum Bett, auf das er sie sachte niederlegte. Mochte er auch der Mann sein, mit starken Armen und einem unbeugsamen Willen ausgestattet – in ihrer Gegenwart wurde er zum Sklaven, der ihr mit Freuden gehorchte und versuchte, ihr jeden Wunsch von den Augen abzulesen. Selbst wenn sie gesagt hätte: „Baron, hole er mir die Peitsche, denn du verdienst strenge Hiebe zur Strafe für deine übergroße Begierde!“ – er wäre gerannt, um dem Wunsch nachzukommen und hätte seine Züchtigung entgegen genommen und dabei ein glückseliges Lächeln auf den Lippen getragen.

Wenn sie es nur gesagt hätte.

Aber sie sagte es nicht, sondern zog ihn zu sich aufs Bett und schmiegte sich eng an ihn, ließ ihn die Wärme und weiche Kraft ihres Körpers spüren. In ihrem Blick lag ein solches Verlangen, dass Max mit aller Kraft an sich halten musste, um sich nicht einem Untier gleich auf sie zu stürzen und seine Zähne in ihr wollüstig bebende Fleisch zu schlagen.

Er wich noch einmal zurück, um sich seinerseits endgültig zu entblößen. Hemd und Unterhosen fielen zu Boden und endlich trug er das gleiche Kleid wie seine Angebetete – er war vollkommen nackt.

Nun war es an Almy, sich in vollen Zügen der Betrachtung hinzugeben. Was für ein Mann! Kräftige, breite Schultern, ein mächtiger Brustkorb, eine herrlich geschwungene Flanke, die in schmalen Hüften endete. Seine Beine waren muskulös und wohl geformt. Haare trug er nicht zu viele – gerade an den Stellen, an denen sie gut zur Geltung kamen, ein wenig auf der Brust, ein wenig am Bauch. Inmitten dieser männlichen Pracht ragte seine Lanze hervor – ein wahrhaft riesiges Glied, an die fünfundzwanzig Zentimeter lang, dick und voll erigiert. Die Schwellung spannte gleich seinen Hodensack mit, in dem zwei hühnereigroße Hoden eine kaum zu erschöpfende Potenz versprachen.

Die junge Frau bekam glänzende Augen bei der Betrachtung des Barons – und besonders beim Anblick seines von ihren eigenen Säften noch immer glänzenden und schon längst wieder einsatzbereiten, enormen Phallus.

Mit jeder Sekunde, die verstrich, erregten die beiden einander mehr durch ihre zur Schau gestellte Nacktheit und ihre wiedererwachte Lust. Max genoss die lüsternen Blicke, die Almy auf ihn warf, und erhitzte sich seinerseits an seiner schönen Herrin, die in alles gewährender Stellung auf dem Bett lag. Er konnte sehen, wie ihre prächtigen Brüste sich sehnsuchtsvoll hoben und senkten und nie zur Ruhe kamen, begeilte sich an ihren steil und hart emporragenden Nippeln, spürte wie der vollendete Schwung ihrer Hüften seinen Schwanz noch härter werden ließ und landete endlich bei ihren drallen Schenkeln, die obszön weit gespreizt waren, wollüstig geöffnet in Erwartung seines Eindringens.

So hinderte natürlich nichts den Baron daran, inmitten der Schenkel und umgeben von krausen Härchen ihre rosafarbene, feuchte Spalte zu erblicken, aus der noch die Reste seines raschen ersten Ergusses tropften. Die Pforte war geöffnet und rief ihm ihre Einladung zu. Darunter waren ihre Hinterbacken zu erkennen, durch die weit gespreizten Schenkel derart aneinander gepresst, dass er nur mit Mühe dazwischengelangt wäre – und sei es, um sie dort mit der Zunge zu lecken.

Almy konnte an den Augen ihres Galans deutlich ablesen, wie sehr ihn ihre Gestalt erfreute, und fühlte eine brennende Sehnsucht im Wissen, dass seine Blicke auf ihren intimsten Stellen ruhten. Noch weiter spreizte sie die Beine, um ihn mit ihrer Wollust zu beglücken. Währenddessen sah sie unverwandt auf die stolze Stange ihres Sklaven, die so herrlich zu schauen war wie das Zepter eines Königs.

Durch den Körper des Mannes lief ein Beben, sein Glied bäumte sich auf und mit lüsternem Entzücken erkannte die Liebesgöttin, dass Max schon wieder den Höhepunkt des Verlangens erreicht hatte, denn auf der Spitze seiner Eichel erschien ein glänzender Tropfen und haftete dort wie eine Perle der Lust.

In quälender Langsamkeit nahm sie ihre rechte Hand hinter ihrem Kopf hervor, ließ sie über ihren lustbebenden Körper gleiten, über ihre Brüste, ihren Bauch und näherte sich endlich ihrer rosigen Möse. Sie streckte ihren Mittelfinger hervor, an dem ein Brillantring blitzte, und ließ ihn zwischen ihre Schamlippen gleiten, tiefer und tiefer hinein in ihre schlüpfrige Lustspalte.

Max sah es, brüllte auf und stürzte hin in einem Atemzug. Er sank vor dem Bett auf die Knie, zog ihre Hand fort und versenkte sein Antlitz in die vor Liebessäften schimmernde Muschel, rieb seine Wange an ihren Härchen und presste einen fiebrigen Kuss auf jene Stelle, die dazu angetan ist, den Frauen die allerhöchsten Wonnen zu bescheren. Dann rückte er noch ein wenig tiefer und schob, einem Verdurstenden gleich, seine Zunge tief in das heiße, weiche Fleisch ihres Fötzchens.

Nie gekannte, himmlische Gefühle brandeten in ihr hoch. Instinktiv schloss sie ihre Schenkel um Maxens Kopf, sodass sie seine Wangen an ihrer Haut erglühen spürte, und zwang ihn so, ihre Muschel weiter mit seiner Zunge zu penetrieren. Dabei strich sein Schnurrbart immer wieder aufs Erregendste über ihren Kitzler, und sie glaubte, eine solche Lust nicht mehr lange ertragen zu können.

Bald jedoch empfand sie nur noch reine Glückseligkeit und verlangte nach dem Lecken ihres Sklaven und konnte gar nicht mehr genug davon bekommen. Max tat ihr mit Freuden diesen Gefallen, fuhr mit der Zunge ihre Schamlippen hinauf und hinunter, drückte heiße Küsse auf ihr glühendes Mündchen und fand endlich mit seiner Zungenspitze ihren schwellenden Nabel der Lust. Er übte nur den leisesten Druck aus, ließ seine Zunge die winzigsten Regungen des Kitzlers kosten und lauschte auf das Stöhnen seiner Angebeteten, die unter diesen hauchzarten Berührungen von feuchtem Fleisch auf feuchtem Fleisch anfing, sich zu winden und auf dem Laken hin und her zu wälzen, als verbrenne sie.

Als er sicher war, seine Geliebte bis aufs Äußerste gereizt zu haben und sie auf den letzten und größten Akt im ewigen Spiel von Mann und Frau auf das Beste vorbereitet war, ließ er von ihr ab und erhob sich langsam, ohne sich dabei jedoch von ihr zu lösen.

Ihre Beine hielt er an seinen Schultern fest und endlich lag Almy vollkommen flach auf dem Rücken, Max stand aufrecht vor dem Bett und ihre Schenkel und Waden schmiegten sich den ganzen langen Weg von seinen Hüften bis zu seinen Schultern an den kraftvollen Männerkörper.

Ihre Hinterbacken drückten sich an seinen Leib und, ja, seine flammende Lanze lag zwischen ihren Schenkeln und sie fühlte, wie der Baron sein

Schwert auf und ab führte, über ihre Schamlippen glitt und ihren überreizten Kitzler streichelte, jedoch seinen Weg in den Tempel der Lust nicht zu finden im Stande war.

Er wird mich schön bitten müssen, dachte sie bei sich, schließlich ist er mein Sklave und kann sich keine Hilfe von mir erwarten. Aber ein wenig die Schenkel spreizen, ein wenig den Po heben, das konnte sie durchaus. Doch was war das? Deutlich klopfte es an ihrer Himmelspforte, schon hatte ihr Apoll ihre kleine Schwäche ausgenützt und war drauf und dran, seine himmlische Musik in ihrem Innersten erklingen zu lassen. Rasch presste sie ihre Schenkel wieder fest zusammen, um ihren Liebsten noch ein wenig länger zappeln zu lassen.

Es war vergebens.

Max fühlte sich durch ihre süßen Versuche, ihn abzuwehren, nur noch stärker dazu gedrängt, seinen Stab ins Ziel zu bringen. Als Almy fühlte, wie sich seine pulsierende Schwanzspitze zwischen ihre Schamlippen drängte, ergab sie sich in das wohlige Gefühl, im Liebeskampf besiegt worden zu sein und empfing seinen gewaltigen Hammer, der sich tiefer und tiefer in sie schob bis sie glaubte, es nicht mehr ertragen zu können.

Und wirklich erlaubte die Stellung der beiden, dass Max die tiefsten Tiefen erreichen konnte, die überhaupt möglich waren, und dank der enormen Ausmaße seines Liebespfeils drang er in Gebiete in Almys Lusttempel vor, die nie zuvor erreicht worden waren. Seine Schamhaare waren an ihren klaffenden Schamlippen zu spüren, und seine Eier lagen auf ihren Hinterbacken auf. Almy fühlte sich wie aufgespießt, doch war dies ein Gefühl der reinen Wonne, denn der sie sich so untertan gemacht hatte, war der schönste und stärkste Mann, den sie in ihrem Leben je gekannt hatte.

Eine Weile verharrte Max in dieser Stellung und ergötzte sich am Anblick des erlegten Wildes, das sich ihm nun bereitwilligst hingab. Dann fing er an zu stoßen, langsam zuerst, er zog seinen Hengst zur Hälfte heraus und glitt wieder zurück, heraus und wieder zurück, und in sein Schnaufen mischten sich die Liebesseufzer Almys, deren Busen im Rhythmus seiner Stöße sachte auf und ab wippte.

„Göttliche Almy", stieß er hervor, „wie unsagbar schön du doch bist!"

„Geliebter Baron", gab sie keuchend zurück, „wie unsagbar groß Ihr doch seid! Komm näher, Max, küss mich."

Er tat wie im geheißen und beugte sich ihrem Gesicht entgegen. Dabei presste er allerdings ihre Beine an ihren Busen und raubte der Geliebten beinahe den Atem. Dennoch empfand Almy rasende Lust, war sie ihrem Stier denn nun in einer Weise ausgeliefert, die sie noch nie erleben konnte. Küssen konnten die beiden einander jedoch noch immer nicht, also ließ der Baron ihre Beine von seinen Schultern gleiten, fasste unter ihren Kniekehlen durch und spreizte die Schenkel so weit als möglich auseinander. Endlich fanden ihre Lippen zueinander, verschlangen einander, und in die süße Innigkeit des Kusses mischten sich die immer gewaltiger werdenden Stöße des Rasenden, den nun nichts mehr zurückhalten konnte auf seinem Himmelsritt zur Ekstase.

Kaum zehn Sekunden dauerte es noch, dann spürte Almy, wie ein letztes großes Erschauern durch den Körper ihres Ritters fegte, wie sein Glied sich aufbäumte und in heftigen Konvulsionen seinen Saft in sie verspritzte.

Doch auch Almy hatte die Spitze der Lustwoge erreicht, aufstöhnend empfing sie die Liebesgabe, saugte sie in sich auf und schrie innerlich laut auf, als die Welle in einem alles verzehrenden Licht über ihr zusammenbrach und sie für einen kurzen, endlosen Augenblick nichts und alles zugleich wurde.

Wie Ertrinkende klammerten sich die beiden aneinander fest und bedeckten einander mit verzweifelten Küssen, drängten zueinander und sanken endlich in seliger Erschlaffung nieder, ohne voneinander lassen zu können.

Nach dem gemeinsamen Erklimmen des Gipfels der Lust waren Almy und Max in süßen Dämmerschlaf gesunken und wussten nun nicht, ob Minuten oder Stunden vergangen waren. Langsam wurden sie einander wieder gewahr: Die Schenkel ineinander verschlungen, die von der Liebe noch erhitzten Körper eng aneinander geschmiegt, öffneten sie beide vorsichtig die Augen, um direkt in das Gesicht des anderen zu sehen. Ihre Köpfe lagen, die Blicke einander zugewandt, auf einem Kissen, sanft spürte Almy den Atem ihres Geliebten über ihre Haut streichen.

Zärtlich, fast beiläufig begann Max, über die warme, samtige Haut seiner Gespielin zu streicheln, ertastete mit seinen Fingerspitzen die herrlichen Rundungen des weiblichen Körpers, fühlte den Konturen ihrer Flanke nach und erklomm die pralle Wölbung ihrer Hüften und Hinterbacken. Almy wiederum fand ihr Vergnügen darin, mit den Fingern in den haarigen Stellen auf Brust und Bauch des Barons spazieren zu gehen.

Dieses neckische Geplänkel hielt indes nicht lange vor, denn beide fühlten den wachsenden Wunsch in sich, sich wieder den ganz besonderen Stellen zuzuwenden, jenen Stellen, denen sie ihre wonniglichsten und größten Glücksgefühle zu verdanken hatten. Nicht anders war es auch von der Natur eingerichtet worden – sein im Moment zufrieden schlafendes Glied, ihre von beider Liebessäften feuchte Spalte waren für die Liebkosung, für die zärtliche oder leidenschaftliche Berührung bestimmt.

So war der Baron, nachdem er eine Weile die hügelige Landschaft der Brust, die weite Ebene des Bauches und die Po-Erhebung bereist hatte, mit seinen neugierigen Fingergefährten in das Tal der Königin zurückgekehrt, in dem sich, ein wenig verborgen hinter einem kleinen Wäldchen, eine ganz besondere Grotte finden ließ, die er nun zu erkunden gedachte. Als Almy dies spürte, ging eine Woge der lustvollen Erleichterung durch sie hindurch, denn nichts anderes als seinen Besuch an eben dieser Stelle hatte sie sich insgeheim erfleht, seit sie sich in inniger Umarmung nach dem Rausch der Liebe wieder gefunden hatten; jedoch hatte sie diesen Wunsch nicht laut geäußert, denn um wie viel schöner ist doch die Erfüllung einer Sehnsucht durch den Geliebten, an die man bloß gedacht hat?

Sie genoss nun in vollen Zügen die Berührung durch die starke und doch bedachte Männerhand, die ja wie geschaffen zur Beglückung der Frau ist. Denn sie ist in der Lage, die leichteste Andeutung eines Kontaktes zu geben, kann jedoch ebenso kräftig und fordernd sein – und die männlichen Finger sind deutlich dicker als jene des Weibes, was für das Empfinden im Inneren von beträchtlicher Bedeutung ist.

Max erging es indes nicht anders – auch er ersehnte den erneuten Griff um seine Männlichkeit, wollte die weichen, anschmiegsamen Frauenfinger sich um seinen Schaft legen fühlen. Almy, noch immer berauscht von den Glücksgefühlen, die ihr der mächtige Liebesstab des Barons beschert hatte, wollte gerne die schlafende Schlange erwecken und durch ihre Berührung zu neuen Taten animieren. Als ihr jedoch bewusst wurde, wie sehr es Max danach verzehrte, ihre zupackende Hand an ebendiesem Körperteil zu spüren, machte sie genau dies gerade nicht.

Sie blickte ihm kokett in die Augen und umkreiste mit ihrer Hand sein Männlein, krallte sich in die Oberschenkel, stupste neckend in den Nabel und grinste immer breiter beim Anblick seiner wachsenden und so mühsam beherrschten Ungeduld. Sie ließ ihn zappeln, bis sie selbst das Gefühl des warmen, schwellenden Fleisches in ihren Händen unbedingt spüren wollte. Dann erst griff sie zu und beendete das Zucken des feucht glänzenden Schlongs mit festem Druck. Max stöhnte auf, doch gerade im Moment, als seinem noch krummen Stab die Heftigkeit ihres Griffs zu viel zu werden drohte, ließ Almy etwas locker und begann stattdessen, die Hand auf und ab zu bewegen. Fasziniert sah sie zu, wie seine Eichel abwechselnd rot aufblitzte und in ihrer Faust verschwand.

Sie fuhr mit den Fingern seinen praller werdenden Schweif entlang, sie umfasste die Hoden und spielte mit ihnen, sie ließ ihre Fingerspitzen auf seiner Eichel tanzen oder umkreiste sie entlang der Furche zwischen seiner Spitze und dem langen Schaft.

Wonneschauer durchfluteten den Gespielen, und Max versuchte sich nach Kräften erkenntlich zu zeigen, indem er die Anstrengungen seiner Finger, von denen er bald zwei, bald sogar drei in das Fötzchen seiner Geliebten schob, verdoppelte; dabei vergaß er keinen Augenblick, sich auch um ihren Kitzler zu kümmern, auf den er immer wieder mit genau bemessenem Druck seinen Daumen legte, den er zuvor mit der Feuchtigkeit ihrer Spalte eingerieben hatte. Wellen der Wollust brandeten über Almy hinweg, und ihr Körper begann zu zucken und sich zu winden – Bewegungen, die sich auch auf ihre Hand übertrugen, die immer noch um den Pfahl des Mannes geschlungen war.

Trotz der aufkommenden Erregung blieb das Ganze jedoch spielerisch, schließlich hatten die beiden einander kurz zuvor ausgiebig genossen. So lachten und scherzten sie und mischten Stöhnen mit Liebesgeflüster, aus dem sich nach und nach eine intime Plauderei entwickelte. Keinen Moment ließ dabei der eine vom anderen ab, beider Hände gingen an den bevorzugten Stellen des anderen zu Werke, wenn auch aus der leidenschaftlichen Berührung ein liebendes Kosen geworden war.

„Almy", sprach der Baron seine Bettgenossin schließlich an, „teile mir doch noch etwas aus deinem Leben, deinem Liebesleben, mit. Sage mir, wie dein Mann und du zueinander gefunden habt – er ein einfacher Kellner, du geschaffen, das Bett eines Königs zu wärmen."

„Das ist schnell erzählt", antwortete die junge Frau lachend. „Meine ersten Kindheitserinnerungen werde ich dir nicht berichten, denn meine Kindheit war nicht anders als die anderer in meinem Alter und in meiner Stellung. Die erste bedeutsame und überaus erhellende Erfahrung machte ich, als mir deutlich wurde, dass es zwischen meinen Beinen gänzlich anders aussah als zwischen jenen der Männer. Was genau dies jedoch war, dass sich unter den Hosen der Herren bisweilen recht deutlich abzeichnete, blieb mir lange Zeit verborgen.

Es dauerte nicht weniger als bis zu meinem siebzehnten Lebensjahr, bis ich in diese Dinge eingeweiht wurde. Damals wurde ich zur Gräfin Geleckny in Ungarn gebracht, der ich als Gesellschafterin zu Diensten sein sollte. Vor dieser Zeit war ich rein und unverdorben wie frisch gefallener Schnee.

Das beeindruckt dich, nicht wahr, lieber Baron? Es ist ja heutzutage kein Mädchen mehr zu finden, das nicht spätestens mit fünfzehn einen Liebesmuskel in sich spüren konnte oder wenigstens einen in der Hand gehalten hat. Jedenfalls bei den besser Gestellten ist dies gemeinhin der Fall.

Ich aber, die Tochter eines Postmeisters, bin am Land und in einfachen Verhältnissen aufgewachsen; deshalb blieben mir solche Genüsse versagt. An Gelegenheiten hätte es nicht gemangelt: Der Sohn des Bürgermeisters, der Forstgehilfe und viele andere stellten mir nach, aber deren Interesse war recht einseitig, denn ich verspürte keinerlei Verlangen, in deren Nähe zu sein. So erhielt ich also keinerlei Unterricht im Liebesspiel, weil es keinen einzigen richtigen Lehrer gab. Hätte ich schon ein wenig Erfahrung gehabt, hätte ich mich womöglich dem einen oder anderen etwas mehr geöffnet, aber da ich mich überhaupt nicht auf derlei Dinge verstand, begriff ich einfach nicht, was die jungen Männer von mir wollten. Zuletzt zog ich also, die Unschuld selbst, zur Gräfin, die mir dann höchstpersönlich alles näher brachte, was ein Mädchen vor seiner vollen Blüte wissen muss.

Du musst wissen, dass die Gräfin allein stehend war, denn ihr Mann war bereits im ersten Jahr ihrer Ehe verstorben. Als sie mich eines Tages, nicht lange nach meiner Ankunft, im Bad nackt sehen konnte, gefiel ihr außerordentlich gut, was sie da zu Gesicht bekam. Unter dem Vorwand, sie könne nicht alleine schlafen, rief sie mich nach diesem Vorfall alsbald zu sich ins Schlafgemach und in ihr Bett. Wir lagen eng aneinander gekuschelt, herzten und küssten uns, und die Gräfin hatte ihre Freude an meiner kindlichen Neugier und gab mir bereitwillig Auskunft über alle Dinge, die mir so fremd waren und die mich doch unwiderstehlich anzogen. Bei diesem Getuschel über die intimsten Liebesangelegenheiten wurde uns bald beiden recht warm ums Herz (und auch anderswo) und wir halfen uns gegenseitig aus unseren Nachtkleidchen. Nackt legten wir uns unter eine Decke, unsere bloßen Körper berührten einander, Haut streichelte Haut – kein Wunder, dass der Gräfin Liebesglut alsbald entfacht war, wo sie die Wonnen der Lust so lange hatte entbehren müssen. Und so brachte sie mir bei, wie meine Finger ihr in den Stunden des größten Sehnens und Begehrens Befriedigung verschaffen konnten, wie ich ihre überschäumende Begierde bezwingen und sie in den friedvollen Schlaf des Entzückens versetzen konnte.

Es war eine wahrlich schwesterliche Liebe, die wir von da an beinahe Nacht für Nacht miteinander teilten, denn meine Herrin war auch immer gut zu mir.

Es ging so lange gut, bis ich – meine Jungfräulichkeit verlor.

Das, verehrter Baron, kam folgendermaßen: Ein unglückliches oder vielleicht auch glückliches Geschick wollte es, dass in der Kirche des zum Schloss gehörigen Dorfes ein Kaplan angestellt war, der von solch männlicher Schönheit und Jugend war, dass ich ihm bei der Beichte regelrecht verfiel. Weil er mir so ausnehmend gut gefiel, ging ich oft und regelmäßig zur Beichte, und auch weil er es so ausgezeichnet verstand, mich nach meinen geheimsten und intimsten Sünden auszufragen.

Es dauerte daher nicht lange, bis ich auf das Treiben mit der Gräfin zu sprechen kam, und als er davon hörte, befiel ihn eine merkliche Unruhe, und er drängte mich, alles bis ins kleinste Detail genau zu erzählen, jede Bewegung zu beschreiben und jeden Körperteil zu benennen, der an unserem sündhaften Spiel beteiligt gewesen war. Und das tat ich dann auch, denn bei der Beichte muss man doch alles offen legen und darf nichts bei sich behalten, nicht wahr?

Vielleicht vermagst du zu erahnen, wie es mir bei diesen Beichten erging. Ich erlebte die lustvollsten Augenblicke aufs Neue, und das in Gegenwart meines geliebten Kaplans.

Mein Atem ging schwer, mein Herz drohte mir den Busen zu sprengen, so wild schlug es in meiner Brust. Und unten, zwischen meinen Schenkeln, machte sich ein merkwürdiges Kribbeln breit, das sich ausbreitete im ganzen Körper und mich dazu zwang, nervös auf den Knien hin und her zu rutschen.

Auch mein schöner Kaplan konnte seine wachsende Erregung immer schlechter verbergen und schlug mir schließlich vor, doch in sein Zimmer zu gehen, um mir die Beichte dort abzunehmen. Er könne sich mir dort viel besser widmen als in der dunklen Enge des Beichtstuhls. Also entlockte er mir fortan meine Bekenntnisse in seinem Zimmer, in dem uns natürlich keine Holzwand mehr voneinander trennte. Und dort geschah es dann, gerade als ich ihm mit brennenden Wangen und gesenktem Blick glühend vor Scham gestand, dass ich meine Herrin zwischen den Schenkeln schlecken müsse, dass er sich mir plötzlich näherte und mir etwas Heißes, Hartes, Pulsierendes in die Hand drückte. Ehe ich auch nur erahnen konnte, um welches Etwas es sich da handelte, hatte er mich auch schon an sich gezogen und begonnen, mich mit leidenschaftlichen Küssen über und über zu bedecken.

Als er sich meiner Fassungslosigkeit bewusst wurde, begann er mich mit Worten des Trostes zu bedenken, behielt mich dabei allerdings die ganze Zeit in engster Umarmung. Mein erster Drang, als er mir seinen Stab in die Hand gedrückt hatte, war es gewesen, diesen von mir zu schleudern und laut aufzuschreien, als hätte mich ein gräuliches Insekt mit seinem giftigen Stachel bedroht. Andererseits übte dieses Ding aber auch eine schwer zu beschreibende Faszination auf mich aus, und seine Liebe und seine Nähe, seine tröstlichen Worte und seine Umarmung raubten mir den Willen. So behielt ich sein mächtiges Glied weiter in der Hand, nicht ahnend, dass mich genau dieser Körperteil nur wenige Minuten später meiner Jungfernschaft berauben würde.

Er hob mich hoch und trug mich zum Sofa; ich ließ alles willenlos mit mir geschehen. Er legte mich sanft nieder, kniete sich neben mich und erklärte mir seine immerwährende, alles überwindende Liebe zu mir. Er versicherte mir mit vor Lust heiserer Stimme, dass ich der Traum seiner Tage und Nächte sei und er nimmermehr von mir würde lassen können.

Ich lag still und stumm auf dem Sofa, in einem Gefühl zwischen Berauschtheit und Ohnmacht, und lauschte seinen inbrünstigen Worten. In mir bebte und zitterte alles, ich trank förmlich seine Liebeserklärung, ertrank beinahe in der Sturmflut der Emotionen, die er bei mir auszulösen verstand. Und endlich wurde mir klar, was ich empfand: Glück. Pures, reines Glück durchströmte mich, fand den Weg in mein Herz und von dort aus überallhin in meinen ganzen Leib, mein ganzes Wesen. Ich war so glücklich, dass ich gar nicht bemerkt hatte, wie der Kaplan seine Hand auf meinen Liebeshügel gelegt hatte; dort ruhte sie nun bereits seit gut zehn Minuten wie eine warme Decke für meine Muschel, die doch noch nie zuvor ein Mann berührt hatte.

Und dann ist es irgendwie geschehen. Ja, Baron, ich kann mich wirklich nicht mehr daran erinnern. Derart durchströmt von Glücksgefühlen und noch glücklicheren Gefühlen, für die es keine Worte mehr gibt, erlebte ich diese ganze Zeit wie in einem einzigen Rausch, besinnungslos vor Glück. Und so weiß ich nicht mehr, was genau sich zugetragen hat, wie genau er in mich gedrungen ist … Sicher ist, ich habe ihm meine Jungfräulichkeit geschenkt und dabei nichts als Liebe, Schmerz und Glück, Glück, Glück empfunden.

Fortan war ich die Geliebte des Kaplans. Der Gräfin habe ich davon selbstverständlich nichts erzählt, allerdings fand sie es recht bald selbst heraus. Unsere gemeinsamen Wonnespiele dauerten an, jedoch hatte ich bereits von Besserem gekostet und konnte mich nicht mehr so richtig an diesen Belustigungen erfreuen. Die Gräfin merkte, dass ich nicht recht bei der Sache war und wurde misstrauisch.

Schließlich drang sie einmal mit ihren Fingern besonders tief in meine Spalte ein und entdeckte mit Entsetzen, dass kein Häutchen mehr spannte, ich also keine Jungfrau mehr war.

Die Folgen waren schlimm. Die Gräfin stellte mich zur Rede, hielt mir eine endlose Strafpredigt und zwang mich endlich zu einem umfassenden Geständnis. Leugnen oder Lügen waren ohnedies zwecklos geworden.

Meine Herrin setzte von diesem Tag an alles daran, den Kaplan loszuwerden, allzu sehr nagte die Eifersucht an ihr. Dank ihres Einflusses gelang ihr auch recht bald, seine Versetzung in eine weit entfernt liegende Gemeinde zu erwirken. Schweren Herzens musste ich von ihm Abschied nehmen und mich wieder alleine der Gräfin widmen.

Eine Weile ging das gut. Aber ich hatte von den wahren Früchten der Liebe gekostet, ich hatte den Nektar der Lust getrunken und auch wenn die Spiele mit der Gräfin ihren Reiz hatten, konnte ich doch auf Dauer auf diese echten Genüsse nicht mehr verzichten.

Ich brauchte einen Mann! Ich vermisste das Gefühl, innerlich so ausgefüllt zu sein, so erfüllt, wie es nur geschieht, wenn der Mann seinen Liebesmuskel spannt und in das Weib eindringt. Das ist – Erfüllung. Und so fiel mein Auge auf Karl, der heute mein Gatte ist. Er war bei der Gräfin als Kammerdiener beschäftigt. Ich fand ihn nett und aufmerksam und liebevoll, und er vergötterte mich vom ersten Augenblick an. Wir verliebten uns, verlobten uns und heirateten. Er gab seine Stellung bei der Gräfin auf, wir ließen uns hier in der Stadt nieder und Karl nahm einen Posten als Kellner im besten Haus am Platz an; mittlerweile ist er dort erster Kellner, es geht uns gut und wir kommen gut miteinander aus. Auch deshalb, weil es ihm nichts ausmacht, mich mit anderen Männern zu wissen; Karl ist kein schlechter Liebhaber, aber meine Lust ist so viel größer und er könnte meinen Hunger niemals allein stillen. Das weiß er auch und teilt mich daher auf großzügigste Weise mit anderen Herren.

Und damit bin ich ans Ende meiner Geschichte gelangt, lieber Baron!"

„Einer höchst bemerkenswerten Geschichte, möchte ich meinen", sagte Max lachend und bedeckte seine Geliebte mit Küssen auf den Mund und auf die Brust. Dann fügte er interessiert hinzu: „Aber sag mir bitte: Was ist aus der Gräfin Geleckny geworden? Ihr Bild war im Album deines Mannes zu sehen."

„Aber ja doch, sie ist ebenfalls in der Stadt und wir treffen einander auch noch ziemlich häufig. Wir nennen es das Kränzchen – hat dir mein Mann denn nichts davon erzählt? Auch ich bin nämlich eine Kränzchenschwester, ja", freute sie sich, „obgleich ich nur die Frau eines Kellners bin und sich dort der hohe Adel trifft, Gräfinnen und Fürstinnen sowie Offiziersfrauen, die Gattinnen hoher Beamter und Töchter von Stand und edler Abkunft. Die Geleckny hat mir letztlich verziehen und mich protegiert, so kann auch ich einfache Kellnersfrau bei diesen Treffen der Vornehmen zugegen sein. Im Kränzchen sieht man nicht so auf die Herkunft oder große Namen, es geht mehr um ähnliche Gesinnung und die nötige Eleganz. Mir sind sogar einige Verkäuferinnen bekannt, die Zugang haben – freilich sorgen die nur bei Festivitäten und geheimen Diners für das leibliche Wohl der Gäste."

Almy hatte sich in Schwung geredet und setzte gleich fort: „Schon morgen findet wieder ein Kränzchen statt, im Haus der Rätin Busenberg. Der Zutritt ist natürlich nur mit einer Einladung möglich, aber wenn du Lust hast, könnte ich dir eine besorgen. Magst du?"

Max strahlte vor Begeisterung. „Welche Frage! Natürlich mag ich, ich brenne darauf. Mach das, bitte, besorge mir eine solche Einladung. Du kommst doch auch?"

„Dummchen, selbstverständlich. Morgen gehe ich überhaupt nur wegen dir hin. Du wirst einer der wenigen Herren sein, bei diesen Teegesellschaften überwiegen die Damen. Für größere Festlichkeiten, wenn Damen und Herren gleichermaßen erscheinen, werden geeignetere Lokalitäten als solche Häuser gewählt; dort bleibt es dann auch nicht beim züchtigen Geplauder", fügte sie mit anzüglicher Stimme hinzu.

„Du bist ein wahrer Schatz", sagte der Baron. „Und wie komme ich zu der Einladung?"

„Karl wird sie dir morgen Vormittag vorbeibringen, auch er ist ein Vertrauter der Kränzchen. Geh einfach zur angegebenen Adresse, ich werde dein Kommen den Damen avisieren. Übrigens, fühl doch mal, wie warm und feucht es mir da unten beim Erzählen geworden ist. Süßer Baron, Max – wolltest du nicht...? Ach bitte...!"

„Ich wollte deine Erzählung nicht unterbrechen", hauchte der Baron selig und näherte sich ihr mit begierig funkelnden Augen.

# 2

# EVASTÖCHTER

Der Salon der verwitweten Obergerichtsrätin von Busenberg strahlte in seinem besten Licht, wie um seine Freude über die Gesellschaft zu verkünden, die er heute beherbergte.

Am ovalen Tisch hatten sich an die zehn Damen zum ungezwungenen Tratsch versammelt. Offenbar handelte es sich um Mütter und deren Töchter, die von der Rätin zum Tee geladen worden waren.

Von Busenberg, eine mehr als stattliche, mit hoch ansetzenden überquellenden Brüsten ausgestattete Erscheinung, machte die Gastgeberin und kredenzte ihren Gästen eigenhändig süße Naschereien, Backwerk und Konfekt.

Die Stimmung war ausgezeichnet, die Plaudereien scherzhaft und von keinerlei Missgunst getrübt. Man sprach von diesem und von jenem, wiewohl zumeist eher von jenem. Der Abend, die lustige Teegesellschaft, konnte getrost als rundum gelungen bezeichnet werden.

Daran änderte auch der vielleicht befremdlich wirkende Umstand nichts, dass auch zwei Herren anwesend waren und man also gar nicht von einer reinen Damengesellschaft sprechen dürfte. Frau von Busenberg nahm es damit jedoch nicht allzu genau: Herren, die sich gerne in Damengesellschaft bewegten und auch von dieser willkommen geheißen wurden und die sich in die bestehenden Formen des Zirkels klaglos einzufügen verstanden, waren durchaus willkommen. Auf die Einhaltung ihrer Regeln bestand die Rätin jedoch ohne Ausnahme.

Den anwesenden Herren sah man an, dass sie mit diesen Regeln bestens vertraut und mit der

Runde gut bekannt waren, denn sie ließen die Männer von den Frauen unwidersprochen ausrichten und lächelten sogar liebenswürdig zu den augenzwinkernd vorgetragenen Predigten, die sie sich über ihr Geschlecht anhören mussten. Umgekehrt betrachteten die Damen die beiden Männer ebenso als Teil ihrer Runde, ungeachtet aller anatomischen Differenzen.

Der eine der beiden, ein feister, rundgesichtiger Mann, ging sicher schon auf die Fünfzig zu. Sein glatt rasiertes Gesicht neigte sich beim Sprechen stets ein wenig zur Seite, was seine salbungsvolle und überaus bedächtige Ausdrucksweise noch unterstrich.

Er tat gut daran, sich in der Gesellschaft von Damen aufzuhalten, denn was er sagte, war noch unangenehmer, als wie er es sagte: Er raspelte Süßholz in einem fort, jedoch schienen alle seine Schmeicheleien einem anderen, längst vergangenen Jahrhundert entsprungen und klangen überdies so schwülstig, dass sie nur lustig gemeint erträglich gewesen wären.

Nichts lag dem Herrn jedoch ferner als Humor. Andere Männer hätten diese Art sicherlich noch weit weniger ertragen als die anwesenden Frauen, wenn auch diese, wie wir noch sehen werden, ihre liebe Not mit dem unansehnlichen, geschwätzigen Fettwanst hatten.

Der geneigte Leser, die geschätzte Leserin haben sicherlich bereits erraten, um wen es sich nur handeln kann – auch ohne den karmesinroten Kragen erblicken zu können, der seinen dicken Hals fest umschloss. Ein Geistlicher. Genauer gesagt sahen wir den Domherrn und Kanonikus von Fucher vor uns.

Der Pfaffe schien in der Runde bestenfalls geduldet, was ihn allerdings nicht weiter störte – falls er es bemerkte. Er kümmerte sich ausschließlich um die Gastgeberin, Frau von Busenberg, der er eifrigst Avancen machte.

In seiner Jugend war der aufgequollene, ältlich wirkende Priester ein weithin bekannter Liebhaber gewesen, ein Liebling der Frauen. Den Mädchen und jungen Frauen war er mittlerweile längst ekelhaft geworden, bei den älteren Damen fanden seine ausufernden Reden jedoch durchaus noch Gehör – namentlich bei der Frau Obergerichtsrätin.

So ergaben sich am Tisch zwei Lager: auf der einen Seite der Kanonikus an der Seite der Rätin, umgeben von den reiferen Damen, auf der anderen Seite die Mädchen. Auch im Kreis dieser fröhlich schnatternden Runde von Siebzehn- bis Neunzehn-, allenfalls Zwanzigjährigen, saß ein Mann – oder beinahe ein Mann, denn er schien in fast allem das genaue Gegenteil des Geistlichen zu sein.

Der Junge war hübsch anzusehen, er war vornehm gekleidet und trug ebenmäßige, weiche, fast weibische Züge zur Schau. Auch seine Gestalt war ansprechend, von geradem, gut proportioniertem Wuchs, auch wenn ihm in dieser Hinsicht die männlichen Attribute der Athletik und Körperkraft abzugehen schienen. Mit einem Wort: Der zarte, schmächtige Jüngling passte bestens in die Mädchenrunde und verhielt sich auch so, als wäre er in jeder Hinsicht ein Teil von ihr – als wäre er selbst ein Mädchen.

Die jungen Damen akzeptierten ihn als Ihresgleichen, duzten ihn sämtlich und schlossen ihn in ihre intimsten Plaudereien ein.

Er selbst redete von Ballvergnügen, von Dingen des Aussehens und all dem, was Mädchen eben so interessiert, und sprach keine einzige der hübschen Runde jemals so an, wie man es von einem zwanzig Jahre alten Jüngling in Gegenwart eines reizenden Fräuleins erwarten würde. Benjamin, so wurde er in der Runde genannt, war Zeit seines Erwachsenwerdens fast nur von Frauen umgeben gewesen und hatte allmählich völlig vergessen, welchem Geschlecht er eigentlich angehörte. Er hatte so sehr die Gewohnheiten der Weiber angenommen, ja sogar das Wesen der Frauen zu seinem eigenen gemacht, dass er sich selbst viel mehr für ein Weibchen als ein Männlein hielt. Und folgerichtig hielt er sich stets in der Gesellschaft von Mädchen und jungen Frauen auf und beteiligte sich auch an deren köstlichstem und ureigenstem Vergnügen: er stellte schönen Männern nach.

Da er wie seine Freundinnen nur von Männern schwärmte, öffneten diese ihm gänzlich ihr Herz und ließen ihn an ihren größten Geheimnissen teilhaben. Benjamin stand nicht zurück und gestand ihnen seinen größten Kummer: Er beneide sie darum, nicht nur im Wesen Frauen zu sein, sondern auch körperlich. Oft male er sich aus, wie es wäre, ein Weib zu sein, mit seidenweicher, glatter Haut, köstlichen Schenkeln und einer schmalen Taille und, welch Krönung, festen, wohl gerundeten Brüsten. Er wurde dann nicht selten als Narr gescholten und ausgelacht, was ihn so sehr bekümmerte, dass er eine Weile vor sich hin schluchzte, geradeso wie ein empfindliches, schwaches Weib.

Wir haben eingangs schon erwähnt, dass sich die Gespräche in der Runde vor allem um jenes drehten, und darin waren sich die beiden Hälften ausnahmsweise vollkommen einig. Wortführerin war heute eine reizend anzusehende, kleine junge Frau, die als einzige wirklich Erwachsene unter den Mädchen saß, direkt neben Benjamin. Er war heute ihre beste Freundin, denn sie hielt seine Hand und unterstrich ihre Worte mit Gesten, die er willig mit sich ausführen ließ.

Es war natürlich Almy, an deren Lippen die Gesellschaft hing, denn sie verstand es ausgezeichnet zu erzählen und sie hatte auch etwas zu erzählen – nichts Geringeres als ihre lustvollen Eskapaden mit Baron von P., die sie in den leuchtendsten Farben zu beschreiben verstand.

Mit glühenden Wangen lauschten die Mädchen und erhitzten sich an den pikanten Schilderungen der jungen Frau, die es sichtlich genoss, ihre noch ganz frischen Erinnerungen in allen Details darzulegen und auf diese Weise beinahe noch einmal zu erleben. Die reifen Damen behielten einen überlegenen Ausdruck bei, konnten aber nicht verhindern, dass sich Lüsternheit und Neid dazu gesellten. Nur der Domherr blickte säuerlich, denn ihm war nur allzu bewusst, dass er im Moment nicht im Mittelpunkt stand. Schlimmer sogar, er hätte genauso gut verschwinden können und es wäre niemandem aufgefallen, so unbedeutend war er im Augenblick in dieser Gesellschaft.

Benjamin war den Erzählungen ebenfalls mit brennendem Herzen gefolgt. Und als Almy nun, zum krönenden Abschluss, verkündete, der Baron würde sich leibhaftig und heute noch zu ihrem Kränzchen gesellen, brach er in lauten Jubel aus, der die erstaunten und erfreuten Ausrufe der Mädchen übertönte. Er konnte wie sie die Ankunft des so hoch gepriesenen Freiherrn kaum noch erwarten.

Max war nun das einzige Thema. Almy hatte so begeistert von ihm erzählt, dass jede Einzelne und natürlich auch Benjamin schon von vorneherein in ihn verliebt war.

Ein einziges der Mädchen konnte die allgemeine, so ansteckende Vorfreude nicht erreichen. Erna, so hieß die Kleine, wirkte in sich gekehrt. Die siebzehnjährige Brünette, deren Mutter und Witwe eines Möbelfabrikanten am oberen Ende des Tisches saß, hatte einen geheimen Kummer. Herzenskummer. Und dieser Kummer hatte auch einen Namen: Benjamin.

Kurz gesagt: Sie liebte den Jüngling. Sie liebte

ihn wie eine Freundin, sie liebte ihn aber auch, wie eine Frau einen Mann liebt. Oder vielmehr, sie wünschte sich, dass es so sein könnte. War Benjamin denn überhaupt ein Mann? Mittlerweile hegte sie ernsthafte Zweifel daran. Erst neulich hatte sie sich an ein Experiment gewagt, das kläglich gescheitert war und ihr so manche durchweinte Nacht eingebracht hatte.

Ihre Frau Mama war ausgegangen und sie hatte Benjamin zu sich eingeladen, ganz alleine mit dem schönen Jüngling in den prächtigen Räumlichkeiten. Endlich war die Gelegenheit gekommen, das Feuer der Leidenschaft in Benjamin zu entfachen, der Leidenschaft für die holde Weiblichkeit im Allgemeinen und sie, die ungezogene kleine Erna, im Besonderen.

Umso niederschmetternder erlebte sie das Fiasko, das nun folgen sollte.

Die beiden hatten auf dem Diwan nebeneinander gesessen und sich nett unterhalten, als Erna immer näher und näher rückte und endlich ihren Schenkel an den seinen drückte und in vorsichtiger, aber eindeutiger Weise zu bewegen begann. Da Benjamin in keiner Weise reagierte, setzte sie sich ihm frech auf den Schoß in der Hoffnung, so eine Regung bei ihm auszulösen und die ersehnte Ausbuchtung auch gleich spüren zu können. Vergebens.

So leicht war sie allerdings nicht bereit aufzugeben. Sie sprang auf und rang nach Atem. Als Benjamin sich besorgt erkundigte, wie ihr denn geschehe, erklärte sie, sie bekäme keine Luft und würde, so er keine Einwände hege, gerne ihr Mieder ablegen. Benjamin stimmte dem in völliger Arglosigkeit zu, woraufhin Erna ihre Jacke ablegte, ihr Korsett aufknüpfte und alsbald halbnackt, nur noch von einem dünnen Batisthemd notdürftig bedeckt, vor ihm stand.

Sein Blick ruhte auf ihr, sie konnte jedoch keinerlei Begehren in ihm entdecken. Kurzerhand warf sie sich ihm in die Arme.

Benjamin mochte unschuldig sein und sich zu Mädchen nur aus Freundschaft hingezogen fühlen, eines war er ganz sicher nicht: unhöflich. Seine Freundin verlangte nach zärtlicher Zuwendung, also sollte sie sie bekommen. Er ließ den Träger ihres Hemdchens über die Schulter rutschen und begann, ihre Brust zu liebkosen.

Erna fühlte die Seligkeit in sich aufsteigen, und als sie plötzlich spürte, wie seine Hand unter ihr Röckchen krabbelte, den Schenkelaufstieg bewältigte und sich langsam, unaufhaltsam ihrer kribbelnden Scham näherte, glaubte sie sich dem Himmel nah. Dann, endlich, fanden seine Fingerspitzen ihre Härchen, spielten damit, streichelten sie und glitten dann tiefer, ein wenig nur.

Benjamins Finger waren geübt und taten, was sie gerne an ihm selbst getan hätten – wäre er nur ein Mädchen gewesen. Erna frohlockte, gab sich ganz den süßen Gefühlen hin, die ihr Liebling in ihr zu wecken verstand – und wurde grob aus ihren Träumen gerissen.

„Ach“, seufzte er mit einem Mal, „meine liebste Erna, wie sehr wünschte ich mir, zwischen den Schenkeln so gebaut zu sein wie du!“

Erna fühlte sich, als hätte er ihr kaltes Wasser

ins Gesicht geschüttet, nahm sich aber zusammen und startete einen letzten Rettungsversuch.

„Wirklich?“ sagte sie in ihrem mädchenhaftesten, naivsten Tonfall. „Du siehst dort anders aus? Wie denn bloß? Ach, bitte, zeig es mir!“

Also schob Benjamin sie von sich, stand auf und öffnete seine Hose, griff hinein und holte etwas hervor, das offenbar völlig in seiner Faust verschwinden konnte.

Ein kleiner, glatter, sehr heller Penis zeigte sich, dem anzusehen war, dass er noch gar nichts erlebt hatte. Vor allem aber lag er völlig schlaff und reglos auf seiner Handfläche, sichtlich unbeeindruckt von der Nähe des sehnenden Fräuleins, das so bereit gewesen war, mit ihm die Freuden der Liebe zu teilen.

Erna überwand die letzte Grenze und nahm das Ding in die Hand, fuhr sogar mit ihren Fingerspitzen darauf herum, doch nichts änderte sich, der bleiche, nutzlose Wurm verwandelte sich in nichts, was der Situation und ihren Wünschen angemessen gewesen wäre.

Halb ohnmächtig vor Scham und Wut wich sie zurück, drehte sich aufstampfend um und schlüpfte rasch wieder in ihr Mieder.

„Was hast du nur?“, fragte der verhinderte Liebhaber unschuldig, betrachtete kurz sein ungeliebtes Anhängsel und schob es zurück in seinen Stall.

So also sah Ernas Kummer aus: Sie liebte Benjamin, sie begehrte ihn und wünschte sich nichts sehnlicher, als dass er diese Wünsche teilte und auch in ihm die Leidenschaft für sie entbrennen würde. Aber der Jüngling war einfach kein Mann, kein richtiger Mann! Die Klingel riss das Mädchen aus ihren trüben Gedanken.

Der Baron, der Baron", riefen alle aufgeregt durcheinander. Erna sagte nichts, sondern saß nur still da und beobachtete ihren Benjamin, der vor lauter Erwartungen blitzende Augen bekommen hatte.

Selbstsicher trat Max ein, wie es sich für einen Mann von Welt geziemte. Nachdem er allen Anwesenden vorgestellt worden war, bat ihn Frau von Busenberg, nach Belieben Platz zu nehmen und sich wie zu Hause zu fühlen. Ob es Zufall war, dass er sich ausgerechnet zwischen Almy und Benjamin niederließ?

Die Kellnersgattin genoss die Situation, denn mit Fug und Recht durfte sie sich als Herrin der Lage fühlen – aller Augen waren auf den Baron und sie gerichtet, und gar mancher Gesichtsausdruck ließ ungläubigen Neid erkennen, dass es ihr vergönnt gewesen sein sollte, ein solches Prachtstück von Mann abbekommen zu haben.

Benjamin verwickelte Max alsbald in eine angeregte Konversation und zeigte sich als liebenswerter Gesellschafter. Geschickt vermengte er Komplimente an den Baron ins Gespräch; dieser war darüber ein wenig erstaunt, weil solch Gerede von einem Mann an einen anderen gerichtet zu vernehmen gelinde gesagt als ungewöhnlich gelten durfte. Jedoch war in einer solch absonderlichen Gesellschaft sicherlich mit allerlei Seltsamkeiten zu rechnen gewesen – immerhin war dem Baron bewusst, dass er sich in einer ausgesuchten Runde von Damen aus den besten Kreisen befand, die er sich nichtsdestotrotz mit einem Fingerzeig jederzeit hätte zu Eigen machen können. Also beschloss er, sich über das Verhalten des Jünglings nicht weiter zu wundern.

Dieser zog alle Register seines Könnens, er überschüttete Max förmlich mit Liebenswürdigkeiten und im Grunde tat er nichts anderes als sich ihm anzudienen: Er machte ihm den Hof. Erna kaute nervös auf ihren Lippen herum und konnte ihre innere Anspannung nur schwerlich verbergen. Jetzt sollte sie sein Glied sehen! In den prächtigsten, quälendsten Farben malte sie sich aus, wie der schlaffe weiße Wurm zu kraftvollem Leben erwacht sei, wie er stolz hervorragte und verlangend gegen die Mauern seines Hosengefängnisses drückte. Eine wahre Männerzier, doch nicht für sie. Sie hätte weinen können.

Die Arme!

Alle anderen beteiligten sich lebhaft am fröhlichen Plausch. Entzückend, welche Früchtchen der Baron nun kennen lernte: Fräulein v. N. etwa, die üppig gebaute Tochter eines Gelehrten an der Universität, wirkte voll der Lebensfreude und war nun gar kein Kind von Traurigkeit. Wie sie ihre vollen, roten Lippen schürzte, und die Blicke aus ihren schwanzgeilen Augen dazu – man musste wirklich nicht viel verstehen, um ihre Gedanken erraten zu können.

Anna, die Rechtsanwaltstochter, und ihre Cousine, die Tochter des Bankiers, erkannte er sofort – ihre Bilder waren in Karls Album zu sehen gewesen.

Neben letzterer saß ein süßer Fratz von gerade mal sechzehn Jahren: Emilie Z., die trotz ihrer zarten Jugend bereits über ansehnliche Rundungen verfügte und, da sie nun mal Teil dieser Gesellschaft war, wohl auch bereits den einen oder anderen Schwengel in sich hatte spüren dürfen. Dieses Wissen bildete einen überaus aparten Gegensatz zu ihrem elfenhaften Äußeren – sie trug sogar noch die kurze Kleidung der Kinder. Wie sie sprach und aufgeregt auf dem Stuhl wetzte, ihr immerfort lachendes Mündchen – ein Backfisch, wie er sich süßer kaum vorstellen ließ, und zugleich mit einer Geilheit gesegnet, die weit älteren Frauen oft noch versagt bleibt.

Max wandte seine diskret forschenden Blicke ans andere Ende der Tafel: Frau von Busenberg kannte er schon; sie hatte durchaus ihre Reize. Ernas Mutter, die Witwe des Möbelfabrikanten, gefiel ihm außerordentlich – beinahe so gut wie ihre Tochter. Ein reifes Vollweib, an den richtigen Stellen bestens ausgestattet, was sie mit einem besonders tiefen Dekolletee auch ausgezeichnet zur

Geltung zu bringen verstand. Der wogende Busenansatz lud förmlich dazu ein, in ihre Reize einzutauchen – und sei es auch nur mit Blicken.

Almy hatte nicht zu viel versprochen – der attraktive Baron war der gesamten Runde ausnehmend sympathisch. Und so dauerte es nur eine Weile, bis die Gastgeberin auf den großen Ball der nächsten Woche zu sprechen kam. Ob Max denn bereits davon wisse? Er verneinte und erntete ein geheimnisvolles Lächeln der von Busenberg.

„Mein lieber Baron", setzte sie in verführerischem Tonfall an, „Ihr müsst wissen, dies wird beileibe kein Ball wie jeder andere, sondern etwas ganz Besonders, sehr Originelles. Der Vorsitzende des Komitees, Herr Hinterlieb, wird die Einladungen ausschicken, und die Balltoilette, die für diesen Abend vorgesehen ist, könnte man als … abstrakt bezeichnen."

Ein verhaltenes Kichern der Damen belohnte sie für dieses Bonmot.

„Und alle, die Ihr hier seht, werden kommen!", platzte die blutjunge Emilie Z. heraus. „Meine Mama hat es mir bereits gestattet; und mein Papa wird an diesem Tag verreisen."

„Ich darf mich Ernas Mutter anschließen", ließ sich Fräulein Lilly von B. vernehmen, die zarte, blonde Tochter eines Regierungsrates.

Die reizvolle Bankierstochter fügte hinzu: „Auch die beiden Xwitz haben ihr Kommen zugesagt. Sind sie Ihnen bekannt, Herr Baron?"

„Gewiss doch, verehrtes Fräulein, und mehr als das – ich bin verwandt mit den Damen, ein Vetter, um genau zu sein."

„Wie bestens sich dies alles fügt", äußerte die Busenberg. „Darf ich – dürfen wir – denn davon ausgehen, dass auch Sie uns mit ihrer Anwesenheit beim Ball beglücken werden?"

„Wenn es denn gestattet ist?", meinte der Baron in Befolgung der Etiketteregeln.

Die Antwort bestand in einem vielstimmigen „Aber gewiss doch!" – „Hurrah, der Baron kommt auch!" – „Wunderbar, wie wunderbar!", und ähnlichen begeistert zustimmenden Ausrufen.

Nun da dies zur Zufriedenheit aller (mit Ausnahme des Geistlichen, an den schon die längste Zeit niemand mehr irgendeine Aufmerksamkeit verschwendete) geklärt war, setzte die Gastgeberin mit ihren Erklärungen fort.

„Ja, verehrter Baron, wie ich schon sagte, kein gewöhnlicher Ball erwartet Sie. Das außergewöhnlichste daran ist unzweifelhaft der Umstand, dass Damen und Herren in gleicher Kostümierung erscheinen werden."

Max stimmte in das allgemeine Gelächter ein und fragte dann: „Wie darf ich das verstehen?"

„Es ist sehr einfach, denn die Kostümierung wird aus nur einem einzigen Stück bestehen – aus nichts!"

„Ihr meint, wir werden alle nackt sein? Gänzlich nackt?"

„Ja, ein Nacktball, ein ganz und völlig nackter Ball", jubelte Emilie vorlaut, und man konnte wirklich kaum glauben, dass sie sich in der Öffentlichkeit verhielt, als glaube sie noch an den Klapperstorch. Die anderen amüsierten sich über Emilies Begeisterung und lachten herzlich, begleitet allerdings von verständnisvollem Nicken – die Kleine hat nur laut ausgesprochen, was alle dachten.

Fräulein von N. wandte sich verschwörerisch an ihre Nachbarin, die schöne, blonde Lilly, und fragte leise: „Welche Herren haben denn ihr Erscheinen bereits zugesagt?"

„Alle werden sie erscheinen", gab die blonde Maid flüsternd zurück, „aber mir ist das ohnedies einerlei. Futolinsky, der Virtuose, ist der einzige für den ich mich wahrlich erwärmen kann. Wie er spielt! Und dann hat er auch noch einen so riesigen …"

„Ich weiß, ich weiß", wisperte Lilly, „aber der von P. soll sogar noch größer sein, sagt Almy."

„Wie es scheint, spricht man von mir?", erkundigte sich Max, der in dem Getuschel seinen Namen gehört zu haben glaubte.

„Äh …, nein, es ist nichts", stotterten die beiden Mädchen verlegen und eine entzückende Röte zog sich über ihre Wangen.

„Wie soll ich sagen?", versuchte sich dann Fräulein von N. aus der Zwickmühle zu winden. „Am Ball, Herr Baron, am Ball werde ich Ihnen gestehen, worüber wir uns unterhalten haben!"

„Es wird mir ein besonderes Vergnügen sein, Ihre Erwartungen erfüllen zu können", gab P. galant zurück und ließ damit durchblicken, dass er womöglich eine recht gute Vorstellung vom Thema des Geflüsters hatte.

Fräulein von N. bedachte ihn mit einem langen, glutvollen Blick, der seinen Verdacht erhärtete – und von Früchten sprach, die zu kosten die reine Wonne sein würde.

Solcherart verging die Zeit mit pikanter Unterhaltung und wohl gesetzten Frivolitäten wie im Flug und Max fühlte sich wunderbar in dem so erfrischend ungezwungenen Kreis, dem er sich bald angenehm vertraut fühlte.

Der Nacktball war nun natürlich das Thema Nr. 1 geworden und jede und jeder Einzelne wusste eine aufregende Vorstellung vom Ablauf dieses einzigartigen Ereignisses beizutragen. Insbesondere in P. schäumte die Lust beinahe über – er hatte Derartiges noch nie erlebte und der Gedanke, all diesen Grazien bald splitternackt begegnen zu können, allen auf einmal in einem glänzenden Ballsaal, beflügelte seine erotische Fantasie auf das Äußerste.

Dann nahte doch, spätabends bereits, die Zeit zum Aufbruch. Unter Scherzen und in aufgeräumter, bester Stimmung, die Mädchen kichernd und einander herzend, die Herren die Liebenswürdigkeit und Höflichkeit in Person, verabschiedete man sich.

Benjamin ergriff die Gelegenheit und diente sich dem Baron als Begleiter an. Dieser willigte gerne ein und die beiden verließen Seite an Seite die gastliche Stätte.

Traurig sah Erna ihnen nach. Sie ließ sich von ihrer Mama in den Mantel helfen und alle Damen verließen das Haus; auf der Straße trennte man sich und jedes Grüppchen oder Pärchen strebte ihrem Zuhause zu.

Mit gemischten Gefühlen gingen Erna und ihre Mutter durch die von Gaslaternen nur noch spärlich erleuchteten Gassen.

Die Jüngere sagte kein Wort, sie fühlte sich enttäuscht und verbittert und war ganz in sich gekehrt. Die Ältere hatte den Kopf stolz gehoben und malte sich ihre nächste Zukunft aus: Der Baron – was für ein Mann! Sie musste und würde ihn bekommen, auf jeden Fall. Sie war geil wie eine Tigerin und konnte den Moment kaum noch erwarten, in dem sie sich selbst an des Freiherrn so eindrucksvoll geschilderter Männlichkeit würde verlustieren können.

Erna gegenüber äußerte sie sich lobend über ihn: „Er ist reich, er ist schön, er ist, wie wir hörten, sehr gut gebaut – mein liebes Kind, dieser Max P. wäre der Richtige für dich!"

Erna sagte nichts. Ihr war klar, dass ihre Mutter gleichwertige Ansprüche an den Schwiegersohn erheben würde, dass sie ihn mit besitzen würde, und außerdem schlug ihr Herz ja für Benjamin. Aber tat es das wirklich? Nein, beschloss sie, aus reinem Trotz würde sie heute keinen Gedanken mehr an diese männliche Nutte verschwenden, sie würde es ihm heimzahlen und ihn ebenso missachten wie er sie. Er machte also dem Baron schöne Augen? Nun, sie konnte noch mehr tun. Sie konnte sich Max ins Bett holen, ihn zwischen ihre bereitwillig geöffneten Schenkel lassen und ihn machen lassen, was immer sie wollte. Mit jedem Mann konnte sie das, in ihrer Fantasie, zu Hause in ihrem Bett. Und dieses Mal würde es Baron P. sein, der sie beglücken durfte, und Benjamin würde gar nichts abbekommen.

Belebt von diesem anregenden Vorsatz hob sich ihre Stimmung merklich, und zu Hause angekommen war sie beinahe guter Dinge. Beide Damen hatten es auffallend eilig, so rasch als möglich ins Bett zu kommen. Der Tee sei sehr reichhaltig gewesen, und nun fühle man sich erschöpft ...

Erna eilte in ihr Zimmer und schlüpfte so rasch es ging aus ihren Kleidern. Die Zeit, sie ordentlich beiseite zu legen, blieb nicht – alles fiel irgendwo auf den Boden, Mieder und Höschen flogen in eine Ecke und die schwarzen Strümpfe landeten unter dem Bett. In ihr loderte ein Feuer, ein alles verzehrendes, ungestilltes Verlangen, und sie musste unbedingt nackt sein, um dies irgendwie aushalten zu können.

Mit einem Ruck zog sie sich ihr Hemdchen über den Kopf und warf sich im Evaskostüm aufs Bett. Sie beeilte sich, Decken und Kissen und alles, was irgendwie ihre Hitze noch weiter hätte schüren können, zu entfernen und legte sich dann auf den Rücken. Ihre Brust hob und senkte sich in wallender Bewegung, ansonsten rührte sie sich nicht – wie Dornröschen lag sie ganz still, nackt wie eine griechische Statue.

Innerlich war sie jedoch alles andere als ruhig. P., der nackte Ball, riesige Penisse, hüllenlose Leiber schwirrten ihr im Kopf herum und führten dazu, dass sie sich zu bewegen begann, sich auf dem Laken hin und her wand, als müsste sie sich den tobenden Wellen der Lust beugen und ihren gertenschlanken Körper unter deren Wucht verbiegen.

Nachdem sie nur Minuten im Bett gelegen hatte, sprang sie wieder auf, griff nach der brennenden Kerze und lief die wenigen Schritte zu ihrem großen Spiegel.

Eine feenhafte Gestalt blickte ihr entgegen. Sie bewegte die Kerze langsam, um die Einzelheiten ihres so wunderbar straffen Mädchenkörpers einer genauen Prüfung unterziehen zu können. Ihr hübsches Gesicht wirkte etwas angespannt und war leicht gerötet – kein Wunder, dachte sie bei sich. Ihre Brüste fanden ihre ungeteilte Zustimmung – gerade die richtige Größe, um weiblich zu wirken und dennoch völlig aufrecht zu stehen, gekrönt von ihren rosigen Knospen.

Ihre Figur glich einem Ideal: schlanke Taille, wunderbar glatter, flacher Bauch, die Hüften sanft gerundet und ein herrlicher Rahmen für das kleine, kraushaarige Dreieck in ihrer Mitte, von dem die unerträgliche Hitze auszugehen schien. Kokett drehte und wendete sie sich, um auch den Anblick ihrer vollen Schenkel und die vollendeten Konturen ihres prächtigen Hinterns genießen zu können.

Schließlich versuchte sie, auch ihren Rücken zu betrachten. Endlich gelang es ihr und sie dachte sich, was könnte es Schöneres geben als dem Schwung zu folgen vom Nacken über den Rücken bis zu ihrem samtweichen Popo, wie all dies ineinander floss, einfach göttlich.

Oh ja, sie würde eine gute Figur machen, sie würde schön sein auf dem Ball. „Wenn P. mich so sieht – dann gute Nacht, mein lieber Benjamin!“, dachte sie schnippisch; das geschah ihm nur recht!

Du kannst wohl auch nicht schlafen?“, vernahm sie in diesem Moment die Stimme ihrer Mutter. Sie drehte sich zur Tür und sah die reife Schönheit, wie sie da stand in einem bodenlangen, wallenden Negligé und einer Kerze in der Hand.

„Ich vergehe fast vor Hitze“, antwortete ihr die Tochter gänzlich unbefangen.

„Mir ergeht es nicht anders, mein Kind“, seufzte Mama und trat hinzu, um einen prüfenden Blick auf Ernas Spiegelbild zu werfen. Stolz begann sie zu lächeln, der Stolz einer Mutter, die ihre Wünsche erhört, weiß und stets auch selbst alles daran gesetzt hatte, diese zu verwirklichen. Dann schloss sie den balsamisch duftenden Mädchenleib sanft in die Arme und küsste ihre Tochter zärtlich auf Augen und Mund.

Eng aneinander geschmiegt standen die beiden und betrachteten das Bild, das sich ihnen im Spiegel bot: Wahrlich ein schönes Bild. Rechts die üppige, vollreife Frau, mit erfahrenen, schön geschnittenen Augen und sinnlichen Lippen, die ihre schwellenden Formen unter dem luftigen, weich fallenden Nachtkleid verbarg; links die jugendliche Anmut in Gestalt ihrer Tochter, straff und schlank und gänzlich bereit, sich dem Leben in vollen Zügen hinzugeben. Beider Köpfe drehten sich wieder aufeinander zu, die Frauen küssten sich und versanken dann erneut in der Betrachtung ihres Spiegelbilds.

Dann senkte Erna den Kopf auf die einladende Brust ihrer Mutter und seufzte. „Ach, Mama, mir ist heute so ängstlich zu Mute. Den ganzen Abend schon fühle ich mich bedrückt und leide unter beklemmenden Gefühlen."

„Deshalb wollte ich nach dir sehen, Liebes. Ich erkenne wohl, wenn dich Sorgen umwölken. Und wie finde ich dich vor zu so nachtschlafener Stunde? Nackt vor dem Spiegel!"

Sie sagte dies aber mit Güte und ohne jeden Vorwurf in der Stimme.

„Sei mir nicht gram, Mama, ich bitte dich. Ich konnte doch nicht schlafen, so viele Gedanken wirbeln mir durch den Kopf, so viele Gefühle pressen mir aufs Herz, und diese Hitze in mir! Am liebsten würde ich heute Nacht zu dir ins Bett kommen und bei dir die Nacht verbringen, und mich so recht an dich kuscheln und dich herzen und küssen bis ich nicht mehr kann."

„Mein Schatz, dein Wunsch soll dir erfüllt werden. Hier, ein Küsschen, und hier, noch eins, und noch eins. Deinen Schmerzen werden wir schon beikommen; komm nun mit mir, wir wollen in mein Zimmer und uns an unserer Nähe erfreuen!"

Erna entrang sich ein Seufzer der Freude und Erleichterung und sie hakte sich bei ihrer Mutter unter und ging mit ihr in deren Schlafgemach. Dort brannte eine mattblaue Ampel und verbreitete ein heimeliges und geheimnisvolles Halbdunkel; die sinnliche Atmosphäre wurde noch von schwerem Parfüm unterstrichen, dessen Odeur den Raum durchzog. Dem Bett sah man an, dass seine Besitzerin bereits darin gelegen hatte.

Erna eilte, sobald sie den Raum betreten hatte, schnell zum Bett und lag im selben Augenblick in den Laken; ihre Mama schlüpfte aus dem Nachtkleid, unter dem sie lediglich ein Seidenhemdchen trug. Die beiden Knöpfe der Achselspangen waren rasch gelöst und auch die letzte Hülle fiel zu Boden. Nach Sekunden stand auch die schöne Mutter splitternackt auf dem Perserteppich, der vor dem Bett ausgebreitet lag.

Ein göttlich schönes Bild: Zwar hatte die Frau ihren Frühling bereits hinter sich, doch vom Herbst war desgleichen nichts zu sehen. Sie stand in der vollen Blüte ihres Lebens und zeigte die ganze, wollüstige Fülle des Fleisches, wie sie reifen, sinnlichen Weibern zu eigen ist und die auf eine andere Art beinahe noch begehrenswerter macht als die so reine Anmut der Jugend.

Die Erbin der Möbelfabrik ihres verblichenen Gatten überragte ihre Tochter um ein kleines Stück; in ihrer Jugend musste sie von geradezu anbetungswürdiger Schönheit gewesen sein. Soweit es bei der Fülle möglich war, standen ihre Brüste noch immer aufrecht da. Ihre Brustwarzen wiesen noch dieselbe blassrosa Färbung auf, die auch jene ihres Mädchens zierte, nur waren sie wohl um die Hälfte größer.

Ihre Arme waren schön geformt, ihre Schenkel prall, und trotz aller Üppigkeit ihrer Formen bildete die Taille noch immer einen feinen, verhältnismäßig schlanken Schwung. Ihr ganzer Leib strahlte Lust aus, Freude am Begehren, an sinnverwirrendem Genuss; wem die Molligkeit beim Weibe zupass kam, den hätte ihr Anblick wohl in rasendes Entzücken versetzt. Ihr rundlicher Bauch, der vielleicht eine Spur zu deutlich von der Witwe Freude am Genießen sprach, endete nach unten hin in einem dichten Haarbusch.

Ihre Hinterbacken wiederum konnte man getrost als Abbild klassischer Schönheit bezeichnen. All ihre begehrliche Fleischesfülle und ihre Lust am sinnlichen Erleben schienen in diesem Körperteil zusammengeflossen zu sein: ein kerngesunder, vor Wollust strotzender, sechsunddreißig Jahre alter Prachtarsch. Die geneigte Leserin möge diesen Ausdruck verzeihen; jedoch schien es, als könne das Hinterteil dieses wohlhabenden Vollweibes jedes andere an Herrlichkeit übertreffen.

Es ist natürlich gut möglich, dass so manche Leserin selbst an diesem Ende auf das Wunderbarste ausgestattet sein mag und dies in Zweifel zieht. Nun ist es dem Verfasser dieser Zeilen naturgemäß nicht möglich, sämtliche Ärschlein aller seiner jungen und jung gebliebenen Leserinnen einer genaueren Prüfung zu unterziehen, weshalb er sich leider genötigt sieht, diese Behauptung aufrecht zu erhalten: Der Popo von Ernas Mama war der schönste der Welt. Sollten ehrgeizige Leserinnen jedoch Beweise erbringen, die ihn eines Besseren belehren, so ist er gerne bereit, diese Erklärung öffentlich zu widerrufen.

Damit aber zurück zu unserer Geschichte.

Als Ernas Mutter nackt war, tat sie genau das, wobei sie ihre Tochter zuvor ertappt hatte: Sie trat vor den Spiegel, um einen ausgiebigen Blick auf ihre ganze Schönheit werfen zu können. Ihr süßes Kind beobachtete die Szene vom Bett aus; die Hände hatte sie zwischen ihre Schenkel gelegt, um der Hitze an dieser Stelle ein wenig beizukommen.

„Wunderschön siehst du aus!“, rief sie ihrer Mutter zu. „Gewiss wirst du die schönste aller Mütter auf dem Ball sein! Ganz bestimmt, liebste Mama!“

Die derart hoch Gelobte sagte darauf nichts, ihr etwas selbstgefälliger Blick auf ihr Spiegelbild ließ aber vermuten, dass sie ebenso dachte. Sie wandte sich ab und setzte leichtfüßig die wenigen Schritte zum Bett, auf dem ihre Tochter sie mit offenen Armen erwartete.

Die beiden versanken sofort in innigster Umarmung; das reife Weib gefiel sich darin, den glatten, gertenschlanken Leib ihres Mädchens an ihre hitzewallende, wogende Brust zu pressen. Erna genoss es, ihre glühenden Wangen am sinnlichen Busen ihrer Mama zu spüren. Jedoch verharrten die Frauen nur Sekunden in dieser zärtlichen Haltung, weil das prächtig mütterliche Weib begann, ihre Tochter zu knuddeln und zu necken, dass diese bald nicht mehr wusste, wie ihr der Kopf stand.

Erna wurde von allen Seiten gedrückt und gestreichelt und wand sich in gespielter Verzweiflung unter den halb zärtlichen, halb kitzelnden Liebkosungen, sie strampelte mit den Beinen und zuckte mit dem Hintern wie toll hin und her. Nun war dies gerade der Effekt, den Frau Mama zu erzielen gehofft hatte, und die Wirkung ihres neckischen Spiels stachelte sie nur dazu an, ihre Anstrengungen weiter zu erhöhen, sie ließ ihre Fingerspitzen die Flanken des Mädchens zum Zittern bringen, bearbeitete die Innenseiten ihrer Oberschenkel und erwischte gar einen schlanken Fuß, um die Sohlen auf unerträglich lustige Weise zu kitzeln.

Erna ließ derweilen nichts unversucht, es ihrer weit kräftigeren Mutter mit gleicher Münze heimzuzahlen, und trachtete ihrerseits danach, das füllige Fleisch des Weibes zu erhaschen und zu reizen, wo immer es ihr möglich war. Das Ergebnis war ein unentwirrbares Knäuel aus Schenkeln und Armen und Hintern und Busen, ein reizendes, bald unschuldiges, bald sinnlicher werdendes Liebesspiel.

Nun ging die erfahrene Frau einen Schritt weiter, beugte sich über den marmorglatten, feenhaften Körper ihrer Tochter und begann, ihren Nabel mit der Zunge zu umschmeicheln und zu lecken; als sie schließlich ihre Zungenspitze schlangengleich vorschnellen ließ und tief in das neckische

Grübchen inmitten des Bäuchleins ihrer Tochter stieß, zuckte diese ob dieses neuen und unerwarteten Reizes derart zusammen, dass sie völlig die Kontrolle verlor. Ihr ganzer Leib bäumte sich auf, und ihre Beine schnellten in die Höhe und waren nahe daran, der Mutter gegen den Kopf zu schlagen. Diese aber wich geschickt aus und nützte die Gunst des Augenblicks: In dem Moment, als Ernas Beine senkrecht nach oben ragten, umfing sie sie und hielt sie in dieser Position fest. Ihr Blick senkte sich und voller Lust und Freude nahm sie das ebenso liebreizende wie schamlose Bild auf, das sich ihr mit einem Mal darbot. Ernas entzückendes Ärschlein lag bloß vor ihren Augen, und alles, was sonst von der Natur selbst im gänzlich unbekleideten Zustand züchtig verdeckt gehalten wurde, bot sich nun offen ihrem Auge dar. Erna war nun nicht mehr bloß nackt – sie war vollkommen entblößt, ihre allergeheimsten Stellen, ihre intimsten Öffnungen waren der Mutter preisgegeben.

Wundervoll anzusehen waren die beiden Rundungen, die nach oben in die Schenkel, nach unten ineinander ausliefen. An dieser Stelle zeigte sich auch das Popolöchlein des Mädchens, eine rosige, zarte Rosette, die so eng und klein erschien, als könne Frau Mama nicht einmal den kleinsten ihrer Finger dort hinein drängen. Über den Damm ein kleines, weiteres Stück nach oben, begrenzt von den innersten Kurven der beiden Bäckchen und von einem feinen Gewirr dunkler Härchen umrahmt, erhob sich die sanfteste aller weiblichen Wölbungen – jene ihrer Feige. Zwei aufeinander gelegte, geschlossene Lippen, ein wenig rosiger schimmernd als die Haut der Schenkel links und rechts, und dazwischen ein gerader, senkrechter, dunkler Strich.

Lächelnd tippte Mama mit ihrem Mittelfinger auf diese Linie und erfreute sich an der sofortigen Reaktion ihrer Tochter – Erna seufzte auf und wand sich im starken Festhaltegriff ihrer Mutter. Diese aber war noch lange nicht am Ziel; sie schob die wirren Härchen beiseite, strich mit ihrem Finger die Linie entlang und erreichte bald, was ihre Absicht gewesen war: Die äußeren Lippen öffneten sich leicht, sanft glitt ihr Finger dazwischen, drang in das weiche, nachgiebige Fleisch und legte das feuchtrosa glänzende Innere frei. Behutsam drängte sie mit einem zweiten Finger nach und spreizte die Tempelpforten ihrer Tochter ein wenig weiter auseinander. Allerliebst war dies anzusehen – ein fleischiges, frisches Mündchen von zarten Härchen gesäumt, glich es dem flaumbärtigen Mund eines Jünglings.

Kurz nur verharrte sie in stiller, stummer Bewunderung der so unberührt und rein wirkenden Frucht ihrer Tochter, dann konnte sie nicht mehr an sich halten, beugte sich tiefer und drückte wie von Sinnen einen heißen Kuss nach dem anderen auf das Wäldchen und den Eingang der Grotte und den winzigen Kitzler; Erna stöhnte auf und begann, ihre Schenkel zu weiten und langsam links und rechts auf das Laken sinken zu lassen. Dabei öffneten sich auch ihre unteren Lippen ein weiteres Stück und sprachen deutlich die Einladung aus, doch einzutreten und sich nach Belieben im Inneren umzusehen.

Mama entging dies natürlich nicht; die in Liebesdingen so erfahrene Frau erhob sich, umfasste ihre Tochter mit einem Arm und küsste ihr leidenschaftlich auf die Augen, den Mund, die Wangen und die Stirn. Zugleich hatte sie ihre andere Hand die Schenkel entlang zum Allerheiligsten ihres Mädchens geführt und war der Einladung gefolgt, hatte ihren Mittelfinger tief hinein in das Innerste geschoben, das ihr so geil entgegen gestreckt wurde.

Erna tat es so wohl, endlich jene Zuwendungen erfahren zu dürfen, nach denen sie sich schon den ganzen Abend verzehrt hatte, und sie ließ sich nach Herzenslust verwöhnen. Das gute Kind wusste aber freilich, was sich gehörte, und begann ohne Aufforderung, ihrerseits die verführerische Gestalt ihrer Mutter zu berühren.

Ihre Hand wanderte über schwellende Rundungen und vollsaftige Schenkel zu jener bewussten Stelle der Frau, die sich ihre Mutter auch bei ihr für ihre leidenschaftlichsten Liebkosungen ausgesucht hatte, und begann dort zu drücken und zu streicheln und sich für Mamas Liebesdienste auf das Reizvollste zu revanchieren.

Die beiden lagen auf der Seite und hielten einander dicht umschlungen, je ein Arm umfasste die andere, Brust drückte an Brust, Lippen hingen an Lippen in nicht enden wollendem Kuss. Die freien Hände waren jeweils zwischen den Schenkeln der anderen versunken und bewegten sich vor und zurück und auf und ab im Bestreben, die größtmögliche Lust zu bereiten. Mutter und Tochter sahen einander in die Augen; denn die Geilheit im

Blick der anderen zu sehen und die feinsten Nuancen der Wollust auf diese intimste aller Arten zu erspüren, erregte sie über alle Maßen und war zugleich wie ein Wettstreit, welcher es wohl gelänge, der anderen zuerst über den langen Anstieg bis zum Gipfel zu verhelfen, von dem aus die Seligkeit greifbar nahe war.

Nun wurden die Frauen von wollüstiger Raserei ergriffen. Immer heftiger gerieten ihre Bewegungen, ihre küssenden Lippen lösten sich um Raum für stöhnende und aufseufzende Laute zu geben, und fanden sogleich wieder den Weg zueinander. Erna ließ ihr Zünglein hervorlugen und leckte über die vollen, weichen Lippen ihrer Mutter, die sich nicht lange bitten ließ und ihrerseits einen Spalt öffnete, um die beiden feurigen Schlangen Zungenspitze an Zungenspitze miteinander tanzen zu lassen. Längst lagen die beiden nicht mehr still, sondern wanden sich in glühender Ekstase, rieben sich ihre Kitzler mit Fingern, die sie zuvor in der gierigen Spalte der anderen mit feuchter Wärme benetzt hatten. Mal war Ernas glatter, weißer Schenkel zu sehen, mal gewann der königliche Hintern ihrer Mutter die Oberhand; mal wetzte Frau Mama ihre nasse Spalte am Knie ihres Töchterchens, mal versuchte das beinahe jungfräuliche Fleisch von Ernas Vulva die drallen Schenkel ihrer vor Geilheit laut ächzenden Gefährtin der Wollust zu reiten.

Und welch Einblicke sich boten! Zwei wie liebeskranke Furien übereinander herfallende Schönheiten, vier Brüste, vier Arschbacken, weiche, weibliche Lippen in sinnlicher Verschmelzung, da eine klaffende Spalte, hier ein wollüstig gen Himmel gereckter Hintern …

Und immer noch nahm ihr Liebestaumel an Heftigkeit zu, wurde ihr Stöhnen lauter, ihre Bewegungen schneller und intensiver. Brust klatschte auf Brust, die Nippel rieben einander in zufälliger und doch willkommener Begegnung, ihre Hände arbeiteten heftig in den Liebestempeln, und endlich steigerten sich ihre Lustgeräusche zum Crescendo, ihr Atem ging stoßweise, ihre Haut überzog sich mit Feuchtigkeit. Beiden kam es zur selben Zeit, unartikuliertes, gutturales Gurgeln entrang sich ihren schweißglänzenden Brüsten und sie drangen jetzt mit zwei, drei, vier Fingern in ihre weit geöffneten Mösen ein, rieben zugleich, die Hände über den oberen Rand ihrer Spalten gewölbt, wie irrsinnig an ihren Lustknöpfen und zögerten den Moment vollkommener Glückseligkeit so lange hinaus wie möglich. Ihre Schenkel wurden von Liebessäften durchnässt, den zerwühlten Laken erging es nicht anders, doch wer würde sich um solches kümmern in Augenblicken wahrer Ekstase?

Endlich erschlafften ihre Körper, langsam und beiläufig schmatzten die Finger noch ein letztes Mal in ihre durchglühten, glitschigen Grotten, hauchten sie einander einen letzten Kuss auf die

Lippen und sanken, erschöpft und erlöst zugleich, aufs Bett zurück.

Nach einigen Minuten des seligen Nachfühlens stand Mama müde auf und begab sich zum Teekessel, der zu Genüssen einladend auf dem Tisch in der Zimmermitte bereit stand.

„Was denkst du, Erna, soll ich einen Tee bereiten? Ich verspüre Lust danach und aus dem Schlaf wird heute wohl ohnedies nichts mehr werden."

Erna lümmelte im Bett, kraulte sich geistesabwesend zwischen den Beinen und dachte nach. Dann fand ihr Blick die große Wanduhr.

„Oh, ein Uhr nachts ist es schon. Aber ich habe gar keine Lust zu schlafen und, Mama, ich bin auch ganz und gar nicht müde. Ein wenig – faul, das geb ich zu!" Munter wie ein Fohlen sprang sie aus dem Bett, hüpfte die paar Schritte zu ihrer Mutter und umarmte sie innig.

„Bereite den Tee, beste aller Mütter, er wird uns beiden sicher wohl bekommen. Aber spare bitte ja nicht mit dem Zucker und auch nicht mit dem Kognak!"

Erna ging ihrer Mutter mit dem Samowar zur Hand und bald waren die brodelnden Geräusche aufkochenden Wassers zu vernehmen. Die beiden Damen vernahmen diese den Appetit anregenden Klänge vom Sofa aus, auf das sie sich nackt, wie sie waren, hingesetzt hatten, um einige Augenblicke in völliger Stille vergehen zu lassen.

Du, Mama", sprudelte dann plötzlich Erna hervor und bekam auf einmal ganz glänzende Augen, „was hältst du denn davon – wie wäre es wenn – du könntest doch nach …"

„Was denn, meine Kleine, was hegst du denn auf einmal für dringende Wünsche?"

„Na ja, ich weiß nicht recht, wie ich es sagen soll, und ob ich´s sagen soll", druckste Erna ein wenig herum und fiel dann mit der Tür ins Haus: „Könntest du nicht nach – Peter klingeln?" Zur Bekräftigung sprang sie auf und fiel ihrer Mutter schon wieder um den Hals.

Für dieses Mal aber wurde sie zurückgewiesen. „Nach Peter!", sagte Mama und setzte zurechtweisend hinzu: „Was fällt dir ein! So etwas tut man einmal und nie wieder – jedenfalls nicht gleich."

Erna wandte sich ab; schmollend starrte sie in die Spiritusflamme des Samowars.

Dann war der Tee soweit, und während Mama zwei Tassen einschenkte, ging Erna in den Speisesalon, um von dort mit einem silbernen Tablett voller Teegebäck zurückzukehren. „Viel Zucker und reichlich Kognak bitte", bestellte sie erneut, „so hab ich es am liebsten."

Ein merkwürdiger, sonderbarer und jedenfalls auch anregender Anblick, der sich einem heimlichen Beobachter geboten hätte: Zwei schöne, splitternackte Damen, schwach beleuchtet von einer bläulichen, orientalischen Lampe, schlürfen stillschweigend ihren Tee.

Soweit es Erna betraf, lag dieses Stillschweigen daran, dass sie die brüske Zurückweisung ihres Vorschlags noch immer wurmte. Was konnte sie dafür, dass ihr Verlangen nach einem Mann gerade heute so übermächtig war, dass ihr ein jeder recht gewesen wäre – und wenn es sich um einen Bediensteten handelte, den Peter eben.

Ihre Mutter räumte die Reste ihres kleinen Imbisses fort. Dann sagte sie beiläufig: „Sicherlich liegt er schon lange im Bett."

„Von wem sprichst du, Mama?" fragte Erna in aller Unschuld, zu der sie fähig war.

„Von Peter natürlich", kam leise die Antwort.

„Dann wecke ihn doch einfach", forderte nun Erna mit Nachdruck, denn sie wusste ihre Mutter am Haken und wollte sich diese Stimmung unbedingt zunutze machen.

„Soll er doch aufstehen, so wie vergangenen Monat nach dem Ressource-Ball, da haben wir ihn auch aus dem Bett geklingelt. Und damals war es schon nach vier Uhr morgens!"

Ihre Mutter wirkte noch immer nicht restlos überzeugt, aber sie ging langsam zum Bett, neben dem eine elektrische Klingel angebracht war. Erna verfolgte jede ihrer Bewegungen und versuchte, sich ihre Anspannung nicht anmerken zu lassen. Dann endlich jubelte sie innerlich auf und ihre Wangen überzogen sich mit der Röte der Vorfreude auf erotische, sinnliche Genüsse. Mama hatte geklingelt!

Dankbar herzte sie ihre Mutter. „Hurrah, ein Mann, jetzt kommt ein Mann!", rief sie und sprang begeistert im Schlafgemach herum.

Die Ältere ging zur Garderobe und entnahm ihr zwei dünne Schlafröcke, die sie sich der Form halber überwarfen; es geziemte sich schließlich nicht, einem einfachen Bedienten völlig nackt gegenüber zu treten, und das gleich zu zweit.

Fünf Minuten vergingen, in denen bange Erwartung und mühsam unterdrückte Spannung sich darin aufzulösen versuchten, dass die beiden Damen auf dem weichen Teppichboden hin und her marschierten.

Dann war ein dezentes Klopfen an der Tür zu vernehmen. Die Frauen beendeten ihre nervöse Wanderung und hießen den Mann eintreten. Einen Moment später betrat der junge, nette Peter das Gemach und vollführte eine formelle Verbeugung.

Die Hausherrin sah ihm fest in die Augen und fragte: „Bist du nüchtern, Peter?“

„Zu Ihren Diensten, gnädige Frau!“

„Dann zieh dich aus; im Zimmer nebenan!“ Sie wandte ihm den Rücken zu.

Peter tat wie ihm geheißen, freudig in sich hineinlächelnd. Es war dies nun das zweite Mal, dass er gänzlich unverhofft zu einem Einsatz als Liebesdiener kam. Wieder durfte er davon ausgehen, dass er für seine Dienste mit einem hübschen Schmuckstück belohnt werden würde – und das für die „Arbeit“, es mit den schönsten Weibern zu treiben, denen er jemals nahe gekommen war.

Der fesche Bursche legte seine Kleidungsstücke

eines nach dem anderen ab und sinnierte dabei, halblaut mit sich selbst sprechend, weiter vor sich hin.

„Es ist wirklich zu komisch, da bin ich ein ganz simpler Lakai und habe doch das schönste Leben. Alle Frauen kann ich bekommen, vorgestern hat die Köchin die Beine breit gemacht, gestern das Stubenmädchen, und heute darf ich der Gnädigen und dem Fräulein Tochter zu Diensten sein. Die sind ja beide wahrlich exquisit, ich könnte gar nicht sagen, welche mir lieber ist. Als sie mich das letzte Mal riefen, nach diesem so genannten Ressource-Kränzchen, waren die beiden derart geil, dass sie mich aussaugten bis auf den letzten Tropfen; zwei Tage lang konnte ich kaum kriechen.

Unsereiner muss eben für alles herhalten, Tag und Nacht. Scheint die Sonne, lassen sie sich aus der Kutsche helfen, und wenn der Mond ihr Blut in Wallung bringt und grad kein edler Stecher bei der Hand ist, dürfen die Bedienten auch noch unter den Röcken zu Werke gehen. Wenn das die Leut wüssten, ha!

Peter, ich sag dir, du hast es bestens getroffen. – So, jetzt aber hinein zu den Damen, die sitzen schon auf Nadeln und brauchen dringend meinen Diener ...“

Im Schlafzimmer herrschte mittlerweile völlige Dunkelheit, denn die Hausherrin hatte rasch die Lampe abgedreht, nachdem Peter zum Ausziehen hinausgegangen war. Beide hatten den flüchtig übergelegten Schlafrock wieder auf den Boden fallen lassen, erneut trugen sie nichts weiter am Leib als das, was ihnen Mutter Natur mitgegeben hatte. Erwartungsvoll standen sie auf dem weichen Teppich im Zimmer herum, als erneut das vorsichtige Klopfen des Lakaien zu vernehmen war.

Peter wartete nicht auf eine Antwort, sondern öffnete lautlos die Tür und schlüpfte in das stockdunkle Gemach. Nach zwei Schritten fühlte er die beiden warmen Frauenleiber sich von links und rechts an ihn drücken, spürte tastende, weiche Frauenhände in seiner Mitte, wie sie sich auf die Suche machten. Gar bald hatten sie ihr Ziel erreicht und griffen zu; sein saftpraller, kräftiger Schwengel wurde umklammert und schwoll unter der fordernden, geilen Berührung gleich noch ein wenig mehr an.

Im Umgang mit feinen Damen bestens geschult, ergriff nun Peter als echter Gentleman seinerseits die Initiative und revanchierte sich nach Kräften für die erwiesenen Liebkosungen. Der mächtige Busen der Herrin, das straffe, zarte Popscherl des gnädigen Fräuleins waren auch im Dunkeln gut zu unterscheiden.

Die drei standen eine Weile auf derselben Stelle, nur schweres Atmen durchbrach die Stille.

Peter fühlte Hände an seinem strammen Arsch, an seinen muskulösen Schenkeln, auf seinem männlich straffen Bauch, er wurde geküsst und beleckt, und es war ihm, als müssten es mindestens ein Dutzend Frauen sein, die ihm da gleichzeitig zusetzten, zumal immer eine Hand frei blieb, um sein Glied zu umklammern oder seine Eier mit festem Griff zu packen. Bisweilen fühlte er sogar erschauernd, wie sich heiße, weiche Lippen um seine Eichel schlossen und sich sein Schwanz unter dem Saugen und Lutschen zu solcher Größe dehnte, dass es beinahe schon schmerzte.

Nach einer kurzen, getuschelten Unterredung seiner beiden geilen Herrinnen spürte Peter, dass er in Richtung Bett gezogen wurde, auf das er von der süßen Last der beiden Weiber langsam niedergedrückt wurde. Nun versuchten die Damen, sich gegenseitig darin zu übertreffen, ihn mit weiblicher Begierde zu erfüllen. Von rechts und links wurde er betastet, gedrückt und geleckt, keine Sekunde war er zu etwas anderem in der Lage, als die Liebesmarionette der Herrschaften zu sein; sekundenlang fürchtete er, nicht mehr zu Atem zu kommen, erdrückt zu werden von der überkochenden Wollust der beiden Unersättlichen.

Immerhin erkannte er noch, dass sich ein Wettstreit entwickelt hatte, und der Preis war, ihn als Erster besitzen zu können. Glücklicherweise war er ein Diener aus Überzeugung; es bereitete ihm ein ungeheures Vergnügen, derart zum Objekt der Begierde gemacht zu werden. Die Kleine schmiegte ihr hübsches Köpfchen an sein Gemächt und ließ ihre Zunge den ganzen Weg von den Hoden über den Schaft bis zur Schwanzspitze entlangfahren; die Große brachte ihre Masse zur Geltung und hängte ihm ihre überquellenden Brüste ins Gesicht, sodass er pflichteifrig nach ihren Nippeln suchte und spürte, wie sie sich unter der Berührung seiner Zunge versteiften.

Er hütete sich, in den Ausgang dieses Kampfes einzugreifen, zumal er genau wusste, auf wen er gesetzt hätte. So kam es dann auch: Die Herrin des Hauses schob ihre gewaltigen Schenkel über ihn und brachte sich in Position. Wutentbrannt musste Erna feststellen, dass sie zum Warten verurteilt war, denn ihre Mama machte ihre älteren Rechte geltend, hockte sich über den am Rücken liegenden Peter und führte sich dessen pochendes Riesenglied in ihre mehr als bereite Möse ein. Sie begann mit kreisenden Bewegungen ihren Lakaien abzureiten, der nun, selbst wenn er dies gewollt hätte, nichts mehr dagegen hätte unternehmen können: Die ganze, brennend geile Fülle seiner Herrin saß auf ihm und ließ niemanden über ihre Begeisterung im Unklaren – sie stöhnte und ächzte nach Leibeskräften und beschleunigte mit jedem Schwung ein wenig ihren Rhythmus.

Dann fühlte Peter auf einmal etwas Warmes, Fleischiges an seiner Wange, und ehe er sich's versah, presste sich eine feuchte, moschusduftende Muschel auf sein Gesicht; das kleine Fräulein hatte wohl genug davon gehabt, bloß ihre Mutter zu belauschen und forderte ihn nun unmissverständlich auf, mit seiner Zunge zu Werke zu gehen. Er tat dies auch umgehend, denn was konnte es für einen Diener Schöneres geben als das Fötzchen seiner Herrin ausgiebig zu schlecken?

Dann zeigten gurgelnde Schreie in kurzen Abständen, dass alle ihr erstes Opfer an die Göttin gebracht hatten; etliche sollten noch folgen, denn die beiden gierigen Weiber wrangen ihren Lakaien so lange aus, bis dieser nach dem siebenten und letzten Mal gerade noch die Kraft aufbrachte, seine Kleider im Nebenzimmer aufzulesen und wie ein Halbtoter die Treppe hinunter zu wanken. Er hatte als Liebesspielzeug gedient, dem gewöhnlichen Bedienstetenfick gefrönt und sein ausdauerndes Werkzeug ein ums andere Mal in alle Öffnungen gesteckt, die ihm gerade angezeigt wurden.

Die Damen waren zufrieden; mit letzten heißen Küssen verabschiedeten sie sich voneinander und verschwanden in ihre Gemächer. Die ersehnte Ruhe war nach der ereignisreichen Nacht endlich eingekehrt.

Als Erna sich mit vor Müdigkeit schon halb geschlossenen Augen ins Bett legte, graute bereits der Morgen. Spielerisch lag ihre Hand auf ihrem feuchten Mündchen und kraulte ein wenig in ihren Härchen. Ein befriedigtes, ermattetes Lächeln umspielte ihre glänzenden, leicht geöffneten Lippen.

Der Schlaf schlich sich heran, und mit ihm kamen wonnevolle, süße Bilder von P., der ihr Bräutigam werden sollte, und dem, was er und sie zusammen erleben würden. Das Glück zog in ihr liebebedürftiges Herz; schließlich entschlummerte sie friedlich, zusammengerollt wie ein Kätzchen.

# 3

# SEINE MAITRESSE

Nachdem Baron Max P. in Begleitung des jungen Benjamin auf die Straße vor dem Haus der Rätin Busenberg getreten war, erkundigte sich der junge Mann höflich, ob er nicht den Freiherrn nach Hause begleiten könne. Max willigte mit Vergnügen ein, denn er hatte in dem so sanft wirkenden Jüngling einen ausgezeichneten Gesellschafter gefunden, der ihm auf Anhieb sympathisch gewesen war. Dessen schüchternes, fast weibisch wirkendes Wesen war zwar auffällig, aber nicht störend, und sein schönes, glattes Gesicht wies überaus einnehmende Züge auf.

Nach kurzer Beratung einigte man sich darauf, den Abend nicht gleich zu beenden. Man wollte zum Glacis gehen und eines der dort befindlichen Cafés aufsuchen; der Abend war überaus anregend verlaufen und die beiden wollten noch ein wenig darüber plaudern.

Geschätzte Leserin, ist dir das Grazer Glacis bekannt? In weitem Bogen umschließt es den Stadtpark und allerorten lässt es sich daher auf wunderbaren Terrassen sitzen, geschützt von einer Markise, mit Blick auf stattliche Bäume und prächtige Alleen; die Luft ist abends mild und rein und aufs Köstlichste durchzogen vom Duft der blühenden Linden. Ein Ort, wie geschaffen für die freundschaftliche Begegnung in beschaulicher, friedvoller und erfrischender Umgebung.

Max und Benjamin hatten sich mittlerweile an einen Tisch auf einer der Terrassen begeben und waren in angeregte Konversation vertieft. Vor Max stand ein gut gefüllter Kognakschwenker, während sich der Junge mit sichtlichem Behagen über einen

Becher Vanilleeis hermachte. Das Thema ihres Gesprächs waren natürlich die Ereignisse des Abends, namentlich das eigentümliche Wesen dieses ganzen Kränzchens und die Besonderheiten der einzelnen Damen. Benjamin erwies sich als unerschöpfliche Quelle für Auskünfte der vertraulichsten Art, und Max schöpfte durch unablässiges Fragen nach Kräften daraus.

So erfuhr der Baron ebenso interessante wie private Details; die Brustwarzen der Gastgeberin etwa, der Rätin Busenberg, wären groß wie Haselnüsse, und der Geistliche ihr Verehrer. Benjamin wusste zu berichten, dass die schöne Anna ein kohlschwarzes, Fräulein von B. hingegen ein rötlich gefärbtes Dreieck zwischen den Beinen habe. Die Bankierstochter wiederum sei gänzlich nackt, denn sie lasse sich regelmäßig von ihrer Kammerzofe rasieren.

Mit einer Fülle solcher und ähnlicher Kleinigkeiten verstand es Benjamin, Max aufs Beste zu unterhalten; das Thema an sich reizte fraglos den Mann, und überdies wusste der Junge seine Worte wohl zu setzen.

Der Baron begann, den Jüngling regelrecht ins Herz zu schließen.

„Sie sind wahrlich ein Goldjunge, mein lieber Herr Benjamin, und eine Goldgrube dazu möchte ich sagen. Wie stellen Sie es bloß an, die Weiber so tief in ihrem Nähkästchen wühlen zu lassen und solch intime Geheimnisse preiszugeben?

Wisst Ihr, ich versuche auch der Unerforschlichkeit des Weibes ein Stück abzugraben, habe auch mitunter das Gefühl, etwas zu erreichen, doch stets wenn ich glaube, hinter ein wirkliches Mysterium gekommen zu sein, muss ich feststellen, dass mir doch wieder ein Bär aufgebunden wurde."

Benjamin lächelte und setzte dann zu einer Erklärung an.

„Das ist schon wirklich etwas Eigentümliches", sagte er. „Ihr müsst wissen, ich war von klein auf sehr häufig in der Gesellschaft von Mädchen und Damen, ich genoss meine Erziehung gemeinsam mit den Fräuleins. Als Jüngling, und weil ich es nun mal so gewohnt war, verkehrte ich weiterhin mit Vorliebe mit ihnen. Versteht Ihr, der Umgang mit Frauen ist mir gänzlich alltäglich geworden, und ich vermag in den Weibern auch nicht das zu erblicken, was andere Männer in ihnen sehen."

Verlegen blickte er Max von unten herauf in die Augen. „Sehen Sie, Herr Baron", sagte er stockend, „die Gesellschaft eines schönen Mannes erfüllt mich auf ganz andere Weise, sie befriedigt mich zutiefst und macht mich glücklich. Mädchen", setzte er mit überraschender Heftigkeit hinzu, „reizen mich nicht!"

Nach diesem Ausbruch war Max natürlich klar geworden, wie es um den hübschen jungen Kerl stand; kein Wunder, dass er so mädchenhaft wirkte, handelte es sich bei ihm doch offensichtlich um einen Urning, einen Mann also, der seinen größten Genuss darin findet, von einem anderen

Mann geliebt zu werden und sich dabei vorzustellen, er sei ein Weib.

Benjamin plauderte munter weiter, aber Max hörte gar nicht richtig zu, sondern verfolgte den Gedanken weiter, der ihm gerade gekommen war. Plötzlich schrak er zusammen, denn er hatte auf einmal einen ordentlichen Ständer in der Hose.

Wie war das geschehen? Hatte ihn wirklich die Vorstellung, Benjamin in den Arsch ... Max stand auf und fühlte die Bestätigung: Sein Glied stand wie eine Eins, und ihm war als Ganzes heiß geworden. Was für eine Situation! Wirklich zum Lachen.

„Lass uns gehen, Benjamin, ja, jetzt sofort“, bedeutete er seinem Begleiter, der den Baron ob der plötzlichen Eile und Heiterkeit verwundert ansah und nicht recht wusste, was er davon zu halten habe. Doch P. verspürte das dringende Bedürfnis, sich in der luftigen Umgebung des Parks ein wenig Abkühlung zu verschaffen. Er schlug vor, einen kleinen Spaziergang zu machen, und Benjamin stimmte mit Freuden zu.

Es war eine herrliche Nacht. Tiefe Stille herrschte im Park, unterbrochen nur ab und zu von den Schritten eines Heimkehrers. Ein paar wenige Gaslaternen brannten und schufen kleine Inseln des Lichts in ansonsten tiefer Dunkelheit; der weiße Weg, auf dem die beiden gingen, bot Anhaltspunkt genug für einen sicheren Tritt.

Eine Weile schlenderten die beiden still dahin. Sie gingen durch eine der Wall-Alleen, so benannt, weil sie sich entlang des alten Walles hinzogen. In diese Alleen drang nur selten ein Sonnenstrahl, denn die Bäume standen so dicht und das Blattwerk war derart geschlossen, dass sich regelrechte Laubengänge gebildet hatten, in denen es selbst im Schein der mittäglichen Sommersonne immer schattig war. Jetzt, bei Nacht, herrschte völlige Dunkelheit, unterbrochen nur von den gelegentlich aufgestellten Laternen, welche jedoch wegen der vielen Krümmungen des Weges immer nur sehr kleine Bereiche erhellten.

Max fühlte sich recht wunderlich neben seinem neuen Gefährten. Die vielen Erlebnisse des Tages und besonders, was er alles erfahren hatte, nicht zuletzt von und über Benjamin, schwirrten durch seinen Kopf. Es drängte ihn, den Jungen zu umarmen und zu küssen, aber andererseits war dies doch verrückt, woher kamen diese seltsamen Gelüste, die er nicht recht verstand und noch nie zuvor empfunden hatte?

Benjamin wiederum war auf diese besondere Weise feinfühlig und merkte wohl, wie es um Max stand. Es stimmte ihn überglücklich und sein weiches Herz begann jedes Mal heftig zu pochen, wenn der Baron seinen Arm ergriff und an sich presste, wie er es von Zeit zu Zeit tat. Er schmiegte sich dann für Augenblicke an den stolzen Mann und genoss für Sekunden ein Vorgefühl vollkommener Seligkeit.

Ihre langsame, kleine Wanderung hatte sie an einen Seitenweg geführt, der von der erhöhten Allee entlang des alten Walles nach unten abzweigte. Er führte zur so genannten Waldlilie – ein sehr nett gelegenes Plätzchen, eine von dicht stehenden Fichten umgebene Lichtung, sehr einladend und sehr abgeschieden zugleich. Ihren Namen trug die Stelle nach der Statue, die in der Mitte aufgestellt worden war: Ein Mädchen füttert ein Rehkitz. Diese rührende Darstellung ist, wie auch der Name dafür, der populären Dichtung eines gefeierten, heimischen Sängers entnommen, dem zu Ehren das Bildnis hier errichtet worden war.

Die beiden waren also zu diesem Seitenweg gekommen und standen einen Moment unschlüssig still – ihr Weg war bisher dem Zufall überlassen gewesen und keinerlei Plan gefolgt. Dann sprach Benjamin ihren gemeinsamen Gedanken aus: „Gehen wir zur Waldlilie“, sagte er bittend, hakte sich zugleich beim Baron unter und setzte sich in Bewegung.

Max folgte, im Moment wie des eigenen Willens beraubt. Sie betraten den schmalen, kiesbestreuten Pfad, und der Baron wurde von einem ganz eigenen, unbekannten und etwas beklemmenden Gefühl ergriffen. Er wusste, dass er den ersten Schritt getan hatte, hin zu etwas völlig Neuem, etwas gänzlich Unbekanntem, das ihn anzog und zugleich aufregende und furchtsame Empfindungen weckte. Zudem nahm ihn Benjamin gleichsam mit sich fort, er hing und zog an seinem Arm und erschien ihm auf einmal als ätherische, verführerische Gestalt, die ihn in das Dunkel mitnahm. Mechanisch ging er den Weg hinab und erforschte seine Gefühle dabei; Behagen mengte sich dazu.

Schließlich gelangten die beiden an ihr Ziel; ein Halbrund umschloss die Waldlilie dicht wie eine Wand, und da es die Stadtväter nicht für nötig erachtet hatten, an dieser einsamen Stelle ein Gaslicht anzubringen, befanden sie sich in völliger Dunkelheit. Lediglich der kleine Ausschnitt des Himmels, der von hier aus zu sehen war, zeigte seinen strahlenden, nächtlichen Schmuck.

Die Bronzestatue des Mädchens und des Rehs war schemenhaft zu erkennen, hauptsächlich in Kontrast zum weiß gekiesten Boden, der das umgebende Dunkel der Fichtenmauer noch schwärzer erschienen ließ.

Benjamin steuerte eine der Parkbänke an, die beiderseits des Bildnisses aufgestellt waren, und nahm darauf Platz. P. setzte sich neben ihn, noch immer von widerstreitenden Gefühlen zum mechanischen Gehorsam verdammt.

Nach Sekunden des tiefsten Schweigens ließ Benjamin einen Seufzer hören, der vom Grund seiner Seele zu kommen schien.

„Hochverehrter Baron“, setzte er dann an, „unsere Bekanntschaft ist erst wenige Stunden alt, aber dennoch fühle ich mich derart zu Ihnen hingezogen, dass ich keinen sehnlicheren Wunsch verspüre, als die Freundschaft zwischen uns beiden weiter zu vertiefen. Wenn es denn in Ihrem Sinn ist, so möchte ich Ihnen einen Vorschlag unterbreiten: Sprechen wir uns künftig per Du an! Um dies in aller Form zu beschließen, können wir später auch noch einen Sprung zu mir gehen – ich habe einen vortrefflichen Marsala zu Hause, mit dem wir würdig Bruderschaft trinken können."

„Bestens", rief der Angesprochene aus, „das Du-Wort soll ab jetzt den Ton zwischen uns angeben. Nenne mich also Max, mein Freund, mein lieber Benjamin. Und was den Marsala betrifft – dem bin ich gewiss nicht abgeneigt."

„Max, mein lieber Max", sagte Benjamin in leisem, verführerischem Tonfall, „wir müssen einander den Bruderkuss geben, um unser neues Band zu besiegeln."

Dem Baron blieb keine Zeit für eine Antwort, denn er fühlte zwei Arme, die sich um seinen Nacken schmiegten, spürte, wie sich die Wärme eines anderen näherte, spürte, wie zwei weiche, warme Lippen sich auf die seinen pressten. Max ließ es geschehen; er fühlte sich wie von einem wollüstigen, sanften Mädchenmund geküsst und mit dem Gedanken, ein Weib hänge an seinen Lippen, begann er den Kuss mit Inbrunst zu erwidern.

Benjamins Mund zog sich widerstrebend zurück, eine Hand löste sich von Maxens Nacken und sank herab. Wie zufällig legte sie sich in den Schoß des Mannes, wie beiläufig berührte sie sein schwellendes Glied. Max durchfuhr ein Schauder, aber er unternahm nichts gegen die Berührung seines Zepters.

Ermutigt begann Benjamin, seine Hand ein wenig zu bewegen, glitt den Schaft entlang, hinab und hinauf, mit sachtem und doch merklichem Druck. Der Stab seiner Sehnsucht wuchs unter dieser Berührung weiter und wurde immer strammer, praller und fester, und der Junge begann zu zittern vor glücklicher Erregung.

Max fühlte sich überwältigt, er wusste nicht wie ihm geschah, er wusste nur, er war geil und bereit, sein Zepter zu schwingen.

Er wollte Benjamin an sich reißen, ihn küssen und begehren wie ein Mädchen. Und genau dies tat er auch im selben Augenblick, er drückte dem schönen Jüngling einen brünstigen Kuss auf den Mund, sprang dann auf und riss sich seine Hose auf. Sein steifes Glied sprang heraus und Benjamins aufgeregt zitternde, warme Hand packte zu, umfing den Schaft, umfing das Fleisch, nach dem er sich den ganzen Abend verzehrt hatte.

Mit dem heißen Stab in der Hand rutschte Benjamin von der Bank und sank vor dem Baron auf die Knie. Seine Lippen öffneten sich einen winzigen Spalt, als er den ersten, scheuen Kuss auf die glühende Eichel drückte. Max war es, als empfange er den begehrlichen Kuss eines wollüstigen Weibes, bereit zur willigen Hingabe an seinen monumentalen Schwanz.

Er lechzte nach mehr und Benjamin tat ihm den Gefallen, seine warmen, weichen Lippen pressten seine Leidenschaft ein ums andere Mal auf die Spitze seines Gliedes, seine Zungenspitze tänzelte über das pochende Fleisch und versetzte P. in einen Zustand rasender Begierde.

Dessen Unterleib begann sich zu bewegen, bald windend, bald stoßend, als wolle er dem Weibe signalisieren, dass er zur größten Gabe der Leidenschaft bereit sei, dass sein Liebesverlangen jenen Punkt erreicht hatte, der von den Frauen so sehr geliebt und gewünscht wird.

Der kniende Bursche nun fühlte sich als Weib, er wünschte nichts mehr, als eines zu sein, und so empfing er die Signale des Freiherrn, als wäre er ein Mädchen und reagierte auch so. Seine Lippen öffneten sich und schlossen sich fest und warm um die heiße Eichel, und das harte Gemächt drang langsam und tief ein in den Mund des jungen Mannes.

Die Geilheit raubte dem Baron nun beinahe die Sinne. Irgendwo in seinen vor Leidenschaft trunkenen Gedanken schwirrte das Bild eines Mannes herum, der an ihm saugte und lutschte, und irgendetwas war an diesem Bild ungewohnt, doch bald schwemmte die hemmungslose Erregung, in die er versetzt wurde, alles andere hinfort und ließ ihn als reinen Leib der reinen Lust zurück.

Fest pressten sich die Lippen Benjamins um den mächtigen Stab, packten zu, als wären sie die gierige Vulva eines Weibes. Und als wäre genau dies der Fall, wurde der Baron immer mehr gereizt und noch geiler und begann, hineinzustoßen in diese erregende Öffnung, er fickte den Jungen in den Mund, und dieser erbebte bei jedem Stoß bis ins Innerste und tat alles, um die überkochende Gier seines Angebeteten weiter und weiter aufzuheizen.

Als Max seine Hände um seinen Kopf legte und ihm so noch stärker das Gefühl vermittelte, genommen zu werden, überschritt auch Benjamin die Grenze, bis zu der Reste seines klaren Denkens ihn noch dazu befähigt hätten, der Sache ein abruptes Ende zu bereiten; was er natürlich nie vorgehabt hatte.

Mit dem Durst eines gerade voll erblühten Mädchens warf er sich den immer heftiger werdenden Stößen des Barons entgegen, trank deren Kraft, begeilte sich an dem Geschmack des heißen, harten Kolbens, der unablässig tief in seinen Schlund fuhr, wieder hinaus und mit erneuerter Gewalt hinein. Er umklammerte die Schenkel seines Gottes, er wollte ihn so sehr, und leckte, rieb und züngelte an dem dampfenden Hammer, der ihm schier den Atem raubte in seiner alles umfassenden Mächtigkeit. Benjamin hatte Erfahrung und er war ein Mann – er wusste um jede kleinste Kleinigkeit, die dazu angetan war, die Wonnen des Barons zu vervielfachen. Er lutschte Schwänze mit einer Virtuosität, um die ihn jedes Mädchen beneidet hätte.

So war ihm auch kein Geheimnis, was geschah, als des Freiherrn zum Platzen angeschwollenes Glied plötzlich noch an Größe zunahm und sich ein Zittern im Körper des Mannes ankündigte, das in dessen Innersten zu beginnen schien und stärker und immer starker wurde. Er wusste sich kurz vor der Erfüllung seiner Sehnsüchte und schloss seine Lippen noch fester um den prächtigen Penis, packte auch mit einer Hand zu und bot noch einmal alles auf, was an Liebeskünsten in ihm steckte.

In diesen Momenten hatte er den Mann ganz in seiner Gewalt und Max ließ es geschehen, überschritt die Schwelle und pumpte seinen heißen

Samen in mächtigen Zuckungen in Benjamins Mund. Dieser saugte und schluckte, er verschlang den geilen Pfahl und alles, was aus ihm kam, als würde ihm reiner Nektar gereicht; jeder Tropfen des Ergusses war ihm ein himmlisches Vergnügen.

Max fühlte sich selig; er schob sein langsam erschlaffendes Glied sachte in Benjamins Mund hin und her und konnte sich nicht entsinnen, jemals so empfunden zu haben. War dieser Junge nun Mann oder Weib? Oder ein Engel?

Sicher war er, dass es noch keiner Frau gelungen war, ihn so in Raserei zu versetzen, wie es Benjamin gerade getan hatte.

Diesem blieben die unsagbaren Empfindungen seines Freundes nicht verborgen. Er stand auf und fiel Max glücklich um den Hals.

„Danke, liebster Max“, flüsterte er.

„Es ist wohl eher an mir, dir zu danken“, entgegnete der andere. „Ich bin noch ganz durcheinander; ich finde gar keine Worte für den Zustand, in den du mich gebracht hast.“

Sie küssten einander erneut und besiegelten damit endgültig ihren neuen Bund.

Max war es, als habe er sich zu einem gänzlich neuen Menschen gewandelt – und er genoss dieses Gefühl in vollen Zügen. Lächelnd ließ er es zu, dass Benjamin sein Glied streichelte, das unter diesen zarten Berührungen schon wieder zu neuem, steifem Leben erwachte.

Aber es war schon zwei Uhr morgens geworden und so machten sie sich endlich an den Aufbruch. Freudig nahm Max die erneut ausgesprochene Einladung an, noch auf ein Gläschen Marsala zu Benjamin zu gehen; eine Stärkung würde den beiden jetzt wahrlich gut zupass kommen. Untergehakt wie ein Ehepaar machten sie sich auf den Weg in die Elisabethstraße, wo der reiche Erbe Benjamin einige Zimmer in der Beletage eines stattlichen Bürgerhauses bewohnte.

Nach einem kleinen Rundgang durch seine Räumlichkeiten und der gebührend ausgesprochenen Bewunderung fanden sie sich in Benjamins Schlafzimmer ein, wo der junge Mann zwei große Leuchter mit je sechs Kerzen entzündete. Dann brachte er den starken, dunklen Wein und Gläser.

„Fühl dich wie zu Hause“, forderte er seinen Gast freundlich auf, „mach es dir bequem!“

Max kam dies gerade recht und sofort ließ er sich zurücksinken auf das Bett, verschränkte die Arme hinter dem Kopf und sah sich behaglich im Zimmer um. Benjamin hingegen zog ein Schemelchen heran und setzte sich wie ein artiges Mädchen zu Füßen des Barons nieder.

„Max, mein Liebster“, sagte er dann, „es wird wohl das Beste sein, wenn du heute gar nicht mehr nach Hause gehst; es ist schon sehr spät und wir sitzen gerade so gemütlich zusammen, da kannst du doch gleich hier bei mir bleiben. Mein Bett ist groß genug für zwei, falls du nicht lieber die Nacht auf dem Sofa verbringst.“

Er schenkte dem Baron sein zärtlichstes Lächeln, während sein Ellenbogen wie zufällig auf jener Stelle der freiherrlichen Hose ruhte, unter der sich dessen steifes Glied bemerkbar machte.

Max fühlte sich großartig; er hätte es nie für möglich gehalten, dass einmal ein Mann solch erotische Empfindungen bei ihm erwecken würde, denn er hatte nie auch nur daran gedacht, jemals der Knabenliebe zu huldigen. Aber Benjamin war wirklich gerade so wie ein liebreizendes Frauenzimmer, und hatte ihm die Natur auch einen Stachel geschenkt, er stach einfach nicht damit.

Instinktiv rieb er sich eng an dem jugendfrischen Körper, angeregt durch Benjamins Berührung seines prallen Pfahles.

Der Junge spürte sofort die Willigkeit des Mannes, und er wurde aufgeregt wie ein Mädchen, das sein erstes Glied zu fassen bekommt.

„Nicht wahr, mein lieber Max, diese Nacht ist unsere gemeinsame Nacht – hier bei mir. Lass uns noch einen Schluck trinken!"

Er goss die Gläser wieder voll, sie prosteten sich zu und ließen sich den süßen, starken, dunklen Nektar schmecken. Sinnliche Hitze machte sich in ihnen breit, als hätten sie einen aphrodisischen Trank zu sich genommen.

Nach einiger Zeit verließ Benjamin den Platz zu Füßen des Barons und ging nach nebenan. Von dort kam er so verwandelt zurück, dass Max ihn beinahe nicht mehr erkannt hätte: Er trug ein weiß-blaues, seidenes Negligé, wie es den Damen gut anstand. Es hatte ein sehr tiefes Dekolletee und kurze, weit geschnittene Ärmel.

Er verharrte für einen Moment auf der Schwelle und genoss den erstaunten Blick, den er in Max ausgelöst hatte. Dann eilte er auf seinen Freund zu, warf sich zu ihm auf das damastbezogene Bett und begann ihn zu umarmen und zu küssen.

„Reich mir deine Hand“, bat er dann und Max gewährte ihm diese Bitte. Benjamin ergriff die kräftige, sehr gepflegte Männerhand und legte sie an sein helles, glattes Glied. Ganz anders als bei Ernas Versuchen stand es heute stramm und wurde gleich noch praller, als es Max umschloss.

„Auch ich will deine Hand spüren“, flüsterte er, und keiner Aufforderung wäre Benjamin lieber nachgekommen. So schnell es ging schälte er den mächtigen Phallus aus seiner Hülle und begann, ihn langsam zu reiben.

Die beiden tauschten gierige Küsse, eine Hand immer am Glied des anderen auf- und abfahrend, und begannen bald zu stöhnen und sich zu winden. Doch Benjamin wollte kein allzu rasches Ende.

„Noch nicht“, sagte er „Es wäre viel zu schnell; lass es uns lieber – im Bett machen!“

Damit entwand er sich dem erregenden Griff des Barons, bevor dieser ihn zum Abspritzen bringen konnte, und wälzte sich auf die andere Seite des Bettes.

Sofort stürzte Max ihm nach, fiel vor dem Jüngling auf die Knie, ergriff seine Lenden und legte den Kopf in seinen Schoß, sodass seine Haare an Benjamins Ständer rieben.

Dieser trachtete sich ihm zu entreißen, wollte sich ihm entziehen, als wäre er tatsächlich ein schamhaftes Mädchen und spiele das Spiel von der

Jungfer, die Tugendhaftigkeit vortäuscht, wo doch längst reine Begierde das Sagen hat. Jedoch muss gesagt werden, dass dem Jungen eine gewisse Schamhaftigkeit tatsächlich in die Wiege gelegt worden war.

Auch Max spielte seine Rolle, jene des feurigen Liebhabers, mit echter Überzeugung und Hingabe. Er setzte nach, ertastete die rundlichen Hinterbacken des „Mädchens", fühlte dessen Brust und entdeckte endlich die Knöpfe, die sein Nachtkleidchen vorne zusammenhielten. Mit einem einzigen Ruck riss er es auf.

Lächelnd ob seines ungestümen, leidenschaftlichen Mannes streifte Benjamin das seidene Gewand von den Schultern und ließ es dann zu Boden fallen.

Der Anblick ließ Max zurückfahren.

Benjamin trug ein hauchzartes, beinahe völlig durchsichtiges Hemdchen ohne Ärmel, das an den Schultern nur von fast unsichtbaren Trägerriemchen mit je einem Knöpfchen gehalten wurde. Hüften und Schenkel wurden von einem Spitzenhöschen notdürftig verhüllt; besonders die starke Erregung des Trägers zeichnete sich unter dem dünnen Stoff überdeutlich ab. Von den Knien abwärts schließlich trug er seidene, schwarze Damenstrümpfe.

Einen Augenblick lang war Max unfähig, etwas zu tun oder zu sagen.

„Wie schön du bist“, rief er dann aufs Höchste erfreut, „wie ein Engel siehst du aus!“ Dabei waren seine Hände bereits entlang der Schenkel und der Backen auf die Suche gegangen, tastend, greifend und bald fündig geworden: Als echtes Damenhöschen wies auch Benjamins hinten eine Öffnung auf, und Max versuchte nun, am Hemdchen vorbei dort hinein und an die nackte Haut zu gelangen.

Beide erquickten sich unsäglich an dem Gefühl, als ihm dies schließlich gelang. Mit fester und doch zartfühlender Hand drückte er Benjamins Popsch und versuchte, tief in die Spalte zwischen den Backen zu gelangen. Benjamin, der sein schamhaftes Spiel noch nicht gänzlich zu Ende gespielt hatte, presste diese eng zusammen, vorgeblich, um die Penetration zu verhindern.

Max wiederum brachte seine zweite Hand ins Spiel und reizte den Penis, den er voller Bewunderung betrachtete. Niemals zuvor hatte er an einem Glied eine solche Blässe, eine solche weiße Reinheit erblicken können; ehe er sich´s versah, beugte er sich vor und wölbte seine Lippen über die rosige, glatte Eichel, die noch keines Mädchens Mund berührt hatte.

Benjamin erschauerte bis ins Innerste; wie von selbst oder zum Dank gaben seine Hinterbacken nach und gewährten den begierig vorwärts drängenden Fingern des Barons Einlass. Diese ließen sich nicht lange bitte und lagen nur Sekunden später auf der rosigen, kleinen Öffnung, die so gut verborgen liegt und in diesem Moment doch bloßgelegt worden war von der beharrlichen Leidenschaft eines anstürmenden Geliebten.

Mit feinem Gefühl spürte der Baron, wie Benjamin nachgab, sich hingab, sich öffnete – und drang mit seinem Finger langsam in den Anus ein. Heißes, festes Fleisch fühlte er, und er genoss mit anzusehen, wie Benjamin durch seine innere Berührung noch geiler wurde, als er ohnedies schon war.

Nach einer Weile jedoch äußerte er einen Wunsch: Max möge sich entkleiden, wie auch er es getan habe.

Der Baron beeilte sich, dieser Bitte zu entsprechen, sprang auf und hatte sich in weniger als einer Minute alle Kleider vom Leib gerissen. Splitternackt stand er vor Benjamin und ließ sich von diesem in eine feurige Umarmung nehmen.

Zugleich schaffte es der Junge, die Haltebänder seines Höschens zu lösen, das zu Boden fiel und nur das lange, seidene Batisthemdchen an seinem Körper zurückließ. Mit zwei Griffen an die Schultern und zwei gelösten Knöpfen war auch diese Hülle beseitigt und der wollüstige Adonis präsentierte sich ebenso nackt wie sein starker Liebster, wie eine junge Maid, die ihrem Verehrer eine Freude machen will.

Max wurde von blinder Geilheit übermannt; er hob die Schönheit, die er sah, hoch und trug sie zum Bett zurück. Für ihn selbst überraschend sanft legte er seine Last ab.

Benjamin, die seidenen Laken am Körper spürend, begann sich behaglich hin und her zu wälzen und kam endlich so zu liegen, dass er dem Baron seinen Hintern entgegen streckte. Brust und Bauch drückten auf die weiche Bettstatt, die Beine aber standen auf dem Boden. Baronhüften rieben sich am Jünglingsarsch, erfreut ob dessen Weichheit, Baronshände umfassten weiße Schultern. Benjamin wendete den Kopf, um Max zum Kusse aufzufordern.

Was sich Max hier darbot, war zu viel der Versuchung. Er ging auf die Knie und barg sein Gesicht in den köstlichen Wölbungen des mädchenhaften Arsches.

Dann legte er die Hände auf die Kuppeln, die Daumen in den Spalt weisend, und zog die Backen so weit als möglich auseinander. Ein rosiges Tal öffnete sich, mit blonden Härchen bestanden, und in der Mitte wies es eine gar zarte Rosette auf, gleich dem Weg zum Quell aller Lust und Sinnlichkeit.

„Ach Benjamin, mein süßer Benjamin“, flötete er, „ich will dich noch besser sehen; ob ich wohl das Licht herbeiholen kann?“

„Mach mit mir, was immer du willst“, kam es keuchend zurück.

Max eilte zum nächsten Kandelaber und stellte ihn so auf, dass er den wundervollen Arsch von allen Seiten gut ausleuchtete.

Der Anblick des rosigen Polochs entzückte ihn zutiefst; doch bald war er des bloßen Sehens überdrüssig und wollte mehr. Er wollte alle Sinne erfüllen; und so presste er einen Kuss auf das Löchlein, umschmeichelte es mit seiner Zunge und beobachtete mit gebannter Aufmerksamkeit, wie es sich bald öffnete, bald schloss.

Des Jungen Geilheit kannte keine Grenzen mehr; der Baron leckte ihm das Arschloch mit Begeisterung, feuchte Wärme umschmeichelte diese für ihn so empfindsame Stelle, und er wand sich vor Vergnügen, stöhnte, bog den Rücken durch und rief unartikulierte Worte der reinen Lust aus, um Max auch auf diese Weise anzufeuern, in seinem Tun nicht innezuhalten, sondern ihn weiter zu ergötzen mit seiner geübten, schnellen Zunge.

Als hätte es noch irgendeiner Bestätigung bedurft, griff der Baron um Benjamins Hüften herum und packte dessen Glied; auch ohne es wissen zu können, glaubte er zu Recht, dass selbiges noch niemals zuvor einen derartigen Grad an Steifheit erlangt hatte.

Die Sinne so lange zu reizen, die Begierde bis zum Schmelzpunkt zu erhitzen – vieles lässt sich ertragen, aber ein solches Feuer der Leidenschaft brennen und keine Befriedigung folgen zu lassen, das vermochten selbst die Götter nicht.

Auch unsere beiden Geliebten wussten dies und erkannten den Zeitpunkt als gekommen; Max stand auf und rieb seinen Prächtigen in der Enge zwischen den Arschbacken, tupfte immer wieder an der zuckenden Öffnung an.

Benjamin deutete mit der Hand auf das Tischchen, auf dem eine schöne Kristalldose stand. Max verstand; er hob den Deckel der Dose und tauchte seinen Zeigefinger in weiche, beste Butter. Dann wandte er sich wieder dem verlangend nach oben gestreckten weichen Arsch zu, mit dem sich ihm Benjamin auf aufreizendste Weise darbot. Er verteilte das Fett vorsichtig auf der rosigen Rosette.

Diese weitete sich im selben Moment, machte sich bereit als Scheide zu dienen für das mächtige Schwert des Barons. Max vernahm die Einladung und war schon im Begriff, seinen Finger tief in den After zu stecken, als sein Gespiele ihm Einhalt gebot.

„Noch nicht. Nimm noch mehr von der Butter", erbat sich der Jüngling, „und bestreiche mich auch innerlich damit, so tief es möglich ist. Es rutscht dann weitaus besser."

Also bediente sich Max großzügig aus der kristallenen Dose und drang mit seinem fettglänzenden Finger bis zum Anschlag in das Arschloch ein, kleidete die ganze Innenseite mit der Schmierschicht aus. Wie von selbst schien der Finger auf einmal aus und ein zu gleiten, weshalb der Baron dies noch ein paar Mal öfter tat als notwendig – sehr zum Entzücken Benjamins.

„Wie du mich fingerst", rief er aus, „wie ein alter Hase. Man könnte meinen, du hast dies schon hundert Mal getan."

Lachend verneinte Max. „Ganz und gar nicht; diesbezüglich bin ich, wie du weißt, wahrhaftig noch so etwas wie ein Jungmann. Ich bin mir gar nicht im Klaren, wie es jetzt weitergehen soll."

„Es wird gehen, oh ja, ganz bestimmt; lass das nur meine Sorge sein, Geliebter. Jetzt aber kann ich nicht mehr warten, ich möchte mit dir zusammenkommen; wie ich es ersehne, dir diese Jungfernschaft zu nehmen. Ich liebe dich ja so, du herrlicher Mann!"

Max erhob sich und setzte seine Eichel an das Poloch, das sich weit aufgetan hatte. Benjamin rückte hierhin und dahin, um dem Stachel möglichst weit entgegenzukommen. Wie eine geübte Dirne drehte und wendete er seinen Hintern, erspürte das Gerät an seinem Anus, stülpte sich förmlich darüber – schmerzlos glitt der quälend angeschwollene Pfahl hinein, hinein und hinein, nicht enden wollende fünfundzwanzig Zentimeter tief und tiefer, bis beide einen erleichterten Seufzer von sich gaben: Der Baron steckte in Benjamins Arsch, so tief es eben möglich war.

Langsam zog er sich wieder zurück, um Anlauf zu nehmen für eine zweite Attacke, und dieses zweite Vordringen war bereits von den wonnevollsten Empfindungen begleitet, die sich nur denken lassen.

Ungewohnt stramm schloss sich das Fleisch um den Freudenstab, und sorgte so für nie gekannte Gefühle der enthemmtesten Art. Nach und nach wurde Max auch in diesen fremdartigen Gefilden heimisch, und bald war es dem Freiherrn, als hätte er niemals auf andere Art den Freuden der körperlichen Liebe gefrönt.

Seine Mannsbraut hatte sich einige Kissen unter den Oberkörper gelegt, auf die er sich aufstützen konnte. So war es ihm möglich, sich umzuwenden und seine Lippen darzubieten. Max presste seinen Mund auf Benjamins und fast ununterbrochen waren die beiden in leidenschaftlichstem Kuss vereint.

Der große Mann hielt mit einer Hand Benjamins Schulter umklammert und zog ihn fest an sich heran, mit der anderen Hand umschlang er den glatten Leib und erfasste den Penis des Jungen, um ihm ähnliche Freuden zuteil werden zu lassen, wie sie sein eigenes Gemächt in der fleischig warmen Umklammerung des Arschlochs erfuhr.

Heftiger stieß P. ein ums andere Mal zu und Benjamins ganzer Körper erbebte unter den mächtigen Stößen. Die Bewegung pflanzte sich fort bis in dessen Schwanz, der dadurch im festen Griff der Hand des Barons vor- und zurückglitt und den derart von zwei Seiten erregten Besitzer in einen Taumel der Ekstase versetzte.

Keuchend, von glutvoller Hitze erfüllt, vollführten die beiden Leiber ihr geiles Werk, Max Hand immer fest um Benjamins Glied geschlossen, während das freiherrliche Szepter sich tief und tiefer in den zuckenden Körper bohrte. Gedanken gab es keine mehr, nur noch Empfindung, Bewegung, Berührung – dann bäumte sich der Baron ein letztes Mal auf und ergoss sich in Benjamin, dem es schien, als explodiere ein Geysir in seinem Innersten.

Im selben Moment unterdrückte auch der Junge einen Schrei tierischer Lust und verströmte ungeheure Mengen seiner schleimigen Essenz in die Hand des Geliebten.

Erschöpft sank Max auf dem Rücken seiner männlichen Braut nieder, fühlte das heftige Pumpen seiner Brust und das wilde Schlagen von Benjamins Herz. Ohne voneinander lassen zu können lagen sie, immer noch keuchend, für Minuten still – kraftlos, befriedigt, glücklich. So lange als möglich wollten sie, einer unausgesprochenen Übereinkunft folgend, die himmlische Verbindung aufrechterhalten und das ihnen bescherte Glück auskosten.

Doch selbst der stärkste Held wird schließlich schwach, und alle Mannhaftigkeit entwich aus dem Glied des Barons. Gerade noch ein schwellendes Szepter, glich es jetzt einem glitschigen Wurm, der reglos im weit gedehnten, von Fett und Liebessäften triefenden Arschloch des Freundes lag. All seiner Standhaftigkeit beraubt, rutschte es von selbst heraus aus der Öffnung, die eben noch so namenlose Freuden zu spenden gewusst hatte.

Seufzend vor behaglicher Zufriedenheit, erfüllt von der unvergleichlich süßen Erschöpfung des vollbrachten Liebesaktes, glitt der Baron von Benjamins Körper und sank neben ihm aufs Bett. Er schloss die Augen und fast augenblicklich stellte sich tiefer, befriedigter Schlaf ein.

Welch erquicklicher Schlummer hüllte die beiden in einen Nebel der Wonne! Selbst im Schlaf konnten sie nicht voneinander lassen und oft fanden ihre Lippen zueinander, berührten Hände warmes Fleisch in zärtlicher Begierde.

Der Morgen war schon weit vorangeschritten, als Benjamin wieder den Weg zurück aus dem Land der Träume beschritt. Er schlug die Augen auf und suchte sogleich den Anblick des Geliebten; sein Herz erbebte, doch gewisslich lag sein Bräutigam vom Schlaf umarmt neben ihm. Ein glückseliges Lächeln stahl sich auf sein Antlitz und er küsste den Baron auf Mund und Augen.

Sein nächster Blick galt dessen Mitte und wie erfreut war er, als er das Glied erblickte: Aufrecht stand es da, prall und bereit. Es war wohl ein sehr süßer Traum, in dem Max gerade schwelgen durfte.

Ein ausgesprochen süßer und erregender Traum sogar. Der schön geformte, steife Phallus, den Benjamin nun mit geiler Inbrunst betrachtete, zuckte immer wieder und schwoll mächtig an.

Da begann der Schlafende auch schon, sich in jenen so unverkennbaren Bewegungen zu winden, die ein wenig an die Wogen des Meeres erinnern, wenn auch nicht prickelndes Wasser, sondern prickelnde Lust an die Gestade brandete. Als wolle er ein unsichtbares Wesen durchbohren, stieß der Pfahl des Barons nach oben in die Luft.

Ein wunderbares Schauspiel, das Benjamin mit funkelnden Augen verfolgte.

Er hätte jetzt nichts lieber getan als seinen Mund auf diese brennende, zuckende Schwanzspitze zu setzen; aber er beherrschte sich, um nicht einen ungewollten Samenerguss hervorzurufen.

Genau dieser stand allerdings, wie Benjamin an den immer heftiger werdenden, stoßenden Bewegungen des Barons und an den untrüglichen, konvulsivischen Zuckungen seines zum Platzen gespannten Stabes erkannte, unmittelbar bevor. Einer solchen Verschwendung, die kostbare Essenz ins Nichts verschwinden zu sehen, musste Einhalt geboten werden! Entschlossen rief er den Freund mit Namen an, um an Traumes statt die Arme um ihn schließen zu können. Ein wenig nagte auch die Eifersucht an ihm; er missgönnte dem Traumwesen, das im Geiste des Barons entstanden war, solche Lust mit seinem Geliebten zu teilen.

Seufzend erwachte Max und sah als Erstes das schöne Antlitz seiner männlichen Maitresse und den zärtlichen und liebevollen Blick, der auf ihm ruhte. Er gab das Lächeln zurück und wurde mit Morgenküssen belohnt, die zu zählen vergebliche Liebesmüh' gewesen wäre. Er lehnte seinen Kopf an Benjamins Brust und erwiderte die Zärtlichkeiten, indem er dessen Hinterbacken streichelte und seine Hand über die so erstaunlich zarte und weiche Haut seiner Schenkel gleiten ließ.

„Ich hatte einen wunderbar erregenden Traum", sagte er leise.

Benjamin drückte sich an ihn, sodass ihrer beider Eichelmünder sich wie zum Kusse aufeinander legten.

„Wovon hat dir geträumt?" fragte er mit seidenweicher Stimme.

„Ach, ich weiß selbst nicht so recht, mein Lieber. Ein Wesen umgarnte mich, es glich wohl einem Engel, und ich liebkoste es und wurde wieder geliebt. Etwas umschloss mein Glied, es war warm und weich und fleischig, doch mag es der Mund eines Weibes gewesen sein oder ihr Schoß oder jene Stelle deines sündhaft schönen Leibes, die mir gestern zu nie gekannten Freuden verholfen hat – ich kann es nicht sagen."

„Die Hauptsache ist wohl, dass du erquickenden Schlaf in meinem Bett genießen konntest. Aber nun ist es an der Zeit für eine Stärkung – lass mich ein Frühstück bestellen, es ist ja beinahe schon Mittagszeit."

„Ach Benjamin, soll ich denn wirklich schon aufstehen? Mag es auch schon später am Tage sein, ich liege hier so herrlich, ich will mich gar nicht rühren."

Zum Beweis gähnte er herzhaft und räkelte sich genüsslich auf den warmen, zerwühlten seidenen Laken.

„Aber mein Bester", widersprach ihm Benjamin scherzhaft tadelnd. „Davon kann doch gar keine Rede sein. Du bleibst natürlich hier im Bett – und hier bei mir. Den ganzen Tag wollen wir hier in meinem Schlafgemach verbringen und es uns wohl ergehen lassen, wenn dies auch in deinem Sinne ist. Um das Frühstück kümmere ich mich, ich brauche dazu nur meinen Diener zu beauftragen; er soll es nebenan anrichten, damit er von unserem Abenteuer nichts bemerkt."

„Das hört sich glänzend an", meinte Max erfreut und sah lächelnd zu, wie seine männliche Geliebte geschwind aus dem Bett sprang, sich den Schlafrock eines Weibes umlegte und im Nebenzimmer verschwand.

Allein gelassen hatte der Baron Gelegenheit, sich in Ruhe in dem Zimmer umzusehen, in dem er diese aufregende Nacht verbracht hatte.

Es war – ein Mädchenboudoir. Überall war zierlicher Tand und herziger Nippes aufgestellt. Als er aus dem Bett stieg, versanken seine nackten Füße in einem flauschig weichen Teppich. So schritt er wie auf Wolken umher und widmete sich den schönen Dingen, die ihn umgaben.

Er war gerade in der Betrachtung einer Fotografie versunken, als sein Gastgeber wieder hereinkam. Mit sich brachte er ein Tablett voller Köstlichkeiten: Schokolade, belegte Brötchen, Naschereien – und nicht zu vergessen, eine Flasche dunkelroten Bourdeaux.

Als wolle er keine Sekunde verlieren, warf er sogleich sein Negligé zu Boden, um nackt neben Max Platz zu nehmen. Mit wahrhaft fraulicher Anmut begann er, dem Baron die verschiedenen Köstlichkeiten aufzuwarten.

Wie es sich für ein Frühstück in solch trauter und intimer Zweisamkeit gehörte, entwickelte sich ein reizendes Liebesgeflüster zwischen den beiden nackten Männern, begleitet von gar mancher verstohlener Handreichung und unzähligen liebesdurstigen Küssen.

Benjamin saß dicht an den Baron geschmiegt und hielt dessen steifes Gemächt immerfort in der Hand, als wolle er sich in jedem einzelnen Augenblick von dessen praller Gegenwart überzeugen.

Schließlich konnte er sich doch für einen Moment von seinem Geliebten losreißen, stand auf und ging zu seinem Schreibtisch, dem er aus einem verschlossenen Fach etliche Fotografien entnahm.

Max besah sie sich mit größtem Interesse. Der Neigung seines Freundes entsprechend zeigten die amateurhaften Aufnahmen größtenteils honorige Herren im Adamskostüm, die ihre stolz erhobenen Liebesszepter zur Schau stellten oder ihre in die geilsten Posen gebrachten Hintern in die Kamera reckten. Auch Paare und sogar Dreiergruppen gab es zu sehen, Männer die einander leckten und fickten, dass es eine wahre Freude war.

Zu seinem nicht geringen Erstaunen erkannte Max etliche der Abgebildeten; er hatte nicht im Mindesten geahnt, welchen Neigungen diese Herren frönten.

Doch es waren auch Fotografien von Damen zu sehen und Bilder, die gemeinsame Aktivitäten von Damen und Herren zeigten. Eines hatte es dem Baron besonders angetan: Sechs Personen waren darauf zu sehen, fünf Männer und eine Frau, alle natürlich ohne einen Faden Kleidung am Leib. Die Frau – Max erkannte seine Cousine, die Komtesse Xwitz – lag halb aufgerichtet auf einem Fauteuil, die Beine weit gespreizt, und war gerade im Begriff, sich den wohl proportionierten Ständer eines gut gebauten Herren in ihre Spalte zu schieben. Hinter dem Mann stand ein weiterer; dieser hielt den ersten um die Hüften fest und steckte mit seinem Glied tief in dessen Arsch. Die anderen drei Herren reihten sich in gleicher Weise ein, sodass sich eine Kette der ganz besonderen Art gebildet hatte.

„Mit ein wenig Glück", kommentierte Benjamin dieses Bild, „werden wir derartige Eskapaden auch am nackten Ball erleben dürfen."

Zuletzt zeigte er seinem lebhaft interessierten Gast noch einige Fotografien von sich selbst.

Der schöne Junge erwies sich als ausgesprochen fotogen. Seine so weiblich anmutende Gestalt und die Glätte und Blässe seiner Haut kamen bestens zur Geltung und wirkten beinahe noch anziehender als in Natura. Die Mehrzahl der Bilder zeigte ihn von hinten, was den Eindruck, es handle sich tatsächlich um eine Frau, noch merklich verstärkte: die Hüften rundlich, der Popo allerliebst, die fließende Anmut wäre jedem Weibe gut angestanden.

Einige der gelungensten Aufnahmen überreichte er dem Baron, der sich darüber aus tiefster Seele freute.

Er stellte Max auch gewissermaßen alle Anwesenden vor, indem er ihm die Namen sämtlicher Abgebildeter nannte. Zuletzt wies er auf die schlanke, hoch gewachsene Gestalt eines auf sehr männliche Art schönen Herren; in seinem markanten Gesicht trug er einen dunklen Schnurrbart, seine schwarzen Augen strahlten Begeisterung aus.

„Oberleutnant St.“, sagte Benjamin. „Auch er war mir bekannt; er hat sich jedoch mit Gift das Leben genommen.“

Ein Anflug von Trauer hatte sich in seine Stimme geschlichen. Ernst nickte er mit dem Kopf. „Vergiftet hat er sich – meinetwegen! Wie dir bekannt ist, war er gezwungen gewesen, eine Dame der Gesellschaft zu ehelichen, die hochadelige Komtesse R., weil er sie geschwängert hatte. Dabei hatte er keine Liebe für sie übrig, kein Weib konnte sein Liebesfeuer wecken; er begehrte nur mich! Doch unsere Liebe wurde bekannt, die Komtesse hatte ihm aus Eifersucht so lange nachgestellt, bis sie uns ertappte. Welch ein Skandal! Die ganze Stadt sprach von nichts anderem. Mit einem Schlag war er in der Gesellschaft unmöglich geworden und in seinem Regiment natürlich erst recht; solche Liebe ist verboten, auch deine Liebe zu mir ist das, und wird mit schwerem Kerker bestraft. Mein süßer Bräutigam sah keinen Ausweg mehr und nahm sich das Leben."

Mit einem schweren Seufzer legte er das Bild nieder.

„Jetzt hast du ja mich", sagte Max voller Zärtlichkeit und küsste ihn sanft auf den Mund.

Was nach diesem kurzen Anflug von Schwermut weiter geschah, wird die wohlgestalte Leserin vermutlich bereits erraten haben: Die beiden hatten ihre Stärkung eingenommen und gaben sich sofort wieder der ungezügelten Leidenschaft hin. Von diesen Szenen will ich nur eine noch zu Gehör bringen:

Von plötzlichem, brennendem Verlangen gepackt, sprang Max auf, umfing seine „Braut" und trug sie eilends wieder zum Bett. Er legte Benjamin am Rand auf den Rücken, sodass dessen Beine am Boden blieben. Doch sogleich ergriff der Baron diese an den Knöcheln des mannhaften Knaben, hob sie in raschem Schwung hoch, spreizte sie und drückte sie nach vorne bis die Knie auf der Brust zu liegen kamen.

Benjamin stöhnte, denn diese Stellung bereitete ihm Schmerz und raubte ihm beinahe den Atem. Zugleich aber erregte es ihn über alle Maßen, sich völlig in der Gewalt des anderen zu wissen; zumal sein Arschloch nun vollkommen bloß gelegt war und ihn siedend heiß die Gewissheit überkam, dass er bald den mächtigen Stachel seines Geliebten in sich spüren würde.

Und so geschah es auch. P. erhitzte sich noch für Sekunden an dem wollüstigen Anblick, der sich ihm bot, richtete seine Spitze aus und stieß in der Sekunde, in der er den Eingang gefunden hatte, wie ein brunftiger Stier in den lodernden Leib des liegenden Jünglings.

Benjamin versuchte die Schreie der Lust, die sich in seinem Inneren aufbauten, für sich zu behalten, aber die Überwältigung durch den Baron war vollkommen. Max wiederum geilte es zusätzlich auf, den gefickten Burschen in solcher Ekstase zu sehen und zu hören.

Benjamin suchte mit der Hand nach seinem steifen Glied und erwischte es erst nach mehreren Versuchen, denn die rammenden Stöße erschütterten ihn bis ins Innerste. Der Baron aber schlug seine Hand weg, packte seine Handgelenke und drückte sie auf das Bett; er wollte den völligen, grenzenlosen Triumph, die absolute Herrschaft über die Lust des anderen.

Zischend entlud er sich in den Jungen; Benjamin stöhnte laut auf, er war bis zum Siedepunkt erregt, konnte jedoch nicht abspritzen. Da erbarmte sich

Max und gab eine Hand frei. Benjamin packte sofort seinen Schwanz, fuhr ein-, zweimal auf und ab, und schon ergoss sich seine Essenz auf seinen Bauch.

Max griff in die weiße Creme und führte seine samenschleimigen Finger an Benjamins Mund; gehorsam und begierig schleckte der junge Mann sie sauber.

# 4

# DAS MÄDCHEN-PENSIONAT ZU „S. C.“

Die metergroßen Zeiger der Turmuhr der Herz-Jesu-Kirche rückten einen weiteren Schritt vor und der erste von drei Stundenschlägen ertönte. An der Häuserfront vis-a-vis war ein hoch aufgeschossener, junger Mann zu erkennen, den offenbar eine große innere Unruhe antrieb. Er blieb keinen Moment ruhig stehen, sondern ging ständig auf und ab, sodass man wohl meinen könnte, seine Schritte würden bald Abdrücke auf dem Pflaster hinterlassen.

Am Ende seiner kurzen Wegstrecke hielt er kurz inne und nützte die Gelegenheit der Kehrtwende zu einem Blick auf die weithin sichtbare Uhr am Kirchturm – auch wenn es gerade drei Uhr nachmittags geschlagen hatte und seither nur wenige Sekunden vergangen waren, schien er sich in seiner Ungeduld nicht oft genug selbst überzeugen zu können, wie spät es bereits war. Hastig vor sich hinmurmelnd zog er überdies ein ums andere Mal seine eigene goldene Taschenuhr zu Rate, die ihm jedoch anscheinend nichts Erfreulicheres mitzuteilen hatte als die Kirchturmuhr.

Wenn er nicht gerade auf eine der Uhren blickte, sah er meist die Straße entlang; und endlich verschwand der ungeduldige Gesichtsausdruck aus seinen Zügen und machte erfreutem Erkennen Platz – die Person, auf die er so sehr gewartet hatte, war offensichtlich mit einiger Verspätung eingetroffen.

Es handelte sich um einen vornehm gekleideten Herrn, der jugendlich frisch und zugleich welterfahren und gewandt wirkte; niemand anders als der uns mittlerweile so gut bekannte Baron von P.

„Grüß dich, Emil“, sagte dieser und ergriff die dargebotene Hand, um sie fest und freundschaftlich zu schütteln.

Der Angesprochene war ein klein wenig verärgert. „Du hast mich recht lange warten lassen; ich habe schon gar nicht mehr mit dir gerechnet“, rügte er Max. Der Mann, Privatdozent an der Grazer Universität, war zu Studienzeiten ein Kollege P.´s gewesen. Er trug den Namen Dr. Penis. „Aber was solls“, setzte er fort, „jetzt bist du ja da, das ist die Hauptsache. Wir müssen uns aber sputen, wenn wir noch rechtzeitig eintreffen wollen!“

Ohne weitere Verzögerungen machten sich die beiden auf den Weg in einen Petersviertel genannten, nahe gelegenen Teil der Vorstadt. Sie verfielen dabei in einen gleichmäßigen, zackigen Marschtritt, der jedem Offizier zur Ehre gereicht hätte.

Wir wollen nun die beiden Herren in Ruhe marschieren lassen und die Gelegenheit nützen, Euch, schöne Leserin, über den Zustand in Kenntnis zu setzen, in dem sich der Baron befand. Denn sein Gefühlsleben befand sich in hellem Aufruhr und er hielt sich gegen die anbrandenden Stürme aus Emotionen zeitweise nur mühsam über Wasser.

Nach den alle Regeln missachtenden Exzessen, zu denen er sich bei und mit Benjamin hatte hinreißen lassen, war er irgendwann auf die Straße getorkelt, verstört und durcheinander und mit dem Gefühl, jeden Moment den Verstand zu verlieren. Das helle Sonnenlicht schmerzte in seinen Augen, die wohl zu lange im Dunkeln gewesen waren; gehetzt blickte er sich um, fühlte sich von unzähligen Blicken durchbohrt und von der schieren Anwesenheit so vieler Menschen auf der Straße unsagbar gestört.

So schnell es ihm sein zerrütteter Zustand erlaubte, fand er sich einen Wagen, der ihn ins Hotel brachte. Dort verschwand er sofort in seinem Zimmer, legte sich ins Bett und verließ dieses beinahe zwei Tage lang nur noch, um den unaufschiebbaren Bedürfnissen der Natur nachzukommen.

Sein Körper verlangte nach vielen Stunden Schlaf, die es nachzuholen galt, doch die wilden Orgien hatten ihn noch tiefer gehend ausgezehrt. Also ließ er sich ausgesuchte Köstlichkeiten servieren und aß mit größtem Appetit; dazu flößte er sich erhebliche Mengen schwerer Weine ein, die das ihre zu seiner Wiederbelebung beitrugen.

Er gab sich, mit einem Wort, der genussreichen und ausgiebigen Erholung hin und schonte sich, wo immer es ging; derart regenerierten sich seine körperlichen Kräfte nach und nach und auch seine völlig überreizten Nerven fanden langsam wieder zur Ruhe.

Zu seiner nicht geringen Beruhigung kehrte auch sein sexuelles Verlangen wieder zurück – und zwar jenes, das bei einem Mann als normal gelten darf, der Trieb, der ihn zum Weibe drängt.

Anfangs, in seinen ersten Stunden im Bett des Hotelzimmers, hatte sich Max hin und her gewälzt und konnte den entsetzlichen Gedanken, der totalen Verderbtheit anheim gefallen zu sein, nicht aus seinem Kopf verdrängen. Moralisch betrachtet fühlte er sich wie ein Toter. Die unsagbare Geilheit, die er durch Benjamin erfahren hatte, ängstigte ihn im Nachhinein zutiefst. Er stellte sich vor, in Hinkunft für die liebreizenden Avancen eines Weibes nicht mehr empfänglich zu sein, nachdem er von den verbotenen Früchten gleich im Übermaß genascht hatte.

Dergleichen war ihm mehr als einmal zu Ohren gekommen: Von Päderasten wurde erzählt, die von einer unstillbaren Gier befallen waren, einer krankhaften Sucht nach immer neuer, immer noch heftigerer Befriedigung ihrer verbotenen Lüste. Jedes Verlangen nach einer Frau sei in diesen Bedauernswerten erloschen, sobald sie einmal die so teuflisch verführerische Liebe unter Männern erlebt hatten.

P. wusste desgleichen um den Stellenwert, der solchen Männern zukam: In den Augen der Gesellschaft hatten sie jedes Recht auf Achtung verwirkt. Ein kalter Schauer lief seinen Rücken hinab bei dem Gedanken, ab nun ebenfalls dieser ausgestoßenen Klasse anzugehören.

Lange floh ihn ob dieser wirren, Furcht erregenden Gedanken der Schlaf, aber schließlich war er nach einem ausgiebigen Essen der behaglichen

Wärme der weichen Bettstatt erlegen und in einen totenähnlichen Schlummer gefallen, aus dem er mit erneuerten Seelen- und Körperkräften erwachte. In seine Augen war das Leben zurückgekehrt, die Unternehmungslust funkelte förmlich in ihnen.

Er hatte nämlich einen Traum gehabt, der all seine Qualen mit einem Schlag beendet hatte; ein Traumbild von solcher Schönheit, dass all seine moralischen Zweifel und Bedenken ihm nur noch wie ein trübes, verschwimmendes Abbild der Vergangenheit erschienen.

In Morpheus Armen liegend, war ihm eine wahrhaftige Göttin erschienen. Ein Weib war vor ihm gestanden, wundervoll anzusehen, jung und vollkommen nackt. Zwar schien es ihm, als trüge es die Züge Benjamins, doch die Rundungen an den richtigen Stellen, die wunderbar proportionierten Brüste und natürlich der Anblick, der sich zwischen den Beinen bot, sprachen eine ganz eindeutige Sprache – hier stand ein wirkliches, echtes Frauenzimmer von berückender Schönheit.

Und als er dem Bild nach dem Erwachen mit freudvollen Gefühlen nachhing, bemerkte er, wie sein Glied so mächtig anschwoll, als stünde es kurz vor dem Verhungern, als sei ihm für Monate kein erlegenswertes Wild vor die Lanze gekommen.

Die Glückseligkeit, die ihn überkam, kann man sich kaum vorstellen – hier stand in aller Prächtigkeit der Beweis dafür, dass mit ihm alles in bester, natürlicher Ordnung war, dass die ungehemmten Zügellosigkeiten mit Benjamin seinen angeborenen, ausgeprägten Geschlechtstrieb in keiner Weise geschädigt hatten.

Um sicher zu gehen, machte er die Gegenprobe und dachte so intensiv wie möglich an den mädchenhaften Jüngling; wie zur Bestätigung seiner erneuerten Überzeugung regte ihn diese Vorstellung in keiner Weise an, nein, sein Hammer begann sogar zusammenzusinken, senkte ermattet das Haupt, und erwachte erst zu neuem Antrieb und Leben, als er sich wieder nacktes, begehrenswertes Frauenfleisch vor das innere Auge zog.

Max fühlte sich wie neu geboren, obwohl er eigentlich wieder ganz der Alte war. Deshalb wird dich, schöne Leserin, das nun Folgende nicht allzu sehr überraschen; denn in seinen neu erstarkten Kräften und seinem wiedererwachten Verlangen nach dem schöneren Geschlecht ist auch der Grund zu finden, warum er der Einladung seines alten Studiengenossen, des jetzigen Dr. Penis, so bereitwillig nachgekommen war. Worum genau es sich bei deren Vorhaben handelte, wird in den nächsten Zeilen enthüllt werden.

Ihr zügiges Voranschreiten hatte die beiden Herren in der Zwischenzeit in eine ebenso ruhige wie breit angelegte Straße geführt, auf die die Sonne unbarmherzig herniederbrannte. Dr. Emil Penis deutete ein Stück nach vorn; dem ausgestreckten Zeigefinger seines Freundes folgend erkannte P. ein recht großes Gebäude, das ein wenig den Eindruck eines Klosters machte. Wie er sehr wohl wusste, war in diesem Bauwerk ein Mädchenpensionat untergebracht, und zwar nicht irgendeines, sondern das berühmte von „S. C.“

„Was du mir unlängst erzähltest“, wandte sich Max nun an Emil, „ist es wirklich möglich? Hast du mir wahrhaftig keinen Bären aufgebunden?“ Sein Blick fiel wieder auf das Pensionat; die Fenster waren mit massiv wirkenden, schmiedeeisernen Gittern versehen oder wenigstens mit Kathedralenglas bestückt, das dem neugierigen Auge den Einblick verwehrt und nichts als verschwommene Umrisse erkennen lässt.

„Dafür stehe ich mit meinem Wort und meiner Ehre ein“, versicherte ihm Dr. Penis eilfertig. „Zudem brauchst du mir nicht länger zu glauben, du wirst dich nämlich gleich selbst davon überzeugen können.“

„Das werde ich mit dem größten Vergnügen tun“, antwortete Max. „Ich brenne wirklich förmlich vor Neugier und Erwartung; denn bei all den amourösen Eskapaden in meinem Leben, so zahlreich und vielgestaltig sie auch gewesen sein mögen, ist mir doch noch nichts Vergleichbares untergekommen, was den Begehrlichkeiten und sinnlichen Erfahrungen entsprechen würde, die du mir für hier und heute angekündigt hast. Allenfalls in Träumen mag etwas Ähnliches …“

„Still jetzt“, fiel ihm Emil ins Wort, „wir sind da.“ Er öffnete schwungvoll die Tür und betrat einen kleinen Laden, ein typischer Greißler, der als einziger die Berechtigung hatte, innerhalb der Pension seine Geschäfte zu tätigen. Über der Tür war eine schlichte Tafel angebracht, die über den Inhaber und die Art seiner Tätigkeit Auskunft gab: „H. J., Viktualienhandlung“ stand da in handgemalten Lettern zu lesen.

Die kleine Gemischtwarenhandlung reihte sich nahtlos in eine Reihe von hunderten derartiger Geschäfte in der Stadt, auch was ihr wenig beeindruckendes Sortiment betraf. Wie alle Greißler bot er die Dinge des täglichen Bedarfs an – ein kleines Angebot für kleine Haushalte.

Trotz der geringen Größe seines Ladens machte H. J. jedoch überdurchschnittlich gute Geschäfte, weil er einen einzelnen, wahrlich nicht klein zu nennenden Kunden hatte: eben das Pensionat „S. C.“, in dessen Mauern seine Greißlerei untergebracht worden war. Die Nonnen, die im „S. C.“ für die Aufrechterhaltung des Betriebes und der allgemeinen Ordnung zuständig waren, deckten ihren Bedarf an Lebensmitteln beinahe zur Gänze mit Waren von H. J.; sie betrachteten dies gewissermaßen als obligatorisch, schließlich war das Geschäft ja Teil ihres eigenen Hauses.

Den jungen Damen wiederum war jeder Ausgang strengstens untersagt; indem es ihnen aber erlaubt wurde, die Viktualienhandlung aufzusuchen, hatten sie doch so etwas wie einen kleinen Ausgang, jedoch ohne das Haus tatsächlich zu verlassen. Den Anlass für diese winzigen, naiven Stückchen Freiheit, die sich die Mädchen hiermit holten, boten die köstlichen Süßigkeiten, die sie H. J. bei dieser Gelegenheit abkauften.

Diesen Laden also betraten die beiden Herren nun, was den Besitzer zu raschem Aufstehen und etlichen diensteifrigen Verbeugungen veranlasste.

H. J. war von kleinem, gedrungenem Wuchs und trug einen Vollbart zur Schau, in dem erste graue Strähnen nicht zu übersehen waren. Seine grauen Augen blickten stechend unter dicht gewachsenen, dicken Augenbrauenwülsten hervor.

„Gerade zur rechten Zeit, die Herren", sagte er angelegentlich und lächelte. „Gerade ist meiner Frau aufgetragen worden, das Bad zu bereiten – für den ältesten Jahrgang."

H. J. bekleidete, wie vergessen wurde zu erwähnen, zugleich den Posten eines Hausmeisters des Pensionats; er und seine bessere Hälfte waren ergo dazu angehalten, sich allerorten auf die verschiedenste Weise nützlich zu machen.

Der Mann drehte sich jetzt um und rief in den hinteren Teil des Ladens: „He! Alte! Komm vor, in den Laden; die Herren sind eingetroffen und ich muss sie nach oben geleiten."

Ohne jede Verzögerung reagierte die so rüde Angesprochene. Die Tür im Hintergrund, die halb offen gestanden hatte, schwang gänzlich auf und im Türrahmen erschien eine rundliche Frau, die wohl in ihren Vierzigern war. Sie vollführte einen halbwegs ansehnlichen Knicks, setzte ein etwas anzüglich wirkendes Lächeln auf und nahm ihren Platz hinter dem Ladentisch ein; dabei zierte sie sich ein wenig und tat verlegen, es wirkte indes eher aufgesetzt und schlecht gespielt.

Die Tür hatte sie hinter sich offen gelassen und auf eben diesen Hinterausgang zielten nun H. J.s Schritte ab. „Folgen Sie mir, meine Herren, wenn ich bitten darf", dienerte er und verließ den Laden an der Stelle, an der ihn seine Frau gerade erst betreten hatte.

Die beiden Galane folgten ihm lautlos. Das erste Zimmer, in das sie gelangten, war augenscheinlich das Wohnzimmer des Greißler-Ehepaares; seine Fenster wiesen in den Hof, sodass der Hausmeister stets einen ausgezeichneten Überblick über seinen Tätigkeitsbereich hatte. Durch eine weitere Tür gelangte man von hier aus in einen zweiten Raum, von derselben Größe wie der erste, doch mit einem weitaus ansprechenderen Interieur ausgestattet. Das Sofa war zwar nicht das Allerneueste und bei genauerem Hinsehen fanden sich auch auf den Lehnstühlen einige ausgeblichene oder abgewetzte Stellen, aber das Bemühen der Bewohner, dieses Zimmer so heimelig wie nur möglich einzurichten, war nicht zu übersehen. Das einzige Fenster war durch dicke Vorhänge blickdicht verhängt; niemandem war irgendeine Einsicht in diesen Raum gewährt.

Emil stieß seinen Freund beim Betreten dieses Raumes leicht mit dem Ellenbogen an und nickte ihm zu.

„Das ist also der bewusste Raum!?“, folgerte Max und ließ seine aufmerksamen Blicke durch das Zimmer wandern.

Doch ihr Führer hatte die gute Stube bereits durchquert und war im Begriff, eine weitere Tür zu öffnen. Diese führte in einen kleinen Lichthof, in dem er sich nach allen Seiten umsah.

„Rasch jetzt, bitte, meine Herren“, bedeutete er ihnen daraufhin, „alles ist in Ordnung, niemand ist zu sehen.“ Auf der gegenüberliegenden Seite des

Hofs befand sich eine schmucklose Holztüre, die H. J. mit geübten Bewegungen aufsperrte; alle drei verschwanden mit schnellen Schritten dahinter.

Sobald Emil als letzter über die Schwelle getreten war, verschloss der Hausmeister die Türe wieder sorgfältig. Die drei standen am Fuß einer Wendeltreppe, die sie nun in Angriff nahmen. Sie achteten sehr darauf, keinerlei Geräusch zu verursachen; die Heimlichkeit war unerlässlich für ihr Vorhaben und steigerte noch das kribbelnde Gefühl, das jedes verbotene Tun zu begleiten pflegt.

Nach zwei Stockwerken waren sie auf der Höhe des Dachbodens angelangt und standen vor einer Tür, die den Zugang zu diesem ermöglichte. Ihr Aufstieg war unbemerkt geblieben; überhaupt wurde diese Treppe nur vom Hausmeister selbst oder ab und an von Handwerkern benützt, die auf dem Dachboden etwas zu erledigen hatten. H. J. hatte aber natürlich Bescheid gewusst, dass zur fraglichen Zeit keine Störung zu erwarten gewesen war.

Emil hob die rechte Hand und rieb, an Max gewandt, kurz Daumen und Zeigefinger aneinander. Die Geste war unmissverständlich; der Baron tat es Emil gleich, der gerade seine Brieftasche hervorholte. Beide entnahmen ihren Börsen je einen Geldschein und drückten ihn dem Greißler und

Hausbesorger in die Hand. Ein dankendes Kopfnicken und das Verschwinden der Banknoten in einer der Jackentaschen waren eine Bewegung. Dann deutete der Mann ihnen, vollkommene Ruhe zu bewahren, sperrte die Dachbodentür auf und ließ sie eintreten.

Auf den ersten Blick sah der Dachboden nicht anders aus, als man es erwarten konnte. Schräge Wände, einige Balken der Tramdecke sichtbar, der Boden bestand aus gewöhnlichen, rauen Brettern. Das Aussehen des Dachraumes war indes von keinerlei Belang; worum es ging, demonstrierte ihnen sogleich der Hausmeister, der mit sehr bedachten, langsamen Schritten bis etwa in die Mitte ging und sich dort auf die Knie niederließ. Aus einer seiner vielen Taschen fischte er ein einfaches, an einen Haken erinnerndes Werkzeug hervor, mit dem er ohne sichtbare Mühe ein Bodenbrett aushebelte, so dass er es anheben und beiseite legen konnte. Darunter wurde ein weiteres Brett sichtbar, in das verschieden große, kreisrunde Löcher gebohrt worden waren.

H. J. erhob sich wieder, ging in eine Ecke und kehrte von dort mit einem Stapel Leintüchern zurück, die aussahen, als wären sie frisch gewaschen und gestärkt. Er breitete die Tücher vor dem durchlöcherten Brett aus und winkte Emil und Max heran: Sie sollten sich auf das Leinen legen. Er selbst entfernte sich von der Stelle und ging mit denselben bedächtigen, vorsichtig gesetzten Schritten, die ihn zu dem losen Brett geführt hatten, wieder zurück zur Tür. Während die Herren ihren Gelüsten frönten, würde er auf unliebsame

Störungen achten und dafür sorgen, dass dies anrüchige Tun unentdeckt blieb.

Dr. Penis, ebenfalls darauf bedacht, bei seinen Bewegungen keinen Laut zu verursachen, sank vorsichtig auf die Knie, beugte sich nach vor und kam endlich flach auf dem Bauch zu liegen, den Kopf gerade über dem Brett mit den so viel versprechenden Aussparungen. Max folgte seiner Einladung, es ihm gleichzutun, und verspürte ein kitzliges Gefühl der freudigen Erwartung in sich, als er sich so zurechtlegte, dass sein Blick durch eines der Gucklöcher fiel.

Was sie zu Gesicht bekamen, war ein großer Raum, beinahe ein Saal, der von einem gut acht mal fünf Meter großen, wassergefüllten Becken beherrscht wurde. An drei Seiten wies das Badebassin eine angebaute Galerie auf, auf die in gleichmäßigen Abständen Bretterwände gesetzt waren. Mit linnenen Vorhängen konnten die so entstandenen Kabinen vorne geschlossen werden, um das An- und Auskleiden der Badegäste in der gebührenden Sittsamkeit vonstatten gehen lassen zu können.

Von der rundum laufenden Plattform führten mehrere Treppen in das Bassin, in dem sauberes Wasser glänzte und gluckste.

Wir befanden uns nirgends anders als direkt oberhalb des weithin bekannten Badesaales des

Mädchenpensionats zu „S. C.“, der ganze Stolz der katholischen Höhere-Töchter-Schule. Denn welche Erziehungseinrichtung konnte schon sonst damit glänzen, über eine derartig interessante Anlage zu verfügen?

Die Insassinnen und ebenso die Leiterinnen des Institutes nützten diese einzigartige Möglichkeit denn auch nach Kräften, denn sie bot den einmaligen Vorzug, gleich einer ganzen Gruppe von Mädchen gleichzeitigen Badespaß zu erlauben.

Im Sommer war es üblich, die Pensionärinnen nach Klassen oder nach Jahrgängen geordnet in den Badesaal zu schicken – eine Regel, die zu befolgen zu den liebsten Pflichten der jungen Damen zählte.

Im Moment war jedoch noch niemand anwesend, was Emil die Gelegenheit gab, dem Baron alle aufkommenden Fragen zu beantworten.

Max bewunderte vor allem den erfindungsreichen H. J., der dank der rechten monetären Motivation auf die Idee gekommen war, Löcher in die Decke zu schneiden. Allerdings wunderte ihn, dass diese Aussparungen nicht schon längst von unten bemerkt worden waren.

Emil wusste auch dafür eine einleuchtende Erklärung. In der Mitte der Saaldecke, erläuterte er, befände sich eine große, hölzerne Rosette, ein beinahe schon antik zu nennendes Schnitzwerk. H. J. habe geschickt die vielen verschnörkelten Details ausgenützt, und die Löcher so angebracht, dass sie in der Dekoration praktisch unsichtbar blieben und eine Entdeckung von unten daher so gut wie unmöglich war.

Dr. Penis war schon einige Male hier auf der Lauer gelegen und hatte den Vorzug genossen, den Mädchen bei ihrem Badevergnügen zuzusehen und zuzuhören. Hätte es noch eines weiteren Anreizes bedurft, um Max gespannte Erwartung auf ein Höchstmaß zu bringen, so enthielt ihn seine Anmerkung, dass es bei diesen Gelegenheiten keinesfalls immer so sittsam und beinahe schamhaft zugegangen war, wie es der Ruf eines der ersten Erziehungshäuser des Landes erwarten ließ.

„Wir dürfen uns heute auf das Beste freuen, was das Haus zu bieten hat", sagte Emil mit der Andeutung eines schmutzigen Grinsens im Gesicht. „Heute baden nämlich die Mädchen aus dem Abschlussjahrgang, alle so um die siebzehn Jahre alt. Ich habe auch schon Jüngere beobachten können, aber die haben mir nicht so zugesagt. Schau genau hin", riet er überflüssigerweise, „denn wenn dir eine der jungen Zöglinge besonders gefällt, können wir sie uns später vom Greißler rufen lassen."

„In den so trefflich vor Blicken verborgenen Raum, nicht wahr?", rief Max, den die Begeisterung dazu verführt hatte, ein wenig die Stimme zu heben.

„Pst, ruhig", mahnte ihn Emil gerade noch rechtzeitig. „Ich höre Stimmen; wie es scheint, kommen sie jeden Moment."

Auch Max vernahm nun den glockenhellen Klang von Mädchenstimmen, das lachende Geschnatter, das gemeinhin größere Ansammlungen solcher Beinahefrauen begleitet, und da öffnete sich auch schon die Tür sperrangelweit und herein strömte ein ganzer Schwarm allerliebster Jungdamen, jede angetan mit einem entzückenden Hauskleidchen und einem Bündel Badesachen unter dem Arm.

Einander neckend und Scherze zurufend eilten sie durcheinander, um sich schnell einen der Umkleideplätze zu sichern; sie taten dies, indem sie einfach ihren Packen Badewäsche in hohem Bogen an die erwählte Stelle warfen und so für sich in Beschlag nahmen.

In diesem Moment betrat eine der Leiterinnen den Badesaal; eine dürre Nonne in stolzer, sehr aufrechter Haltung trat über die Schwelle und schloss die Eingangstüre hinter sich.

Max wurde von heftigem Schwindel erfasst – nur gut, dass er flach am Bauch lag und nirgends hin umfallen konnte. Der Gedanke, all diese liebreizenden Wesen gleich beim Bade beobachten zu können, bei dem sie nichts oder fast nichts am Leibe tragen würden, erregte ihn über alle Maßen.

Deutlich fühlte er, wie sein eigenes Gewicht sein anschwellendes Glied in die Bretter drückte. Er atmete schwer in dem Bemühen, sich trotz seiner Begierde kein verräterisches Keuchen entfahren zu lassen, und fixierte das Geschehen direkt unter ihm; kein Detail entging seinem Blick.

Das Eintreten der Nonne hatte den Lärmpegel ein wenig sinken lassen, doch wer vermag schon das Temperament einer ganzen Schar Siebzehnjähriger zu zügeln? Und so war es nur eine Frage von Sekunden, bis das fröhliche Geplauder und Gelächter wieder seine ursprüngliche Stärke erreicht hatte.

Acht waren es, um genau zu sein. Ein Doppelquartett jungfräulicher Fröhlichkeit und Anmut, das sich sichtlich und unüberhörbar darüber freute, sich in die reinigende und so sinnliche Umarmung des klaren Wassers begeben zu können.

Eine jede war bereits in ihre zuvor reservierte Umkleidekabine gegangen und hatte die Leinenvorhänge zugezogen, um sich so, vor Blicken sicher, in Ruhe ausziehen zu können.

Freilich hatte bei der Errichtung dieser Anlage niemand daran gedacht, dass verbotenes Spähen auch aus der Vogelperspektive geschehen könnte. So verdeckten der Boden, die Wände und nicht zuletzt der Vorhang der Kabinen ganz vorzüglich alle Seiten der Abteile; auf eine Decke jedoch hatte man verzichtet – wozu wäre diese auch gut gewesen?

Emil und Max hätten darauf eine schlagfertige Antwort gewusst. Denn den beiden spechtelnden Herren kam es so, wie es war, gerade recht.

Von ihrem Aussichtspunkt konnten sie jetzt miterleben, wie die jungen Damen gänzlich ungeniert alle Hüllen fallen ließen. Warum auch hätten sie

Schamhaftigkeit an den Tag legen sollen? Schließlich waren sie endlich an den Ort gelangt, der ihnen Nacktheit gestattete, und konnten ihre intimsten Geheimnisse offen legen – wer würde es erfahren?

Nun, geneigte Leserin, ihr wisst natürlich wer. Unsere Freunde wurden sich mit jeder Sekunde der qualvollen Lust bewusster, die ihre Situation auslöste: Ein Anblick, der einem das Herz im Halse schlagen ließ, bot sich ihnen. Das erregende Wissen, als Voyeur selbst ganz unbeobachtet zu sein, während man liebreizenden Geschöpfen ihre Geheimnisse entwendet, welche diese unbefangen zur Schau stellen, sandte heftige Signale in ihre Körpermitte, wo sich die Freudenstäbe gegen den Druck der auf ihnen liegenden Männerkörper zu behaupten suchten. Doch zugleich konnten sie nicht eingreifen, keine der Nymphen erhaschen oder sich selbst Erleichterung verschaffen und waren also gezwungen, sich in völliger Stille und Unbeweglichkeit den unglaublichen Reizen auszusetzen, die sie nun zu sehen bekamen.

Allerorten wurden Röcke und Blusen abgelegt, Mieder geöffnet und aufseufzend beiseite geworfen, Höschen und Hemdchen über Schenkel und Brüste gezogen und den wachsenden Kleiderhäufchen hinzugefügt.

Schlanke, weißhäutige Leiber, gerade sich öffnenden Knospen gleich, streckten sich und reckten sich und erfreuten sich ihrer Nacktheit, strichen auch über ihre Hüften und Schenkel, die Glätte der Haut prüfend und dem viel zu selten erlebten Gefühl nackter Haut nachfühlend. Manche seufzten bald, zogen ihre Badekleidung über und beendeten so allzu rasch das sinnliche Spiel; die meisten aber versuchten, diese für gänzlich intim und privat gehaltenen Minuten so lange auszudehnen, wie es irgend möglich war.

Eine der feenhaften Gestalten streckte sich derart, dass ihr ganzer Körper einer gespannten Bogensehne glich – das Popochen nach hinten, die kleinen, festen Brüste frech nach vorne gestreckt – und liebkoste sich am ganzen Leib, indem sie ihre kleinen Hände über ihre Schenkel gleiten ließ, ihre Hüften sinnlich betastete, die Rundungen ihrer Brüste mit den Fingern nachzeichnete. Hingerissen beobachteten die beiden Voyeure, wie sie sich entlang ihrer Flanken strich und von beiden Seiten über ihren himmlisch flachen Bauch hinweg dem Nabel annäherte, kurz zuvor aber wieder abschwenkte und den Bogen fortsetzte über ihre Lenden und die Innenseiten ihrer Schenkel bis hinunter zu den Kniekehlen. Die Grazie dieser Bewegung, ausgeführt von einem aufblühenden, splitternackten Mädchen, kann in ihrer Wirkung auf unsere beiden Freunde kaum beschrieben werden; beide hatten den Atem angehalten, wie um die Vollkommenheit des Augenblicks nicht mit etwas so Profanem wie Luftholen zu zerstören, und hatten jetzt etwas Mühe, die gepresste Luft geräuschlos entweichen zu lassen.

Doch schon wurden sie von einem anderen nackten Engel gefesselt, dessen Kopf nach unten gerichtet war; wohin er schaute, wurde überdeutlich, wenn man die Finger beobachtete, die ihre Brustwärzchen umkreisten, bald die Knospe, bald den ganzen Hof; dann wieder legte sie ihre

Handflächen über ihre Brüste, begann sachte zu kreisen – und hob endlich ihren Kopf, sodass den Herren der Anblick eines nymphenhaften Gesichtchens vergönnt wurde, dessen Augen in verzückter Selbstvergessenheit geschlossen waren, und dessen Lippen einen Spalt freiließen wie eine Idee von der Inbrunst, die in diesem Moment in diesem Körper entflammte und einen Weg brauchte, um entweichen zu können.

Wieder ein anderes Mädchen spielte mit dem Flaum zwischen ihren Beinen und wirkte so entrückt, dass P. nichts anderes denken konnte, als dass sie es sich wohl gerade selbst besorgte, dass sie in eben diesem Moment ihren Finger an ihrem Lustknötchen hatte und rieb und drückte. Jedoch entsprang dieser Gedanke nicht der Beobachtung, sondern der Fantasie des Barons, denn da er das Geschehen aus der Vogelperspektive beobachtete, war ihm ein wirklich alles offenbarender Blick auf die tiefstliegenden Regionen der nackten Leiber verwehrt.

Dann wurde seine volle Aufmerksamkeit von den Umkleidekabinen vis-a-vis in Anspruch genommen. Elektrisiert fasste er ein üppig gebautes Mädchen in Augenschein, dessen sehr helle Haut in reizvollstem Kontrast zu ihrem pechschwarzen Haar stand, welches sie in schwere Zöpfe geflochten hatte, die ihr beinahe bis zu den Kniekehlen reichten. Ihr ganzer Leib strahlte Sinnlichkeit in einem Maße aus, wie es einem derart jungen Geschöpf nur selten zu Eigen ist, ihre überaus appetitliche Fülle zeugte von einer frühen Reife. Beinahe noch mehr als die Begehrlichkeit weckenden Formen faszinierte P. aber, was die junge Dame tat: Sie hatte sich nämlich zur Begrenzungswand ihrer Umkleide gewandt und hantierte an den Brettern, die sie von der Nachbarkabine trennten. Dort selbst befand sich eine offenbar sehr enge Freundin der Schwarzhaarigen, denn dieses Mädchen agierte wie ein Spiegelbild, und was hier geschah, wurde recht bald deutlich: Die beiden schauten abwechselnd durch einen Spalt und ergötzten sich am Anblick des frischen, nackten Leibes der anderen.

Emil und P. konnten sogar die Verliebtheit in den Augen der Mädchen erkennen, wenn sie einander betrachteten und Küsschen zuwarfen; sie glaubten das flammende Begehren in den Blicken lesen zu können, wenn diese über Brüste und Bauch wanderten, sich auf die Scham hefteten und immer wieder die Augen des anderen suchten, in dem sie ihre eigene Liebe, ihr eigenes Verlangen gespiegelt fanden.

„Das ist Risa", flüsterte Dr. Penis seinem Freund zu, „die Dunkle meine ich. Sie ist die Tochter eines serbischen Adeligen."

Risa war einfach perfekt. Emil versicherte Max, dass sie tatsächlich erst siebzehn Jahre alt war, obwohl sie wie mindestens zwanzig wirkte. Ihre Formen waren voll entwickelt, die prallen Hinterbacken, die großen und doch stehenden Brüste, die wunderbar akzentuierte Taille, der Kontrast ihrer strahlend hellen Haut und ihren dunklen Augen und Haare – all dies war mehr als reizend anzusehen, es war sinnverwirrend, von solch maßloser Sinnlichkeit erfüllt, wie es nur bei so früh erblühten Mädchen aus dem balkanesischen Raum bisweilen gefunden werden kann. Risa war so geil und üppig, sie konnte nur, musste für die Freuden der Liebe geschaffen worden sein. Ihr Anblick machte Männer hart, brachte ihre Herzen zum Überquellen und ihre Gedanken zum Stillstand.

Um Max war es im selben Moment geschehen, als er sie erblickte. Die betörenden Kurven, die von Risas Zöpfen wie von schwarzen Schlangen umgarnt wurden, waren beinahe schmerzhaft schön anzuschauen. Wie sie sich bewegte, zeugte von einem heiß brennenden Feuer der Leidenschaft in ihr – jede ihrer Gesten troff vor sinnlicher Anmut und erotisierender Grazie, und schwangen ihre Hüften auch nur um wenige Zentimeter zur Seite, vermeinte der voll entflammte Baron sie förmlich zu hören, wie sie ihn aufforderte doch endlich seine vor Begierde zitternden Hände an ihre nackte, samtene Haut zu legen.

Die Krönung dieses wahrhaft göttlichen Geschöpfes war jedoch ihr Gesicht. Ihr Antlitz glich dem der Madonna, vollendet ebenmäßig und von unvergleichlicher Reinheit; der Gegensatz zu ihrem sinnlose Geilheit ausstrahlenden Körper konnte nicht größer und für Max nicht erregender sein.

Ihre Gefährtin, ein graziler, blonder Engel, stand der südländischen Schönheit an offen zur Schau getragener weiblicher Lüsternheit kaum nach. Sie schien ein äußerst lebhaftes Temperament zu besitzen, denn sie stand keinen Augenblick still, sondern wandte sich in dem engen Abteil bald hierhin, bald dorthin, und ihre Hand zwischen ihren Schenkeln bereitete ihr offensichtliche Lust, wie sie so fortwährend an ihren intimen Tempel gepresst war und kleine, aber umso erregendere Bewegungen vollführte.

Emil wurde ganz aufgeregt. „Die andere, die Blonde, das ist Edith“, ließ er seinen Begleiter wissen, dem die aufkommende Begierde in der Stimme seines Freundes nicht entging. „Edith von R., die Tochter eines ehemaligen Ministers. Ich habe sie mir schon mehrmals in das Kabinett des Greißlers kommen lassen; wahrlich nicht nur eine Sünde wert, dieses schöne Ding.“

Was er damit andeutete, vermag sich die werte Leserin vermutlich zusammenzureimen; doch ob es sich tatsächlich so verhielt, wie es sich nun in den Gedanken der Leserinnen dieser Zeilen abspielen mag, werden wir erst nach einer Weile erfahren.

Bis dahin wollen wir uns wieder dem reizenden Spiel der beiden liebenden Mädchen zuwenden. Diesen genügte der Austausch schmachtender Blicke und leidenschaftlicher Kusshändchen in der Zwischenzeit nicht mehr, es schien ihnen an der Zeit, mehr zu tun als sich gegenseitig in der Betrachtung junger, straffer Brüste und anmutiger, frischer weiblicher Formen zu ergehen.

Risa griff nach dem Sessel, der in jeder Umkleidekabine bereit stand, und rückte ihn so zurecht, dass Edith, hatte die dunkelhaarige Augenweide sich erst einmal darauf niedergelassen, sie durch den Spalt in der Bretterwand genau im Blickfeld haben würde. Die junge Serbin setzte sich auch sogleich auf ihren prallen, prächtigen Hintern, lehnte sich etwas zurück und spreizte die Beine so weit es ihr nur möglich war. Den rechten Fuß setzte sie hoch auf die Zwischenwand, den linken Schenkel hielt sie mit der Hand umklammert, um ihn in der extrem gedehnten Position zu halten.

Sie präsentierte, mit einem Wort, ihr sicherlich schon feuchtes Fötzchen den hungrigen Augen der Spielgefährtin in einer Schamlosigkeit, die den beiden gebannt nach unten starrenden Herren schier den Atem verschlug. Ihnen war zwar nicht vergönnt, mehr als einen dunklen Fleck unterhalb des Bauches zu Gesicht zu bekommen, aber die Geilheit der Stellung und der ungestörte Blick auf die vollen Schenkel in Verbindung mit der über alle Maßen erotisierenden Ausstrahlung des Mädchens genügten völlig, um den Baron in einen fiebrigen, feuchten Wachtraum zu versetzen.

Lebhaft führte er sich vor Augen, was Edith, die natürlich dafür in der idealen Position war, nun zu sehen bekam: ein rosig schimmerndes, zur Liebe bereites Mündchen genau zwischen den Schenkeln, umrahmt von pechschwarzem Kraushaar. Die Vorstellungskraft von Max wurde kräftig unterstützt durch den Ausdruck, der sich in Ediths Augen geschlichen hatte: Sie verschlang mit gierigen Blicken, was ihre Freundin ihr so offenherzig zeigte, und verdoppelte die Bemühungen ihrer Hand zwischen ihren eigenen Beinen.

Dann vertauschten die beiden die Rollen: Risa erhob sich und legte ihr Auge an die Sehritze, um ihrerseits Edith glutvolle Blicke zuzuwerfen. Diese hatte sich auch bereits willig auf den Stuhl ihrer Kabine gesetzt und demonstriert, dass sie über ähnliche Gelenkigkeit verfügte wie ihre vollbrüstige Freundin. Weit gespreizt saß sie da, nichts verbergend, keine Wünsche offen lassend, und doch wohl zugleich auch unerfüllbares Sehnen erweckend.

Selbiges wurde in winzigen Bewegungen der Hände, in kaum sichtbarem Schürzen der Lippen offenkundig. Wie gern hätten die beiden einander berührt, wie gern hätten sie den Schritt über das bloße Schauen hinaus getan und wären in liebreichender Umarmung versunken, die zarten Finger am Geschlecht der anderen!

Ganz deutlich konnte Max dies erkennen, und es stimulierte ihn noch weiter, denn was erregt einen Mann mehr als solch überbordende weibliche Begierde? Vielleicht das Wissen, das sie ungestillt bleiben würde und es womöglich ihm selbst vorbehalten bliebe, den geilen Fräuleins zur Erfüllung zu verhelfen?

Doch diese überhitzten Gedanken des Barons führen uns zu weit weg vom Geschehen. Tatsache war: Die störende Bretterwand ließ sich nicht einfach entfernen; die Mädchen konnten nicht zueinander gelangen. Tatsache war auch, dass sie ein nicht ungefährliches Spiel trieben und ihnen die Zeit langsam knapp wurde. Denn einige der anderen jungen Damen planschten bereits im Wasser, die anderen waren zumindest gerade im Begriff dazu und standen in ihren Badekostümen auf der das Bassin umlaufenden Plattform. Niemand hätte an einen Zufall geglaubt, wenn ausgerechnet zwei Nachbarkabinen weit länger besetzt geblieben wären, als es für ein einfaches Wechseln der Kleidung vonnöten gewesen wäre.

Risa und Edith wurde das Risiko, das sie eingingen, ebenfalls bewusst, und endlich lösten sie ihre Blicke voneinander, schlüpften rasch in ihre Badehöschen und zogen ihre leichten Blusen über. Dann trat Risa aus der Kabine, und fast zur selben Zeit wurde auch der Vorhang der Nebenkabine zurückgezogen.

Die Jahrgangskameradinnen begannen bei ihrem Anblick verstohlen miteinander zu wispern. Das sündhaft aufregende Spiel der beiden war nicht gänzlich ohne Folgen geblieben, denn beider Gesichter überzog eine leichte Röte und in ihren Augen stand ein ganz besonderer Glanz.

Die anderen wussten diese Zeichen wohl zu deuten und standen dem offenbar wohlgefällig gegenüber, denn sie lächelten ihnen zu. Es schien sogar, als vermenge sich ein klein wenig Neid mit dem wissenden Lächeln, das die Mädchen aufgesetzt hatten.

Dies mochte daran liegen, dass Risa und Edith sich ganz gezielt für die beiden Kabinen entschieden hatten, in denen sie sich so lange aufgehalten hatten; die meisten der Bretterwände waren wohl dicht gefügt und denkbar ungeeignet für schamlose Schauspiele in der Art, wie wir es gerade mit ansehen durften. Der Zweck der Wände bestand ja nun gerade darin, den Blicken eine undurchdringliche Barriere zu sein.

Und am Wollen hätte es kaum gemangelt – es war ein offenes Geheimnis, dass sich unter all den Maiden keine befand, die es nicht verstanden hätte, eine Beziehung mit einer der anderen zu schließen, die auch die intime, körperliche Seite mit einschloss.

Bevor jedoch etwas auffällig werden konnte, das jede wusste, aber keine wissen durfte, sprang Risa ins Wasser und beendete damit das Getuschel. Edith folgte ihr sogleich nach und nur die hagere Nonne, die zur Aufsicht eingeteilt worden war, blieb auf der Plattform und beäugte das Geschehen mit argwöhnischer Miene.

Der Lärm, der während des Umkleidens abgeebbt war, schwoll nun wieder an und erreichte bald einen neuen Höhepunkt. Denn zum lauten Kichern und den neckischen Zurufen der fröhlichen jungen Damen gesellten sich jetzt noch die Geräusche von Händen, die aufs Wasser patschen, und die übermütigen, spitzen Schreie derjenigen, die von ihren Kameradinnen bespritzt wurden.

Emil hatte nur Augen für seine Edith; er schien wahrhaftig in dieses Mädchen verliebt zu sein. Max wiederum, der wie wir wissen für die geile Serbin entbrannt war, heftete seinen Blick unverwandt auf die vollen, so reif wirkenden Formen dieser Schönheit, die sich von allen anderen deutlich abhob; fast schien es, als wäre sie die einzige erwachsene, voll erblühte Frau unter Kindern.

Mehr als eine halbe Stunde lang durften sich die Mädchen dem ungetrübten Badevergnügen hingeben, und sie nützten diese Gelegenheit weidlich aus, platschten und planschten herum, bespritzten sich gegenseitig und machten wohl auch so mancherlei unter der Wasseroberfläche, von dem hier allerdings nichts berichtet werden kann, da es sich gänzlich den Blicken von Max und Emil entzog. Die beiden kamen aber auch so voll auf ihre Rechnung und priesen den Herrn hundertfach für die wunderschönen Werke, die er hier vollbracht hatte. Es konnte nur ein Zeichen göttlicher Omnipotenz sein, wenn sich so viele so süße Geschöpfe zusammenfanden, um mit ihrem Anblick die Welt zu erfreuen.

Schließlich gab die fromme Ordensschwester ein Zeichen, die Wassernymphen entstiegen ihrem Element und begaben sich wieder in die Ankleiden. Dort wiederholte sich nun das Geschehen von vorhin, wenn auch in umgekehrter Reihenfolge, weshalb es dieser Erzählung keine sonderlichen Neuigkeiten hinzuzufügen im Stande ist. Dennoch wollen wir noch ein wenig durch die Augen der beiden Herren am Dachboden sehen, denn diese weideten sich ebenfalls weiterhin an dem Gebotenen, und es entzückte sie mit jeder Minute eher noch mehr.

Es verhielt sich nämlich so, dass die Damen von der Nähe zueinander im Wasser, in halbnacktem Zustand, und namentlich von den Dingen, die sich unseren Blicken entzogen, derartig aufgereizte

Sinne hatten, dass es nun allerorten geile Spiele zu beobachten gab, und die beiden Herren liebend gerne fünf oder sechs Augenpaare besessen hätten, um sich nur ja nichts entgehen lassen zu müssen.

Schließlich waren die meisten der Mädchen aber doch wieder zumindest in ihre Unterkleider geschlüpft, als die Aufsichtsnonne die Plattform um das Bassin entlang ging und vor einer Umkleidekabine anhielt, hinter der sich, wie sie wusste, Edith befand.

„Edith!", erklang ihre Stimme, und Max und Emil konnten sich ein lautes Auflachen kaum verkneifen, denn dieser Anruf versetzte die Blondine in heillose Aufruhr. Sie war nämlich nicht dabei, wie die Schwester vermuten musste, sich gerade der recht langwierigen Prozedur des Miederanlegens zu unterziehen. Stattdessen lag sie, angetan mit nichts als ihrem Hemdchen, auf dem Boden, hatte die Schenkel weit gespreizt und befingerte ausgiebig ihre Spalte. Ihrem Gesichtsausdruck nach stand sie kurz davor, sich selbst mit den höchsten Wonnen zu beglücken.

An die Stelle seliger Entrückung trat nun ein gehetzter Ausdruck in Ediths Antlitz; blitzartig sprang sie auf, jedoch nicht ohne sich zuvor zu überzeugen, dass die Aufseherin nichts bemerkt haben konnte. Der Saum ihres Hemdes rutschte über ihre Blöße, und ganz gespannter Aufmerksamkeit lauschte sie der Stimme der Nonne.

„Edith", sprach sie diese erneut durch den Leinenvorhang hindurch an, „eine dringliche geschäftliche Angelegenheit ist mir aufgetragen worden, der ich sofort nachkommen muss. In meiner Abwesenheit obliegt es Ihnen, die Aufsicht über Ihre Kameradinnen zu führen. Schauen Sie dazu, dass das Ankleiden zügig und ohne Schwierigkeiten vonstatten geht; erweisen Sie sich des Vertrauens, das ich in Sie setze, als würdig, und führen Sie die Aufsicht mit der erforderlichen Genauigkeit und Strenge. Ich zweifle nicht daran, dass ich mit Ihnen die richtige Wahl treffe."

Edith wurde so aufgeregt, dass die mit weit offenen Augen und gespitzten Ohren auf der Lauer liegenden Herren beinahe glaubten, ihr Herz schlagen zu hören. Der Leser muss wissen, dass dieses Vorkommnis keineswegs zum ersten Mal auftrat; Edith genoss das Vertrauen der Aufsicht führenden Schwestern und war der Aufforderung, deren Rolle für eine Weile zu übernehmen, schon etliche Male gefolgt. Und jedes einzelne Mal war ihr in bester, allersüßester Erinnerung geblieben.

„Vielen Dank für das erwiesene Vertrauen, ehrwürdige Mutter", rief sie daher sogleich aus der Kabine zurück. „Ich werde Ihren Anordnungen wortgetreu und pünktlich Folge leisten." Dabei lachte sie sich still ins Fäustchen und krallte ihre rechte Hand zwischen ihren Beinen zusammen, so dass sich der seidene Stoff tief in ihre Muschel bohren musste.

Auch in allen anderen Kabinen waren die Worte der Ordensschwester nicht ohne Folgen geblieben. Alle hatten in dem Augenblick, als Ediths Name ertönt war, in ihren jeweiligen Tätigkeiten innegehalten, um nur ja keine Silbe zu verpassen. Nachdem klar geworden war, was geschehen würde, wurden sämtliche Pensionärinnen von lautlosem

Entzücken ergriffen; zugleich vermieden sie alles, was irgendwie als unpassendes Benehmen hätte ausgelegt werden können, um der Schwester nur ja keinerlei Anlass zu geben, ihre Anordnung im letzten Moment doch noch zu widerrufen.

Diese entfernte sich mit gemessenen Schritten von dem Bassin und schien sich über die plötzlich fast greifbare Stille in keinster Weise zu wundern. Dann verließ sie den Baderaum und zog die große Tür hinter sich zu.

Sofort erwachten die Mädchen aus ihrer Erstarrung. Edith, mit glühendem Gesicht, mit Hemdchen und einem einzelnen schwarzen Strumpf notdürftig bekleidet, stürzte aus ihrer Kabine, eilte die Plattform entlang, die Treppe zum Parkettboden hinunter und hinüber zur Tür. In deren Schloss steckte ein Schlüssel, und diesen drehte das Mädchen jetzt in fliegender Hast. Versperrt!

Triumphierend drehte sich die Vertrauensschülerin um und ging zu dem riesigen Badezuber zurück.

Alle Mädchen waren inzwischen vor ihre Umkleiden getreten und sahen ihr mit blitzenden Augen entgegen. Manche waren bereits gänzlich bekleidet, andere standen barfuß da, einige hatten, da sie mehr Zeit als die anderen mit Selbstbeglückung verbracht hatten, wie Edith selbst nur ein

Hemd an, vielleicht ein Höschen und den einen oder anderen Strumpf.

Als die blonde Rädelsführerin sich vor ihnen aufbaute, merkte man sogleich, dass die Kleine eine gewisse Erfahrung damit hatte, das Wort zu ergreifen und Anordnungen zu erteilen. Sie hatte aber auch leichtes Spiel, denn was sie zu befehlen gedachte, war, wie sie nur zu genau wusste, genau das, was die Mädchen jetzt hören – und machen – wollten.

„Meine lieben Freundinnen", setzte sie zu einer halblaut vorgetragenen, kurzen Ansprache an, „wie ihr von der ehrwürdigen Mutter vernommen habt, bin ich jetzt eure Aufsichtsdame und ihr müsst allen meinen Anordnungen sofort gehorchen. Ich wünsche, noch ein weiteres Bad zu nehmen und dass ihr mir dies alle gleichtut; ich wünsche ferner, dass wir bei diesem Bad gänzlich ohne Kleidung auskommen.

Außerdem ordne ich hiermit an, dass wir uns alle, wenn wir schon mal nackt im Wasser sind, nach Kräften vergnügen und nichts auslassen, was wir uns gegenseitig an Freuden angedeihen lassen können.

Ich hoffe, ich habe mich klar ausgedrückt. Gibt es Einwände oder seid ihr alle einverstanden?"

Zuletzt war es Edith nur noch unter großen Mühen gelungen, ihre gespielte Strenge nicht in einem ganz und gar unziemlichen Lachanfall untergehen zu lassen; jetzt grinste sie siegesgewiss und blickte sich um. Allenthalben begegneten ihr leuchtende Mädchenaugen, denen die Vorfreude ins Gesicht geschrieben stand.

Dann brachen alle in hektische Aktivitäten aus. Diejenigen, die sich mit dem Ankleiden besonders viel Zeit gelassen hatten, konnten jetzt ihren Rückstand sehr leicht in einen Vorsprung verwandeln. Höschenbänder wurden geöffnet, Hemdchen über Köpfchen gezogen, Strümpfe von den Schenkeln gerollt. Im Nu waren die ersten splitternackt und fielen einander in die Arme, drückten Brust an Brust, nackte Haut an nackte Haut, und begannen zu schmusen und sich zu liebkosen wie Liebespaare.

Die anderen, die wie Risa schon etwas mehr am Leibe trugen, eilten in ihre Kabinen, um diesen unhaltbaren Zustand in kürzestmöglicher Zeit zu beenden. Sie rissen sich die Mieder wieder herunter, schüttelten heftig die Füße, um die Schuhe von sich zu schleudern, ließen Röcke auf den Boden fallen und Blusen über die Bretterwände fliegen.

Max und Emil kamen aus dem Staunen nicht mehr heraus – jetzt erlebten sie, wie rasch ein Weib sich wirklich seiner Gewandung entledigen konnte, wenn die Sekunden zählten. Es war unglaublich und in höchstem Maße entzückend, denn in weniger als einer Minute hatten sich acht splitternackte Elfen auf der Plattform versammelt, dicht an dicht drängelten sich grazile, weiße Mädchenleiber, und dann sprang auch schon die Erste in das erfrischende Nass, und alle anderen folgten auf dem Fuße. Wie sie sich umgarnten und liebkosten!

All die vielen Regeln, die Töchter aus gutem Hause zu befolgen hatten, alle Beschränkungen, denen sie unterworfen waren, um aus ihnen einst gute Ehefrauen zu machen – all dies war in diesem

Moment vergessen, existierte nicht. Sie lebten nur für den Augenblick, und sie genossen jeden Augenblick – in gegenseitiger Liebe und Zärtlichkeit verbunden. Hier nun war zu erleben, was geschah, wenn sie denn von der Kandare gelassen wurden, wenn die Zügel der Sittsamkeit und des wohl erzogenen Anstands gelockert wurden.

Fraglos alarmierend und fraglos atemberaubend war das Schauspiel, das sich nur wenige Meter unter den beiden bäuchlings liegenden Männern abspielte.

Hast du, geschätzter Leser, bereits den Anblick eines völlig nackten, schwimmenden Mädchens genossen?

Falls du zu den wenigen Glücklichen zählen magst, wird dir das Bild, das sich Emil und Max nun bot, bereits lebhaft vor Augen stehen. Falls nicht, lass uns versuchen zu beschreiben, was die beiden Herren nun zu Gesicht bekamen.

Der nackte, vornehm blasse Körper liegt flach im Wasser und ist deshalb zur Gänze sichtbar; teilweise wie durch einen leichten Schleier, teilweise ragt er auch hervor und glänzt feucht, was ihm einen zusätzlichen sinnlichen Reiz verleiht.

Nun liegt dieser grazile Mädchenleib aber nicht einfach ruhig da, sondern ist in ständiger Bewegung; ein Umstand, der zur weiteren Anregung des

Betrachters beiträgt. Namentlich die Schwimmstöße der Beine sind es, die die Fantasie entflammen: Dabei öffnen sich die Schenkel weit und erlauben Einblicke, die sonst kaum denkbar sind. Die beiden Kuppeln des Arsches kommen in einer Pracht zur Geltung, die sich kaum vorstellen lässt. Und dazwischen, in der Spalte zwischen den Halbkugeln, schimmert es rosig hervor, für einen winzigen Moment nur, im Augenblick der stärksten Spreizung der Beine.

Ja, die Dehnung ist so groß, dass sich sogar die Schamlippen öffnen, eine Winzigkeit nur, doch völlig ausreichend, um im Auge des Betrachters alles auszulösen, was ein solcher Anblick im Manne auszulösen imstande ist.

Ein Mädchen, süße siebzehn Jahre alt, in der Blüte ihrer Jugend und doch bereits zur Frau herangereift, mit weit gespreizten Schenkeln, einem lockenden Hintern, ja selbst bereits rosig hervorlugenden unteren Lippen ... Kein Mann, der nicht hinein will in diese Pracht, der nicht seinen stolzen, voll erigierten Liebesstab zwischen diese Blütenblätter stoßen will, um dem Weib zu geben, wonach es ihm so sehr verlangt. Der nicht hinstürzen will, um sein Antlitz zu versenken und mit seiner Zunge die winzige Rosette, von blondem Flaum umgeben, zu umschmeicheln oder in das duftende Spältchen zu dringen, in dem das weiche, warme Fleisch nur darauf wartet, geküsst, geleckt, berochen zu werden.

Doch noch ist es nicht soweit, denn wir können ja nur zusehen, und schon ist der Moment vorbei. Die Schenkel haben sich ruckartig geschlossen und der Backfisch ist durchs Netz geschlüpft, alles scheint verloren; da beginnt das aufregende Spiel von neuem, die Schenkel öffnen sich, wir stürzen wieder hin, begierig und hoffend, doch wir kommen zu spät, und so geht es in einem fort, spreizen, schließen, Einblick, kein Blick – wahre Qualen der Lust ergreifen den Betrachter, der dazu verdammt ist, sich einem Übermaß an sinnlichen Reizen hinzugeben, ohne Gelegenheit, zur Erfüllung zu gelangen.

Man denke sich in Max und Emil hinein! Die beiden waren ja in der beneidenswerten Situation, das beschriebene Schauspiel en nature bewundern zu können – und das gleich acht Mal! Wobei dies so nicht ganz richtig ist, denn Risa, die, wie wir bereits wissen, alle anderen an Sinnlichkeit und Üppigkeit weit übertraf, bot einen noch aufregenderen Anblick. Sie schwamm nicht Brust, sondern glitt am Rücken liegend durch das Wasser, als böte sie sich bereits für das Liebesspiel an. So war sie in ihrer ganzen, einzigartigen Schönheit zu bewundern: das madonnenhafte Angesicht, schwarz umrahmt; die vollen, runden Brüste, eine jede gekrönt von einem noch einmal erhabenen, erdbeerfarbenen Hof, der in seiner Mitte eine Knospe trug wie ein Schmuckstück das Juwel umschließt. Die Nippelchen prangten steif hervor, doch kann der Blick nicht verweilen, denn der glatte, flache Bauch wartet darauf, beäugt zu werden, führt über ihn doch der Weg zu dem dunkelhaarigen Dreieck, das bei Risa so lang und schmal gewachsen war, dass der Eindruck eines Pfeiles entstand, der einem Wegweiser gleich die Richtung wies. Wohin, braucht dem geschätzten Leser wohl nicht mehr verdeutlicht zu werden; zumal die dunkle Elevin in diesem Augenblick wieder ihre Schenkel öffnete, um einen Schwimmstoß zu vollführen, und dabei gerade so aussah, als wolle sie lieber gestoßen werden von einem kräftigen, nach ihrer Liebe lechzenden Mann.

Die ganze Erscheinung dieses Mädchens, ihre geilen Spiele in der Kabine und ihr Anblick in Badekleidung hatten, wie wir erfahren durften, bei Max die begehrlichsten Gefühle erweckt, hatten ihn für die serbische Versuchung voll entbrennen lassen. Doch war dies alles nichts gegen den Sturm, den die nackte, schwimmende Risa in ihm auslöste! Nichts weniger als Wahnsinn kommt als Beschreibung dem nahe, was in ihm vorging. Ein Wahnsinn des Verlangens, ein Wahnsinn des Begehrens, ein alles verzehrendes Feuer hatte ihn ergriffen und ließ ihn nicht mehr los, wie er da an seinem Guckloch klebte und mit ausgedörrter Kehle, trockenen Lippen und brennenden Augen hindurchstarrte.

Wie ihre Brüste sich im Rhythmus ihrer Stöße bewegten, wie ihr Bauch erzitterte, wie ihre Schenkel sich öffneten und schlossen in Intervallen, die Max, ohne es zu merken, mit angedeuteten Stößen in den harten Bretterboden mitmachte. Wäre es ihm möglich gewesen, er hätte sich durch die Decke gegraben und wäre aus der Höhe gestürzt, hinein in dieses Bassin der Sinnlichkeit, inmitten achtfacher Verführung wäre er gefallen, hinein in seine Königin, seine Göttin wäre er gestoßen. Sein gierig trinkender Blick nahm nicht alles auf, was er gerne aufgenommen hätte, denn manches lag zu tief unter der Wasseroberfläche und verschwamm zu undeutlichen Umrissen, doch erhitzten diese Andeutungen seine Lüsternheit womöglich noch mehr, als wäre wirklich alles bis ins allerkleinste Detail genauestens zu sehen gewesen.

Deutlich erkannte er, dass seine Auserwählte eine vollendete Orchidee unter lauter schönen Blumen war. Auch alle anderen Fräuleins waren reizend anzusehen, sie waren hübsche schlanke Elfen oder blonde Engel wie Edith, voller Frische und graziler Anmut. Keine aber verband den so belebenden Elan der Jugend mit einer derart voll entwickelten, geradezu übermäßigen Sinnlichkeit wie Risa, in deren Antlitz sich derselbe, so wahnsinnig aufreizende Kontrast aus Reinheit und Vollkommenheit und zugleich lüsterner Verderbtheit zeigte.

Ihr Gesicht war nicht schmal und nicht rundlich, sondern von ideal proportioniertem, ovalem Schnitt. Ihre dunklen, großen Augen wirkten im ersten Moment wie ein tiefer Brunnen der Stille, in den man sich gerne für ewigen Frieden versenken würde, doch glomm in ihnen ein verborgenes, umso mächtigeres Feuer, das zu handhaben und zu zähmen mit Sicherheit einen ganzen Mann verlangte. Ihre Nase trug wieder eher zu dem Eindruck von

Unschuld und Unberührtheit bei – sie fügte sich so perfekt in die Harmonie ihres Antlitzes ein, dass man die ihr eigene Schönheit allzu leicht übersehen konnte.

Was, zumal den Blick des Mannes, an Risa jedoch übermenschlich und magisch anzog, war ihr Mund. Weiche, volle, rot glänzende und in diesem Moment auch noch feuchte Lippen formten einen Bogen, der wie der Eingang zu einem Garten der Lust wirkte, wie eine Pforte, hinter der sich nie gekannte Sehnsüchte erfüllen würden.

Der Baron wollte seine Lippen auf Risas sündhaft schöne pressen, er wollte mit seiner Zunge zwischen diese schamlose Schwelle stoßen, er stellte sich vor, wie sich diese Lippen wölben würden, wie sie sich über sein schmerzhaft angeschwollenes Glied stülpen und ihm namenlose, unsagbare Freuden bereiten würden. Es hätte nicht viel gefehlt, und Max hätte seinen Samen in sein Beinkleid verströmt; doch fehlte es dafür an der letzten Stimulation.

Es hätte wohl genügt, wenn er die unbewussten Bewegungen seines Beckens, das immer noch im Rhythmus von Risas Schwimmstößen gegen den Boden des Dachbodens drückte, um einiges verstärkt hätte. Doch wäre ihm dies als Eingeständnis der Schwäche erschienen, als Blöße, die er sich in Gegenwart seines alten Freundes nicht erlauben wollte.

Die beiden starrten einfach weiterhin auf die Mädchen, denn auch wenn ihre Geilheit kaum noch zu überbieten war, ahnten sie wohl, dass all das, was sie bisher bereits zu sehen bekommen hatten, noch nicht der Höhepunkt der unfreiwilligen Darbietung gewesen war, und wollten sich selbstverständlich nicht das Geringste entgehen lassen.

Im Becken zeigte sich mittlerweile deutlich, dass auch die anderen Mädchen und selbst Edith Risas Stellung als die Allerschönste unter ihnen neidlos anerkannten. Alle neckten und liebkosten einander, so oft es ihnen möglich war, doch keine genoss so viel Aufmerksamkeit wie Max dunkle Göttin.

Die Art, wie sie sich bewegte, war auch beim Schwimmen unnachahmlich, und ihre körperliche Reife jener der anderen weit voraus. Was auch immer die anderen überzeugte, sie erkannten sie als ihre Königin der Schönheit an und bezeugten ihr dies durch erwiesene Küsse, offene und heimliche Streicheleien und Zärtlichkeiten ohne Zahl. Risa konnte nicht wie alle anderen ungehindert schwimmen; sie konnte kaum eine Bewegung machen, ohne von einem der Mädchen umfangen zu werden, ohne eine fremde Hand an sich zu spüren, ohne den sanften, willkommenen Druck weicher Lippen auf ihrer Haut zu fühlen.

Angeführt wurde Risas „Hofstaat“ natürlich von Edith, ihrer besten Freundin. Sie lag still am Beckenrand und wartete, dass die im Kreis schwimmende, geliebte Kameradin an ihr vorbeikäme. Sobald sie sich in Ediths Reichweite befand, begann ein über alle Maßen reizvolles Spiel. Jedes Mal küsste sie die Blonde auf die Stirn und griff zugleich mit beiden Händen nach ihren Brüsten, drückte und streichelte diese und nahm auch ihre Wärzchen zwischen die Finger, um sie zu zwirbeln und daran zu ziehen.

Risas Schmollmund öffnete sich dann und ließ einen für Emil und Max unhörbaren Seufzer entweichen. Sie hörte jedoch nicht auf zu schwimmen und glitt deshalb langsam an Edith vorbei. Schon befand sich diese mit dem Busen auf Augenhöhe und nützte sogleich die Gelegenheit, einen der Nippel mit ihren Lippen zu umfassen und daran zu saugen. Eine der frei gewordenen Hände blieb indes nicht untätig, sondern strich über ihren Bauch nach unten, erwischte das schwarze Dreieck und grub sich tief in den Schlitz.

Wenn Risa dann ihre Beine zum nächsten Stoß spreizte, konnte Edith mit ihren Fingern ungehindert in ihre Muschel dringen. Dann bewegte sich das schwimmende Mädchen weiter, Ediths Mund löste sich widerwillig von ihren Brüsten, die eine Hand stieß und rieb weiter am Fötzchen ihrer Freundin, die andere glitt an der empfindsamen, besonders samtig weichen und glatten Haut an der Innenseite der Oberschenkel entlang. Schließlich schwamm Risa vorbei, der süße Moment innigster Nähe endete – bis zur nächsten Runde.

Bei all den Zuwendungen, die sie erfuhr, fand die serbische Adelstochter dennoch reichlich Gelegenheit, auch selbst Zärtlichkeiten zu verschenken. Ihre liebste Empfängerin war natürlich wiederum Edith.

Diese ließ sie jedoch in diesem Moment an ihr vorbeischwimmen, ohne sie zu berühren. Stattdessen stieß Risa mit dem Kopf an den Leib eines anderen Mädchens, das ihren Kopf umfasste und festhielt. Risa hatte gerade die Beine weit gespreizt, um erneut Schwung zu holen, doch Edith hatte nur auf diese Gelegenheit gewartet. Sie drängte sich zwischen die Schenkel ihrer Freundin, schob ihre Arme unter deren Beine und hob sie sich über die Schultern. Dann vergrub sie ihr Gesicht im Schoß der geliebten Gefangenen und begann, hingebungsvoll ihre Muschi zu lecken.

Von vorne und hinten gehalten, erfuhr die dunkle Schönheit den geilsten Liebesbeweis, der sich denken lässt.

Denn kaum hatte Edith ihr züngelndes Werk in Angriff genommen, schwammen auch alle anderen herbei und umringten den flach im Wasser liegenden Leib ihrer Königin. Jede suchte ein Stückchen Haut zu erhaschen, um es zu streicheln, zu küssen und zu liebkosen. Zwei, die besonders glücklich gewesen waren, machten sich an ihren Brüsten zu schaffen. Zuerst legten sie ihre flachen Hände darauf und kreisten in sachten Bewegungen. Dann nahmen sie ihre Finger zu Hilfe, um gezielter die empfindsame Region um die Knospen und die Brustwärzchen selbst zu reizen. Schließlich beugten sich die beiden in einer faszinierend gleichförmigen Bewegung über den himmlischen Leib, schlossen ihre Münder um die prallen Nippel und saugten und leckten daran.

Das Mädchen, das Risas Kopf in liebevoller Umarmung hielt, neigte sich nach vorne und bedeckte ihr Gesicht mit Küssen. Vor Emils geistigem Auge erschienen sofort zwei weiche, feminine Lippenpaare, die sich leicht öffneten, während sie sich aufeinander zu bewegten. Er konnte dies ja von seiner Warte aus nicht sehen, denn sein Blick fiel auf den brünett gefärbten Haarschopf der küssenden Maid.

Wie es aussah, versuchte Risa sich zu revanchieren, jedenfalls waren ihre beiden Arme tief unter der Wasserlinie in Richtung jener beiden Mädchen gerichtet, die sich so intensiv um ihre Brüste kümmerten.

Welch ein Bild! Der göttliche Leib, den Blicken preisgegeben, umringt von einer Schar Elevinnen, die all ihre Leidenschaft in die Küsse und Berührungen legten, die sie ihrer Königin angedeihen ließen. Und zwischen den herrlichen, weit geöffneten Schenkeln lag Edith und leckte wie besinnungslos. Schwarzes, krauses und blondes, glattes Haar stieß hier aneinander; zwischen Risas Beinen schwebten goldig schimmernde Strähnen.

Anfangs verhielt sich die von allen Verwöhnte still und empfing huldvoll die erwiesenen Liebesbezeugungen.

Jedoch, von sieben hübschen Gespielinnen gleichzeitig gereizt, wurde die Glut in dem feurigen Mädchen alsbald zu lodernder Leidenschaft angefacht. Sie begann sich zu winden, verdrehte ihren Leib bald hierhin, bald dahin, sodass es schien, sie wolle der süßen Gefangenschaft entfliehen. Doch was hätte sie gegen eine solche Übermacht ausrichten sollen?

Also bäumte sie sich immer stärker auf, während sie ununterbrochen weiter aufgegeilt wurde, an all ihren der Liebe empfänglichen Stellen zugleich. Sie wimmerte, stöhnte und schrie, lachte wie eine Verrückte und versank endlich im Taumel der Ekstase. Ihre Beine streckten sich mit aller Gewalt, ihr Leib hob sich aus dem Wasser und ein endlos scheinender Orgasmusschrei hob an, wurde jedoch von einem Mädchen rasch mit Küssen erstickt. Wieder und wieder erbebte sie, minutenlang dauerten ihre Wonnen an, oder jedenfalls kam es den beiden Zuschauern so vor.

Endlich erschlaffte der weiße Leib, Edith drückte einen letzten Kuss auf ihre Muschi und die anderen Mädchen zogen sich zurück. Die blonde Freundin aber umfasste Risa am Rücken und verhinderte so, dass sie vollends in den Fluten versank. Die aphrodisischen Weihen, die sie erfahren hatte, waren so stark gewesen, dass Risa einer Ohnmacht nahe schien.

Ihre Gefährtin führte sie sachte zu einer der in das Bassin führenden Treppen. Dort sank sie nieder, legte sich zurück und atmete schwer, die Augen geschlossen und unfähig zu etwas anderem, als nur bewegungslos dazuliegen und den ausklingenden Wellen nachzuspüren, die die eben erlebte Lustexplosion noch immer durch ihren Körper sandte.

Die anderen betrachteten mit innigster Befriedigung dieses Bild und warteten, bis Risa endlich doch die Augen wieder aufschlug und ihnen mit ihren Blicken ihre Dankbarkeit bezeugte; Edith aber schenkte sie einen inbrünstigen Kuss, den diese freudvoll erwiderte.

Aufgereizt von diesem geilen Schauspiel begannen nun alle Mädchen, einander im Schenken von Wonnen gegenseitig zu übertreffen. Lecken und geleckt werden, Fingerspiele, Zungenküsse setzten allerorten ein, und das Bassin verwandelte sich in einen riesigen Topf, in dem die Leidenschaften überkochten.

Edith hatte die immer noch ermattet daliegende Risa auserkoren, um ihr bei der Beseitigung der lustvollen Überspanntheit, die sich ihrer bemächtigt hatte, zur Seite zu stehen. Dazu hatte sie sich rittlings über einen der üppigen, vollen und dabei so festen Schenkel geschwungen und rieb nun ihren Unterleib heftig daran, was geradeso aussah, als würde eine Frau einen Mann abreiten. Risa ließ es mit sich geschehen und beteiligte sich nur insofern an dem Geschehen, als dass sie einen ihrer Arme gehoben hatte und mit kraftlosen Bewegungen über Ediths Brustwarzen streichelte.

Andere gefielen sich darin, Salti im Wasser zu vollführen. Dabei lugte für einen Moment ihr straff gespanntes Hinterteil hervor, gerade zur Hälfte der vollen Drehung. Diesen Augenblick nützte eine bereit stehende Gespielin, um mit der flachen Hand kräftig auf diese süßen Backen zu klatschen.

Max war längst nicht mehr er selbst. Zwar wünschte er sich immer noch, wenigstens für einen Moment in der Haut eines der Mädchen zu stecken, um auch einmal voller Lust auf einen der prallen Hintern zu patschen, aber in seinem Kopf hatte sich mittlerweile eine unbeschreibliche Verwirrung breit gemacht, hervorgerufen durch ein erkleckliches Übermaß an sinnlichen Reizen, denen die erleichternde Erlösung versagt blieb.

Nichtsdestotrotz hätte keine Macht der Welt die beiden Herren von ihrem Beobachtungsposten vertreiben können, und wäre das Spiel die ganze Nacht hindurch und bis in den Morgen hinein fortgesetzt worden.

Dieses Schicksal, ob es nun ein gnädiges oder erschreckendes gewesen wäre, blieb den beiden jedenfalls erspart, denn das einmalige Vergnügen, an dem sie Anteil haben konnten, endete abrupt.

Eines der Mädchen war nämlich in ihre Umkleidekabine gegangen und hatte dabei beiläufig auf die Uhr gesehen. Verblüffung und Verstörung machte sich daraufhin auf ihrem Gesicht breit und sie eilte zu ihren Freundinnen, um sie auf die volle Stunde hinzuweisen, die seit dem Fortgang der Nonne bereits verstrichen war.

Erschrocken ließen die Gespielinnen voneinander ab, und eine jede stürzte in ihre Kabine und schlüpfte so rasch als möglich in ihre Kleider. Dann stürmten alle aus dem Saal, und binnen fünf Minuten lag dieser so leer und verlassen da wie in dem Moment, in dem Max und Emil ihn zum ersten Mal gesehen hatten. Nur die Wasseroberfläche, die sich weiterhin hie und da leicht bewegte, zeugte noch für kurze Zeit von den liebreizenden Ereignissen, deren die beiden Männer teilhaftig geworden waren.

Max und Emil blickten einander an. Beide hatten einen glasigen Augenausdruck, als versuchten ihre überreizten Sinne, sich auf diesem Wege eine Bahn zu brechen. Max hatte nichts Derartiges je zu Gesicht bekommen, und auch für Emil hatte die glückliche Fügung, die Mädchen ganz sich selbst überlassen zu erleben, zu einem einmaligen, unvergesslichen Schauspiel geführt. Aufgewühlt und vor lauter unaufgelöster Anspannung ermattet kehrten sie an der Seite des Hausmeisters zurück in dessen Wohnung.

Max hatte eine Erektion, die jeden Augenblick aus der Hose zu springen drohte, er zitterte am ganzen Leib und konnte kaum ein vernünftiges Wort zustande bringen. Erst nach mehreren Minuten hatte er sich wieder so weit in der Gewalt, dass er den Erklärungen seines Freundes Gehör schenken konnte.

Die beiden saßen auf einem Sofa in dem zuvor erwähnten Zimmer, herzlich froh über die schweren Vorhänge, die verhinderten, dass irgendjemand sie in diesem Zustand sehen konnte.

„Sie werden kommen“, sagte Emil gerade. „Gewöhnlich suchen die Mädchen nach dem Bad H. J.

auf, um sich hier eine kleine Stärkung zu kaufen."

„Das kann ich mir lebhaft vorstellen", murmelte Max.

„Ja, das glaube ich dir", lächelte Emil. „Meine Edith, die kommt ganz bestimmt", erklärte er weiter. Sie wüsste nämlich, dass er, ihr Bräutigam, hier auf sie warte.

„Ich habe den Greißler angewiesen, ihr gleich Bescheid zu geben. Und Edith kann es dann Risa ausrichten, so dass auch sie sicherlich in wenigen Minuten hier sein wird."

Dr. Emil Penis war ganz außer sich. Wie sich zeigte, war er mit ganzer Seele in die junge Dame verliebt. Er erzählte Max alles: wie er zum ersten Mal durch die Löcher im Dachboden geschaut hatte und sein Blick sofort auf diesen blonden Engel gefallen war; wie er sie dann zu sich hatte kommen lassen und sie hier im Kabinett die ersten Worte gewechselt hatten.

„Anfangs", so erläuterte er mit verklärtem Blick, „war sie sehr schüchtern. Wir haben Händchen gehalten und einander verliebt in die Augen geschaut."

Irgendwann sei dann der erste Kuss ausgetauscht worden und danach habe es nicht mehr lange gedauert, bis sich ihm die Kleine mit Leib und Seele hingegeben habe. Er gestand dem Baron P. sogar, wie oft sie seither zusammen gewesen waren und sich den Verzückungen der leiblichen Liebe hingegeben hatten.

„Weißt du", sagte Emil und schaute dabei Max aufrichtig und ernsthaft an, „ich liebe Edith von ganzem Herzen. Eines Tages möchte ich sie vor den

Altar führen und als mein Weib mit nach Hause nehmen."

Er komme nicht aus bloßer Wollust hierher, führte er weiter aus, wie so viele andere lustsüchtige Reiche der Stadt, sondern weil er in diesem wunderschönen Mädchen seine große, reine Liebe gefunden habe.

„Kommen denn viele hierher?", fragte Max nach.

„In der Tat. Schau, dieser Salon hier ist geradezu ein Tummelplatz für vornehme, lüsterne Herren. H. J. hat das regelrecht durchorganisiert – bestimmte Tage und bestimmte Zeiten für bestimmte Kunden. Die kommen dann, zahlen ein Körbchengeld und der Hausmeister bringt die gewünschten, geilen Insassinnen zu ihnen."

„Mir selbst", setzte er fort, „ist ein halbes Dutzend der elegantesten Herren bekannt, die wie ich hier Stammkunden sind. Sie sehen diese ausgezeichnete Erziehungseinrichtung als Bordell an und sonst nichts. Es ist aber auch wirklich kaum zu glauben, welche jedes Maß sprengende Liebeslust diesen Fräuleins innewohnt."

Er unterbrach sich und drehte den Kopf leicht in Richtung der Tür zum Wohnzimmer. „Hör doch!", sagte er aufgeregt. „Sie kommt! Das ist Ediths Stimme, ich erkenne sie unter Tausenden."

Mit seinem letzten Wort öffnete sich auch schon die Tür und ein entzückender Blondschopf lugte herein; jedoch entfuhr diesem ein unterdrückter, leiser Aufschrei und blitzartig zog er sich wieder zurück.

„Edith, meine liebste Edith!", rief ihr Emil nach, sprang auf und eilte in das Zimmer nebenan. „Meine süße, allerliebste Edith, fürchte dich nicht. Es ist Max, mein bester Freund, und vor ihm verberge ich nichts, weißt du, ich habe vor ihm keinerlei Geheimnisse."

Er zog sie wieder in den Salon und stellte sie Baron Max P. in aller Form vor.

Dieser hatte nun endlich Gelegenheit, sich das reizende Geschöpf aus nächster Nähe und in aller Ruhe anzusehen.

Edith war recht groß gewachsen, sehr schlank und sie hielt sich aufrecht und gerade, wie es einer jungen Dame aus gutem Hause auch gut zu Gesicht stand. Am Leib trug sie ein schlichtes Hauskleidchen, dessen Saum gut dreißig Zentimeter über dem Boden endete. Dies gestattete Max forschenden Blicken, schlanke, zarte Füßchen und elegant geformte Knöchel zu erkennen. Zudem stellte er zu seiner Freude fest, dass das Kleid sehr eng saß; die grazilen Formen und die zarten Kurven des Mädchenleibes waren darunter genau zu erahnen.

Edith war schön – und reizte die Sinne des Barons in höchstem Maß. Zumal er genau wusste, was sich unter dem dünnen Stoff des schmucklosen Gewandes verbarg, hatte er doch das Fräulein erst vor einer halben Stunde noch splitternackt gesehen, vergraben zwischen den Schenkeln ihrer

Freundin. Sie jetzt nur eine Armeslänge vor sich zu haben, sodass er vermeinte, ihren mädchenhaft frischen Duft erschnuppern zu können, überwältigte ihn beinahe. Der Schweiß brach ihm aus und setzte sich in dicken Tropfen auf seiner Stirn ab.

Als nun die beiden Liebenden einander umarmten und begannen, inbrünstige Blicke zu tauschen und diese nur zu unterbrechen, um ihre Münder ineinander zu verschmelzen, wandte sich Max ab – teils aus Rücksichtnahme, in der stillen Hoffnung, auch für ihn werde noch die Zeit kommen, ein so erhitztes und williges Mädchen in den Armen halten zu können, teils aber auch, weil dieser Anblick den Druck in seinen Lenden noch weiter erhöhte und drohte, erneut jedes erträgliche Maß zu überschreiten.

„Ach, lieber Max“, sprach ihn Emil an, „verzeih mir, dass ich für den Augenblick nicht bei dir war, aber ich musste doch meine Liebste begrüßen, wie es sich gehört.“

Edith errötete aufs Reizendste und lächelte bezaubernd, als Emil, der sich auf einem Fauteuil niedergelassen hatte, sie zu sich auf den Schoß zog. Er überzog sie mit Zärtlichkeiten, die sie selig entgegen nahm. Emil streichelte ihre Hüften entlang, fuhr ihr mit zarter Hand über den Bauch und betastete sogar ihre Brüste und Schenkel.

Max, bisher ein stiller Zuseher, dachte nun die Zeit für gekommen, der Braut in Emils Armen einige Komplimente zu machen. Er hatte dabei auch einen Hintergedanken: Edith war ja Risas beste Freundin, und er wollte sich bei dem Mädchen einschmeicheln, um dadurch vielleicht seiner Aphrodite näher zu kommen.

Max wagte es aber nicht, andere als gänzlich gewöhnliche Redensarten zu schwingen, wenngleich er das Mädchen gerade eben erst nackt gesehen hatte.

Gerne hätte er darauf angespielt, aber nie schien ihm der Moment passend dafür. Edith war ganz feine junge Dame und nichts wäre angesichts ihres makellosen Benehmens unangebrachter gewesen als mit der Tür ins Haus zu fallen und gleich in den ersten Minuten ihrer Begegnung das Gespräch auf eine derart schlüpfrige Ebene zu bringen.

Andererseits schmiegte sie sich in wollüstigster Weise an ihren Bräutigam und empfing mit sichtlichem Behagen seine immer mutiger werdenden Zudringlichkeiten, während sie zugleich auf das Geschwätz des Barons mit fein gesetzter Rede und in aller Höflichkeit antwortete. Hin und her gerissen zwischen dem, was er sagte, und dem, was er sah und zwischen seinen Beinen empfand, wurde Max immer konfuser und aus seinem förmlichen Geschwätz wurde immer mehr ein zusammenhangloses Gestammel.

Schließlich hatte er sich in eine vollständige Sackgasse manövriert und suchte unruhig nach einem Weg der Befreiung. Er glaubte diesen gefunden, indem er aufstand und sich anschickte – unter dem Vorwand, die innige Zweisamkeit der beiden nicht länger stören zu wollen – das Zimmer zu verlassen.

„Aber verehrter Baron, nicht doch!“, hielt ihn Edith zurück. „Bleiben Sie ruhig; mein liebster Emil meinte, er habe keinerlei Geheimnisse vor Ihnen, weshalb auch ich nichts vor Ihnen zu verheimlichen habe.“

Max machte kehrt und verbeugte sich mit allem Respekt vor der jungen Dame; diese versuchte gerade, die eben durch die Rede an den Baron verlorenen Sekunden wieder gutzumachen und bedeckte ihren Liebsten mit Küssen.

Dieser wiederum blieb ihr nichts schuldig und erwiderte jede Zärtlichkeit mit gleicher Hingabe. Ja, offenbar fühlte er sich sogar zum Gegenangriff aufgefordert, denn unter der Tarnung heftigen Schmusens war seine rechte Hand selbständig geworden und geschwind unter ihren Rock gefahren.

Edith lachte glockenhell auf und schenkte ihm einen gespielt strengen Blick.

„Aber Liebling, was fällt dir ein“, sagte sie mit verschmitztem Lächeln, „so war das auch wieder nicht gemeint; was soll denn der Herr Baron von uns halten!“

Endlich wusste dieser die Gelegenheit gekommen, anzusprechen, was ihm schon seit einer quälend langen Weile auf der Zunge brannte.

„Aber bitte, gnädigstes Fräulein“, setzte er mit Gönnermiene an, „Sie haben wahrlich keinen Grund, genant zu sein. Sie sehen vor sich einen der glücklichsten Männer auf Erden, denn gerade erst durfte ich ein wahrlich einmaliges Schauspiel erleben, bei dem Sie und Ihre Kameradinnen im allerschönsten aller Kostüme zu sehen waren. Emil und ich haben Ihnen – beim Baden zugesehen!“

Edith erblasste, um gleich darauf heftig zu erröten. „Ist das wahr? Sie Ungeheuer!“ Damit verbarg sie ihr Gesicht an Emils Brust.

„Das hättest du nicht tun dürfen“, sprach sie schmollend in Emil hinein. „Wie kannst du mich derart bloßstellen? Verspürst du denn gar keine Eifersucht? Das solltest du nämlich. Und dann auch noch ausgerechnet heute, heute war ich ja ganz besonders – war ich so – lebhaft ...“

Sie schluchzte auf und Tränen begannen über ihr Antlitz zu rinnen.

„Ach, Herr Baron, nicht wahr, Sie waren nicht die ganze Zeit zugegen, sie haben Ihren Platz verlassen, bevor die Nonne gegangen ist? Bitte, sagen Sie mir, dass es wahr ist, dass Sie nicht alles gesehen haben, was ich tat, ich bitte Sie ...“

Edith wand sich vor Verlegenheit und Max genoss diesen Anblick in vollen Zügen – ein Mädchen, dem die Schamesröte im Gesicht brennt, das sich entblößt sieht und gezwungen ist, ihre Maske der Tugendhaftigkeit fallen zu lassen und zu bekennen, welch lüsternes Weib sie ist.

„Nun, mein liebes Fräulein“, setzte Max behutsam an, ihre letzte Hoffnung zunichte zu machen, nicht ohne sich durch Blicke mit Emil verständigt zu haben, „zu meinem größten Bedauern kann ich dieser Bitte nicht entsprechen. Denn zu meinem unsäglichen Entzücken bin ich nicht gegangen, als die Nonne den Saal verließ, und habe – alles gesehen, was geschah."

Edith schluchzte entsetzt und vergrub sich noch tiefer in Emils tröstende Umarmung.

„Liebes", flüsterte dieser zärtlich, „weine doch nicht. Max ist doch mein bester Freund, und ich habe, wie ich dir schon sagte, keine Geheimnisse vor ihm. Und was die Eifersucht betrifft – dafür gibt es nicht den geringsten Grund. Denn er ist ja selbst ganz verrückt nach einer deiner Freundinnen, seit er sie zum ersten Mal gesehen hat. Rate mal, wer es ist!"

Wie es bei so jungen Frauenzimmern oft geschieht, schlug Ediths Stimmung blitzartig um. Sie sprang auf und augenblicklich fiel jede Schamhaftigkeit von ihr ab; sie war jetzt neugierig, sonst nichts.

„Nun sag schon, Emil, sag wer es ist, oder Sie, Herr Baron, verraten Sie es mir, welche für Sie die schönste war!"

Emil neigte seinen Mund an ihr Ohr und flüsterte ihr leise den Namen zu. Edith jubelte daraufhin auf und klatschte begeistert in die Hände.

„Risa! Natürlich Risa, genau wie ich es mir dachte. Sie wird einfach hingerissen sein, wenn sie es erfährt."

Nun hatte sich die junge Dame erwärmt und plauderte munter drauflos.

„Geschätzter Baron, zu dieser Wahl kann ich Sie

nur aufrichtig beglückwünschen; Risa ist die allerschönste in unserem Jahrgang und überhaupt im ganzen Institut, und überdies ist sie ein so nettes Mädchen. Und wie sie sich verzehrt nach Liebe! Erst unlängst, im vertrauten Gespräch unter Freundinnen, verriet sie mir ihr großes Geheimnis; sie meinte, sie würde wohl sterben vor Glück, wenn sie einmal – aber Grundgütiger, was rede ich nur, ich plaudere hier alles aus, das geht doch nicht – Emil, Liebster, Emil!"

„Was hast du nur, geliebtes Kind? Du kannst Max nun alles sagen, von dir und auch von Risa. Erzähle ruhig, was sie dir verraten hat; jetzt, nachdem er dich im Bade bewundern durfte, gibt es wohl keinen Grund mehr, sich zu genieren."

Edith wandte sich ab, im stillen Kampf mit sich selbst; dann obsiegte ihre mutige Seite, sie fuhr herum und funkelte Max und Emil an.

„Du hast ja Recht, Emil", rief sie, „was habe ich jetzt noch zu verbergen, wofür sollte ich mich schämen? Du bist mein Bräutigam, ich liebe dich, und der Baron ist in Risa verliebt! Ich werde euch erzählen, was sie mir gestanden hat; ihren innigsten Wunsch. Sie würde so gerne – ach, was sage ich, sie brennt darauf, einmal ein – ein – Männlein sehen zu können. Sie wissen doch, was ich meine, oder? Ich spreche von dem, was auch mein Emil hier unter seinen Beinkleidern hat."

Ihre Hand hatte sich zur Verdeutlichung ihrer Worte gesenkt und auf jene bewusste Stelle gelegt, die mehr als deutlich erkennen ließ, wie gut ihr Bräutigam sie leiden konnte.

Mehr der Aufforderung hatte Emil nicht gebraucht; kaum war die Berührung erfolgt, hatte er seinen Schwanz auch schon aus seinem Käfig befreit, und wie ein Raubtier, das endlich die Freiheit erleben wollte, sprang es hervor und landete direkt in Ediths Hand.

Einer Königin gleich stand sie da, hochrot vor Aufregung, bis ins Innerste aufgewühlt durch das, was sie eben gesagt hatte, und dennoch Herrin der Lage, wie ihr glühender Blick, ihre stolze Haltung und nicht zuletzt das Purpurszepter in ihrer Hand bewiesen.

Max konnte freilich auch erkennen, welche Anstrengung es das blonde Mädchen kostete, selbst in dieser Lage die Contenance zu bewahren. Da erwachte sie auch schon aus ihrer Starre, fiel plötzlich vor Emil auf die Knie und ließ endgültig alle Form und allen Anstand fahren.

Mit beiden Händen hielt sie Emils beachtlichen Ständer umfasst und begann, ihn von allen Seiten zu küssen.

„Wie süß du bist, mein liebes Männlein“, gurrte sie und drückte einen hauchzarten Kuss auf die pralle Eichel.

„Ja, und brav und schön bist du auch, mein kleiner Mann, so ein heißer, so ein großer kleiner Mann.“ Sie ging tiefer und schleckte den ganzen Schaft von unten nach oben ab; dann schlug sie sanft ihre Zähne in das pochende Fleisch, gerade so, dass sich der Schmerz sofort in reine Lust verwandelte.

„Mein Männchen bist du, mein liebes Männchen“, flötete sie und stülpte endlich ihre roten, feucht glänzenden Lippen über die ganze Eichel; mit der Zungenspitze suchte sie das winzige Mündchen an der Spitze und spielte damit.

Emil hatte sich weit zurückgelehnt und die Augen geschlossen; er atmete schwer, als seine Braut ihm nach allen Regeln der Kunst den Schwanz lutschte, vor ihm kniend und zwischen seine Schenkel gedrängt. Ihr Küssen und Lecken wurde immer gieriger, ihr Saugen immer fordernder.

Max schluckte trocken. Das Bild des schönen, jungen Mädchengesichtes, in dem ein steifes Glied steckte, die roten Lippen über purpurnem Fleisch, die Wangen, die sich wölbten, wenn Emils Eichel von innen dagegen drückte – das Bild brannte sich in seine Augen und ließ ihn nicht mehr los.

Doch ohne Emil zur Erlösung zu verhelfen, beendete Edith abrupt ihr Werk. Ein letzter Kuss, dann sprang sie auf und wandte sich wieder an den Baron.

„Sie mögen entschuldigen, verehrter Baron, dass ich mich in ihrer Gegenwart derartig gehen ließ, aber zuvor hat Emil mich begrüßt, und nun war es an der Zeit, dass auch ich ihn in aller Form willkommen heiße. Lassen Sie uns aber jetzt wieder auf Risa zu sprechen kommen.“

Emil schlug die Augen wieder auf und stöhnte, während er bemüht war, wieder in eine aufrechtere Position zu gelangen. Sichtlich war er bereits sehr weit gewesen und konnte mit der Unterbrechung der geilen Arbeit so kurz vor dem Ziel ganz und gar nicht einverstanden sein. Jedoch blieb ihm im Augenblick nichts anderes übrig, als sich zu fügen.

Seine Liebste hatte sich nun auf sein Knie gesetzt und spielte ein wenig mit seinem überhitzten Liebesstab. Emil revanchierte sich, indem er unter ihren Rock fuhr und einer feuchtheißen Schlucht zueilte.

Max verneigte sich. „Verehrtes Fräulein, Ihr hattet die Güte, uns von Risas geheimstem Verlangen zu unterrichten; nun, es wäre mir ein Leichtes, diesem zu entsprechen! Viel mehr bereitete es mir das allergrößte Vergnügen, mich der Verfügung des Fräuleins zu überlassen, denn auch in mir brennt ein verzehrender Wunsch. Wie nichts anderes begehre ich, diesem göttlich schönen Wesen in Liebe begegnen zu können. Wäre es allzu vermessen, gnädiges Fräulein, von Ihnen die Rolle der Mittlerin zu erbitten?“

„Aber keineswegs“, lachte die Angesprochene und drückte dabei Emils Steifen fest an sich. „Es erfüllte mir sogar einen Herzenswunsch und ließe sich ganz einfach einrichten. Sehen Sie, wie ich ja schon sagte, sehnt sich meine liebe, beste Freundin so sehr danach; jedes Mal, wenn ich von meinen Stelldicheins mit Emil berichte, fängt sie an zu schwärmen wie gern und wie schön und wie wunderbar …

Ich werde ein wenig aus der Schule plaudern, bester Baron; ich sollte das eigentlich unterlassen, aber nach allem, was Sie bereits gesehen haben, kann ich mir wohl erlauben, offen zu sein und so die Situation verständlich zu machen.

Es verhält sich nämlich so, dass wir Zöglinge dieses Pensionats strenger Zucht und Ordnung unterliegen; dennoch wollen auch wir alle die Liebe spüren und erleben, wiedergeliebt zu werden. Das Sehnen wird mit den Jahren immer stärker, und wir helfen einander, schließen Freundschaften, die mehr sind als sittsames Beisammensein; es sind amouröse Verbindungen, die mit Zungen und Küssen und Fingern helfen, das Verlangen zu beschwichtigen. Das geht eine Zeit lang gut, aber wie gesagt, das Sehnen wird mit den Jahren immer größer und bald genügen diese Mädchenspiele einfach nicht mehr.

Wir waren schon recht bedrückt, als sich endlich ein Ausweg zeigte: Wir entdeckten, dass es eben hier, im Kabinett des Greißlers, sehr leicht möglich war, ab und zu etwas Amüsement zu finden. Unsere Seelen blühten auf vor Freude, das kann ich Ihnen sagen. Meine natürlich ganz besonders, denn so wie wir hier sitzen, haben Emil und ich uns kennen gelernt, wir lieben einander und genießen die kostbaren Minuten, die wir hier in köstlich inniger Zweisamkeit verbringen können.

Die meisten meiner Kameradinnen machen es wie ich, etliche sind bereits geheime Bräute. Manche treffen auch ältere Männer; von denen berichten sie, dass deren Männlein ganz schwach sind und nutzlos herabbaumeln, bis sie sich an ihnen zu schaffen machen, daran lecken und saugen, meine ich, dann erst erheben sie sich und tun ihre Pflicht. Mir ist das nicht so recht begreiflich, denn bei Emil ist das anders – wann immer ich seinen kleinen Mann zu sehen bekommen, steht er stramm wie ein Soldat.

Nicht alle gehen so weit, manche fürchten sich und kommen nur hierher, um ein frivoles Spielchen zu treiben; leider sind deren Sorgen nicht unbegründet, denn bei zweien meiner Freundinnen scheint die Bekanntschaft mit den Männern bereits furchtbare Folgen gehabt zu haben; ich denke, Sie wissen, was ich meine. Es wäre entsetzlich, wenn es der Wahrheit entspräche." (In den Gerichtsunterlagen wurde nach der Aufdeckung des Skandals vermerkt, dass nicht weniger als vierzehn Mädchen schwanger gingen.)

Einen Moment verstummte sie und erforschte ihre Gedanken.

„Ich weiß aber, dass ich mich nicht zu fürchten brauche, denn Emils Liebe zu mir ist stark und wahr, und er wird mich zur Frau nehmen, selbst wenn zuvor ein Kind in mir wächst. Wie ich hörte, ist es gar nichts Ungewöhnliches, dass Frauen aus den besten Kreisen bereits vor der Ehe Mutter werden; meine Tante erklärte dies vor einem Jahr meiner Frau Mama.

Jedenfalls", fuhr sie fort und kam endlich wieder auf das eigentliche Thema zurück, „fast alle meine Freundinnen haben bereits ihre Erfahrungen mit den Männern gemacht, alle bis auf Risa. Nicht dass es ihr an Gelegenheit dazu gemangelt hätte – so schön, wie sie ist, können Sie sich sicher vorstellen, dass Angebote reichlich vorhanden waren. Aber obwohl es ein so brennender Wunsch von ihr ist, obwohl sie sich nur noch seufzend von mir beglücken lässt, hat sie irgendetwas davon abgehalten, den letzten Schritt zu machen. Vielleicht hat sie einfach geahnt, dass sich eines Tages ein stolzer und stattlicher, schöner Mann in sie verlieben würde, und auf diesen Moment gewartet."

Strahlend blickte sie den Baron an und unterstrich damit, wen sie bei dieser lobpreisenden Beschreibung im Sinn gehabt hatte.

„Wie oft habe ich ihr schon in den glühendsten Farben von meinen Begegnungen mit Emil erzählt! Sie glauben ja nicht, welche Hitze in ihr hochsteigt, wenn ich ihr schildere, wie mein Liebster mich hier unten mit dem Mund küsst und mich mit seiner Zunge verwöhnt. Ganz rot wird sie dann im Gesicht, und ihre Muschel wird feucht und heiß. Oder wenn ich das Schwänzeln erwähne …"

Max unterbrach sie. „Verzeiht, gnädiges Fräulein, aber was haben Sie eben gesagt? Schwänzeln? Was darf ich darunter verstehen?"

Edith lachte schallend und drückte einen raschen, verspielten Kuss auf die Lippen ihres Geliebten.

„Bester Baron, ich muss schon sagen, das überrascht mich jetzt. Schwänzeln ist Ihnen unbekannt? Nun ja, was soll ich sagen, schwänzeln ist eben schwänzeln; unter uns Mädchen nennen wir es so, wie die Herren dazu sagen, ist mir nicht bekannt." Wieder lachte sie hell auf.

Max lachte mit, sagte dann aber: „Damit bin ich nun auch nicht klüger geworden und verstehe es noch immer nicht."

„Aha", kommentierte Edith. „Die werten Herren sind mitunter schon ein wenig schwer von Begriff; da muss ich wohl ein wenig mehr ins Detail gehen.

Schwänzeln, das ist hier im Konvent unser Wort für das, was Sie bestimmt schon tausend Mal gemacht haben, und was uns Mädchen am allerstriktesten verboten ist. Nun, denke ich, wissen Sie Bescheid; mehr kann ich mit Worten auch nicht sagen, ich müsste es Ihnen demonstrieren, mit meinem Emil hier."

„In der Tat ist mir jetzt alles klar", sagte Max, „jedoch war mir dieser Ausdruck ganz und gar nicht geläufig, was umso bedauerlicher ist, als dass ich ihn ausgesprochen gelungen finde. Das Wort hat einen besonderen Klang, der mir sehr zusagt, aber vor allem spricht mich ganz immens der Umstand an, dass es die jungen Damen sind, die diesen Begriff verwenden. Dennoch mag es nicht bei Worten bleiben; denn was die Demonstration betrifft, so sind Sie mir im Wort, gnädiges Fräulein, jedoch nicht, bevor auch die liebreizende Risa hier eingetroffen ist."

„Aber ja doch, genau so soll es sein, Risa soll sich zu uns gesellen und Emil und ich werden schwänzeln, und ihr beide seht uns zu, damit Sie Bescheid wissen, wie das richtig gemacht wird. Und Sie und Risa machen es dann miteinander. Wunderbar, das wird ganz wunderbar."

„Eil dich, süße Edith, und bring sie uns", war nach längerem auch Emil wieder einmal zu vernehmen. Während ihres ganzen ausführlichen Geplauders hatte das Mädchen sein Glied keinen Moment losgelassen, und dem jungen Doktor hatte es vor lauter inbrünstigen Gefühlen schlicht die Rede verschlagen.

Edith war auch schon aufgesprungen. „Genau das werde ich machen, Liebster, jetzt sofort. Meine Güte, Risa wird ihr Glück gar nicht fassen können, sie hat ja noch nie, die Ärmste ist noch Jungfrau! Fünf Minuten noch, bester Baron, dann steht sie vor Ihnen, Sie werden sehen." Wie ein kleiner Kobold hüpfte sie davon.

Max war erstarrt; während sein Freund sich in den höchsten Tönen lobend über seine Braut ausließ und die anscheinend geradezu unerschöpfliche Vielzahl ihrer Vorzüge pries, konnte der Baron keinen klaren Gedanken fassen. Was Emil sagte, hörte er gar nicht. Seine Augen funkelten begierig, sein Verstand konnte kaum begreifen, was geschehen würde – dieses göttliche Wesen, das er gerade noch in vollkommenster Nacktheit bewundern hatte können, würde ihm nahe sein, er würde es wiedersehen und womöglich sogar „schwänzeln". Aufgeregt schlug sein Herz und eine fiebrige Hitze machte sich in ihm breit.

Wenn es nun nicht gelang? Würde er in der Lage sein, in dem Mädchen ein ähnliches Liebesfeuer zu entzünden, wie es in ihm loderte, sodass sie sich ihm hingäbe? Er wusste um seine männliche Schönheit, das wohl, und Ediths Worten zufolge war Risa geil wie die Sünde. Aber dennoch – Zweifel blieben. Er würde jedenfalls alles daran setzen, das Mädchen für sich zu gewinnen, er würde zuvorkommend und galant sein und alle Register seiner Verführungskunst ziehen.

Keuchend atmete er ein und aus, seine Gedanken drehten sich, überschlugen sich, und es hätte eine Minute oder eine Stunde später sein können, als Edith zurückkehrte – er hätte es nicht zu sagen vermocht.

Er kehrte aus seinem wirren, traumartigen Zustand zurück, sah wie die Tür sich öffnete, erblickte Edith und dann nur noch Risa, die von ihrer Freundin hereinbugsiert wurde.

Das Mädchen, knallrot bis unter die Haarwurzeln, keuchte wohl ähnlich schwer wie der Baron, denn ihr herrlich voller Busen hob und senkte sich wie ein Blasebalg, und ihr ganzer Körper schien zu beben. Sie hatte den Kopf gesenkt, starrte zu Boden und wagte es nicht, dem Baron in die Augen zu sehen.

„Meine Herren“, stellte Edith die junge Dame vor, „Risa, meine allerbeste und allerliebste Freundin. Risa, ich darf dir meinen Verlobten Emil vorstellen; und dieser elegante Mann ist, wie du dir natürlich schon gedacht hast, Baron Max P.“

Während dieser Vorstellung schien sich die schwarzhaarige Schönheit langsam ihrer Umgebung bewusst zu werden; sie hob den Kopf, lange, seidig glänzende Wimper wurden sichtbar und dann die dunklen, unergründlichen Augen der Madonna, in denen eine verborgene Glut leuchtete. Ihr Blick begegnete dem des Barons, von dem sie wusste, dass er sie anbetete.

Risa hatte in den Vorschlag, zum Greißler zu gehen, nicht sofort eingewilligt. Aber Edith hatte insistiert und es war ihr gelungen, Max in ein so günstiges, schillernd buntes Licht zu stellen, dass ihre Leidenschaft geweckt wurde und sie schließlich nicht rasch genug zu dem Manne gelangen konnte, der um ihretwillen beinahe den Verstand verloren hätte.

Edith war mehr als zufrieden; mit leuchtenden Augen betrachtete sie die beiden schönen Menschen, die sich mit Blicken verschlangen.

Emil war an sie herangetreten und berührte sie sachte an der Schulter. „Komm, Liebste, lass uns nach nebenan gehen. Die beiden möchten sicher lieber alleine sein."

„Kommt überhaupt nicht in Frage", lehnte Edith entrüstet und entschieden ab und stampfte auf den Boden.

„Aber schau doch, wie verschüchtert sie sind! Für Risa soll doch heute der große Tag sein, an dem all ihre Sehnsüchte erfüllt werden. Da wollen wir doch nicht im Wege stehen, nicht wahr, Liebste?"

Aber Edith machte keinerlei Anstalten, sich nach

draußen zu bewegen. Unverwandt beobachtete sie die Begegnung von Max und Risa, die die längste Zeit wie erstarrt dagestanden war, unfähig zu gehen oder zu bleiben, unfähig sich für oder gegen Max, für oder gegen die Liebe zu entscheiden.

Dann jedoch ermannte sich der Baron und warf sich ihr zu Füßen, umschlang ihre Hüften und überschüttete sie mit einem feurigen Bekenntnis seiner Liebe zu ihr.

Risa schien unendlich erleichtert; sie schloss die Augen und lauschte den hervorquellenden Worten der Hingabe und Sehnsucht mit einem entrückten Lächeln im Gesicht.

Als Max dann aufsprang und sie in die Arme nahm, erwiderte sie willig die Umarmung und die beiden küssten einander und ertranken in glühenden Blicken und küssten sich wieder, sie verschmolzen miteinander und eine lange Zeit, die ihnen selbst wohl wie wenige Sekunden erschienen sein mochte, bewegten sie sich nicht, sprachen nicht und taten nichts als miteinander in einer Welt zu sein, die nur die ihre war und nichts und niemanden anderen hinzu ließ.

Irgendwann endete der unendliche Augenblick jedoch, und Risa bemächtigte sich eine noch größere Verlegenheit als zuvor. Sie, die Jungfrau, wusste einfach nicht, wie es weitergehen sollte.

Edith entging dies nicht, und da die Sache bereits so weit gediehen war, beschloss sie geradewegs fortzufahren in ihrem Bestreben und ergriff eigenhändig die Initiative.

„Risa!“, rief sie ihre Freundin an.

Das Mädchen drehte sich um und sah ihre Freundin mit ihrem Verlobten, die dicht beieinander standen wie gerade eben noch der Baron und sie. Zwei kleine, gewichtige Unterschiede waren aber festzustellen: Emils Hand war unter dem Rock seiner Liebsten verschwunden und auf ganz eindeutige Weise beschäftigt; und Edith hielt etwas in ihrer zarten, feinen Hand umschlossen.

„Sieh doch, Risa“, rief sie jetzt, „was ich hier in der Hand habe, sieh doch wie schön es ist, prall und stark, stramm und voll!“

Max verfolgte die Szene mit gebannter Aufmerksamkeit. Risa hatte nicht gewagt, lange hinzusehen, doch für einen kurzen Moment waren ihr die Augen beinahe übergegangen und die Hitze ihrer Blicke förmlich greifbar geworden.

Die Gelegenheit war ideal.

Er löste die Klappe seines Beinkleids und schälte seinen enormen, voll erigierten Penis heraus. Dann ergriff er Risa am Arm, zog sie zu sich, nahm ihre Hand und legte sie auf seinen Königsstab.

Die Kleine erbebte bis ins Innerste, aber fügsam schlossen sich ihre zartgliedrigen Finger um das geschwollene Glied.

Ihr Herz schien zu rasen; denn sie atmete, als wäre sie kurz vor dem Ertrinken gestanden, und zitterte am ganzen Leib. Als sie auch noch die Augen schloss und den Kopf nach hinten sinken ließ, fürchtete Max, sie wäre einer Ohnmacht nahe. Er ergriff daher die wie entrückt dastehende junge Dame und trug sie zum Sofa, nicht ohne die Gelegenheit zu nützen, ihre Brüste und Schenkel genauestens in Augenschein zu nehmen.

Er bettete sie auf die Liegestatt und sank davor auf die Knie; die ganze Zeit hatte Risa ihr „Männlein“, sein prächtiges Szepter, nicht losgelassen.

Max beugte sich vor, umschlang ihren Nacken mit einer Hand und brachte sich ihr so nahe, dass er seine Lippen auf die ihren pressen konnte.

Mit unbändiger Lust und Freude bemerkte er, dass die geile Jungfrau seine Küsse erwiderte und sogar selbst immer begieriger und fordernder wurde, je mehr er sich mit der anderen Hand seinem Ziel näherte, das tief zwischen Risas Schenkeln lag. Sie öffnete ihre Augen und schenkte ihm einen innigen Blick sehnsüchtiger Zuneigung.

Max spürte den eng anliegenden, dünnen Stoff ihrer schwarzen Seidenstrümpfe, während seine Hand über ihre Waden, Knie und Schenkel nach oben glitt.

Endlich erreichten seine suchenden Finger eine pelzige Stelle, spielten mit ihr und berührten sachte die umliegende, nackte Haut. Max versuchte tiefer zu dringen, doch das Mädchen hielt ihre Schenkel fest zusammengepresst. Er berührte ihre Lenden und streichelte die Innenseiten ihrer Oberschenkel, soweit sie es ihm gestattet. Allmählich lockerte sich die Spannung und nach und nach weiteten sich Risas Beine ein wenig; genug, um seiner forschenden, begierigen Hand endlich Einlass zu gewähren.

Max gelangte an das Ziel seiner Wünsche – sein Mittelfinger erspürte die feuchte, heiße Spalte und legte sich zwischen die Lippen, die nie eines Mannes Hand zuvor berührt hatten. Risa stöhnte auf, ihr Busen wogte, und sie verstärkte ihren Griff um seine Männlichkeit.

Der Baron bewegte seine Hand zunächst nicht; er wollte dem Mädchen Gelegenheit geben, sich an die Intensität der Gefühle zu gewöhnen und wusste wohl um die leichte Erregbarkeit einer Jungfrau, die so lange auf diesen Moment gewartet hatte. Er konnte fühlen, wie die Lust in diesem göttlichen Leib anschwoll, ohne dass er mehr tat als einen Finger an ihre Pforte zu legen.

Langsam begann er sich zu bewegen, fuhr mit den Fingerspitzen die Innenseiten der Schamlippen entlang, bedeckte ihr ganzes Möschen mit der Wärme seiner Hand, umkreiste das rosafarbene Knöspchen, das zu berühren die Mädchen in Schauer der Wollust versetzt. Unter seiner behutsamen und einfühlsamen Liebkosung öffnete sich langsam der jungfräuliche Tempel und ließ ihn tiefer und tiefer ein.

Max nahm sich alle Zeit der Welt und legte nach jedem gewonnenen Zentimeter eine kleine Pause ein, verharrte ein wenig und weidete sich an dem Gefühl, dass Risas Hand um seinen Stab hervorrief – es schien ihr ein Rettungsanker zu sein, an dem sie sich voller Vertrauen festklammerte.

Ihre Musch war voll der Liebessäfte, sein Finger glitt wie durch weiche Butter, und endlich drang er einen ganzen Zoll tiefer und spürte deutlich, wie er an ihrem straff gespannten Hymen anstieß, wie sich die unberührte Spalte wie ein fester Ring um seinen Mittelfinger schloss.

Risa stieß einen Schmerzenslaut aus und der Baron zog sich sofort wieder zurück; er würde sich erst später um das Jungfernhäutchen kümmern, wenn er sein riesiges Glied in den glühenden Vulkan stieße, in den er den Unterleib seiner Göttin zu verwandeln trachtete. Noch war es nicht so weit, und er setzte mit der Stimulation ihrer Liebesknospe fort, die beinahe zur Größe eines Fingergliedes anschwoll und prall und saftig bezeugte, wie viel Vergnügen ihr dies bereitete, viel mehr als das Eindringen in ihren Lustkanal.

Mehr und mehr gab sie sich mit sichtlichem und hörbarem Wohlbehagen dem Baron hin. Sie räkelte sich und rutschte in eine tiefer liegende Position, weitete ihre Beine noch ein wenig mehr, um seinen erotisierenden Zuwendungen noch weiter entgegen zu kommen. Auch Max rückte zurecht, um nicht durch eine unbequeme Lage die freie, entspannte und zugleich intensive Bewegung seiner Hand und seiner Finger zu beeinträchtigen.

Währenddessen vergnügten sich Emil und Edith auf ihre Weise, die jener der beiden anderen jedoch recht ähnlich war.

Edith war dies aber nicht genug, und sie fürchtete, die lustvolle Spannung, die sich aufgebaut hatte, könnte allzu rasch verpuffen, sich vorzeitig an diesen Spielen vergeuden, die doch eigentlich nur als eine Einleitung für ein noch weit aufregenderes erotisches Drama dienen sollten.

Daher beschloss sie, dem Streicheln und Liebkosen zunächst einmal Einhalt zu gebieten, um die Voraussetzungen für ein hundertfach größeres Vergnügen zu schaffen.

Was ihr dazu als Erstes in den Sinn kam, war ihr dringendes Verlangen, sich aller hinderlichen Kleidung zu entledigen. Sie wollte nackt sein, wie sie und Emil es in diesem Zimmer schon so oft gewesen waren, und sie wollte auch alle anderen nackt sehen.

Also unterbrach sie Max und Risa, die etwas ungehalten und widerwillig aus ihrer Liebestrunkenheit erwachten; Max begeisterte sich sofort für ihren Vorschlag, alles Gewand abzulegen. Risa indes verweigerte diesem Ansinnen mit dem allergrößten Nachdruck die Zustimmung und sagte, nichts und niemand würde sie dazu bringen, sich in diesem Zimmer nackt auszuziehen.

Edith begann daraufhin auf ihre Freundin einzureden, mitfühlend zunächst und bald in forscherem Tonfall, und Risa diskutierte so lange heftig mit, bis ihr unter den fortwährenden Bitten der Herren und den Anwürfen Ediths die Tränen ausbrachen. Endlich fand man zu einer Einigung: Risa würde ihre Kleidung ablegen, jedoch erst nachdem Edith, Max und Emil mit gutem Beispiel vorangegangen wären und in vollem Adams- oder Evaskostüm vor ihr stünden. Dann erst könne, meinte die Jungfrau, sie sich selbst davon überzeugen, dass sich keiner vor dem anderen schäme und sie also auch selbst keinen Grund dazu habe.

Die serbische Adelstochter war zur vollen, üppigen Frau herangereift, sie war sinnlich und willig und begierig, geil und schön – und hatte doch ein kindliches Gemüt bewahrt, das ihr Glauben machte, Männer würden sich ihrer Nacktheit vor dem Weibe ebenso schämen wie sie, die Jungfrau, sich vor den Herren genierte, zumal es ja das erste Mal wäre, dass Vertreter des starken Geschlechts sie in gänzlicher Hüllenlosigkeit würden erleben dürfen.

Edith machte sie darauf aufmerksam, dass dem ganz und gar nicht so war und die beiden Herren sie ja erst kurz zuvor im Bad nackt gesehen hätten, aber Risa meinte, das sei etwas ganz anderes gewesen, denn von den Männern habe sie ja nichts gewusst und sie sei daher unter lauter Mädchen nackt gewesen, jetzt aber seien Herren anwesend, unübersehbar und sogar im selben Raum.

Edith und die anderen waren es irgendwann leid geworden, auf Risas Ausflüchte einzugehen, und sie hatten einfach begonnen, sich auszuziehen; Risa hatte sich umgedreht und ihnen schamhaft den Rücken zugekehrt.

Nachdem alle Hüllen gefallen waren, traten die drei vor das Mädchen, in der Mitte die grazile, feenhafte Gestalt der blonden Edith, flankiert von zwei stattlichen, kräftig gebauten Männern, und Risa musste nun doch lächeln, während sie durch die Finger ihrer vor das Gesicht gehaltenen Hände auf dieses für sie so einzigartig neue Bild spähte.

Edith übernahm die Rolle der Haushofmeisterin: Mit jeder Hand hielt sie einen steifen Schwanz fest und führte gleichsam der Königin das Szepter zu. Diese verhielt sich plötzlich wie ausgewechselt, alle Schamhaftigkeit, die ja angesichts der Umstände völlig unangebracht gewesen war, schien mit einem Mal von ihr abgefallen zu sein.

Sie stürzte Max entgegen und übernahm begierig den Stab, den Edith ihr freudestrahlend überließ.

„Ich sehe, wie glücklich ihr seid“, rief sie, „und ich will dieses Glück mit euch teilen, liebe Edith, geliebter Max. Helft mir, aus meinen Kleidern zu kommen, schnell!“

„So soll es sein“, frohlockte Edith, „so ist es gut und schön, meine allerliebste Freundin.“ Sie herzte und küsste das Mädchen, während sich drei Paar Hände sofort daran machten, es aus ihrer störenden Kleidung zu schälen.

Knöpfe wurden geöffnet und Miederhäkchen auseinander gehakt, Strümpfe wurden abgerollt und von schlanken Füßchen gezogen, ein Höschen fiel zu Boden, vom zarten Halt der Bändchen entbunden.

Endlich trug Risa nur noch ihr Hemdchen, und da konnte es ihr selbst nicht mehr schnell genug gehen, sie löste rasch die Achselspangen und fühlte, wie weicher, seidener Stoff über ihre glatte Haut nach unten rutschte. Auf diesen Moment hatten die anderen nur gewartet; drei vor Leidenschaft hitzige Leiber pressten sich an sie und hielten sie in sinnlicher Umarmung.

Eine Weile standen die vier Nackten eng aneinander geschmiegt und genossen es, einander zu spüren und Haut an Haut zu fühlen; dann aber löste Max seine Königin aus der freundschaftlich-liebevollen Umklammerung und führte sie zur Chaiselongue, um sich an dem ganzen wunderbaren Mädchenkörper zu ergötzen, ihn mit Küssen zu bedecken und seine schmachtende Zunge über jeden Zentimeter ihres Leibes wandern zu lassen.

Risa jubelte, denn endlich fühlte sie sich befreit. Mit den äußeren waren auch ihre inneren Hüllen gefallen, die Hüllen, die einen Panzer aus Angst und falscher Scham um ihr bebendes Herz gelegt hatten.

Sie hielt den strammen Max fest umklammert und küsste seinen Herrn und wurde wieder geküsst und gestreichelt; wie Wahnsinnige hielten sie einander eng umschlungen und tauschten heftige Liebkosungen aus, als gelte es einander in Liebesbeweisen in jeder Sekunde zu übertreffen. Risas Hand vollführte einen endlosen Tanz mit des Barons Insignien seiner männlichen Kraft, und Max Finger waren nicht von jenem süßen Ort zwischen ihren Schenkeln zu trennen.

Diese ungezügelte, überbordende Lust blieb auch auf die beiden anderen nicht ohne Wirkung. Die Flammen schlugen über und erweckten auch in ihnen das siedend heiße Verlangen nach sinnlichen Vergnügungen. Besonders Edith dürstete es danach, endlich den fleischigen Pflug ihres

Geliebten in ihrem Schoß zu spüren. Zumal sie ja versprochen hatte, dies den anderen vorzuführen.

„Pass jetzt auf, Risa", sagte sie deshalb, „Emil wird mich jetzt schwänzeln. Schau genau hin, wie es gemacht wird, damit du es, wenn die Reihe an dich kommt, ebenso gut zu Stande bringst."

Lachend ließ sich Risa vom Sofa aufhelfen, um Edith Platz zu machen. Die Blonde legte sich hin und öffnete ihre Schenkel weit; Emil benötigte keine zweite Einladung, sondern kniete sich sofort vor seine Angebetete und begann, ihren rosig schimmernden Tempel mit seiner Zunge ein wenig besser anzufeuchten. Dann richtete er sich wieder auf und legte seinen Oberkörper, die Hände aufgestützt, langsam auf Ediths mädchenhafte, aufblühende Brüste, sodass seine Nippel auf ihren zu liegen kamen; den Hintern hielt er jedoch noch weit ausgestreckt in die Höhe.

Schon wurde Edith wieder aktiv; sie griff nach Emils Prächtigem und führte es mit liebreizender, zielsicherer Hand an ihre Musch heran, wo sie die Spitze zwischen ihren Lippen auf und nieder gleiten ließ, um das köstliche Gefühl von Eichelfleisch an Scheidenfleisch zu spüren und ihrem Liebsten den rechten Weg zu weisen.

Dieser war schon unterwegs; seine Hinterbacken schlossen sich zusammen und bewegten sich tiefer, vergruben sich im Schoß seiner Braut und verschwanden schließlich beinahe, als Edith ihre glatten, festen Schenkel um ihn legte und ihn in die Umklammerung des liebesdurstigen Weibes nahm.

Risa verfolgte die erregende Darbietung mit großen Augen; besonders der wohlgeformte Arsch erweckte ihre Bewunderung, wie er sich senkte und hob und gleich wieder senkte und dabei ein herrlich anzusehendes Muskelspiel erkennen ließ.

Neugierig sah sie sich nach Max Hinterteil um und überprüfte, ob auch dessen Allerwertester ähnlich gut gelungen war; das Ergebnis entzückte sie. Sein schmales, straffes Gesäß wies eine sehr männliche, knackige Form auf und ging in starke, feste Schenkel über. Sie konnte nicht anders, als ihm mit ihrem zarten Händchen einen kleinen Klaps auf seine Hinterbacke zu geben, und da ihr das Gefühl dabei gefiel und der Baron nichts dagegen einzuwenden hatte, wiederholte sie die liebevolle Behandlung noch einige Male.

Das Schauspiel von Edith und Emil hatte indes an Intensität gewonnen; Emil war mit Feuereifer bei der Sache, und Edith war nach Kräften bemüht, ihm mit Lustgewinn entgegen zu kommen.

Der Baron und seine Jungfrau erlebten nun ihrerseits, wie die Sinnlichkeit der anderen auf sie übergriff und verspürten ein unzähmbares Verlangen, es den beiden gleichzutun.

Max sank auf einen Polstersessel und setzte sich Risa auf die Knie; er achtete dabei darauf, sie so zu positionieren, dass die beiden keinen Moment von ihren edelsten Teilen lassen mussten. Er umarmte sie und presste sie an sich; dabei fühlte er, wie fest die großen Brüste des Mädchens waren, die wie zwei perfekt geformte Halbkugeln waagrecht abstanden. Sie küssten einander, und Risa konnte endlich zeigen, dass auch sie schon einiges gelernt hatte. Ihre von den lesbischen Mädchenspielen geübtes Zünglein schob sich zwischen die Lippen des Barons und demonstrierte ihre Fertigkeit in der heißfeuchten Verschmelzung mit seiner Zunge.

Glückselig und liebestrunken stammelte sie Worte der Liebe und Inbrunst, sie überschüttete Max mit ihrer Hingabe und Leidenschaft; es war als flösse all die aufgestaute Sehnsucht, die über Jahre gewachsene Geilheit plötzlich aus ihr heraus, breche sich eine Bahn und überflute alles und jeden in ihrer Gegenwart.

Wäre Max nicht ein so erfahrener, standfester Liebhaber gewesen, er wäre womöglich in den von Risa entfesselten Fluten der Wollust untergegangen. Wie wild rieb sie ihren prächtigen Popsch an seinen Knien, tauschte glühende Zungenküsse und hielt bei all dem stets seinen Liebespfahl fest in der Hand; ab und zu vergewisserte sie sich mit einem Blick seiner Größe und Festigkeit und entzückte sich am Anblick des kleinen Herrn Baron, den sie mit ihrer zarten Mädchenhand gerade so umschließen konnte.

Auf einmal öffnete Max ein wenig die Schenkel, sodass seine süße Kleine ein wenig zwischen seine Knie zu rutschen begann; Risa erschrak ein wenig, doch Max hatte es gut in der Hand, sie Stück für Stück tiefer gleiten zu lassen. Dabei manövrierte er noch mit den Beinen herum, sodass sein Mädchen schließlich auf den Knien zwischen seinen Beinen zum Stillstand kam, das Gesicht ihm zugewandt, die Augen genau in Höhe seines Gliedes. Er schloss die Beine um sie und fixierte sie in dieser Position, die aussah, als würde sie ihn und seine steil aufragende Männlichkeit anbeten.

Ihre Arme hatte sie um seine Hüften gelegt. Seine Hände streichelten sanft über ihre Schultern und umschlossen ihren Kopf, vergruben sich in ihren schwarz glänzenden Haaren, spielten mit ihren schwer auf ihrem Rücken liegenden, endlos langen Zöpfen oder liebkosten ihre Wangen.

Aus den Augenwinkeln nahm das Mädchen das andere Liebespaar wahr, die mit Riesenschritten dem Gipfelpunkt der Ekstase entgegen eilten. Risa wurde von rasender Geilheit erfasst, beugte sich rasch vor und drückte ihre Wangen an Max Luststab, sog den Duft seiner prallen Eier ein, presste ihre Lippen darauf und küsste sie und dann den ganzen Schaft hinauf bis zur Eichel. An der Spitze war aus dem winzigen Mündchen, das genauso geformt war wie ihre Spalte, ein glitzernder Tropfen getreten. Mit ihrer Zungenspitze berührte sie die Liebesperle und kostete den Nektar der Lust; dann verrieb sie alles auf seiner pochenden Eichel, indem sie mit der Zunge daran leckte.

Max erschauerte bis ins Innerste und wollte doch noch mehr. Er packte ihren Kopf und wies ihr den Weg; willig öffnete sie ihre Lippen und stülpte sie über seinen Schwanz, nahm seinen Riesen ganz auf und begann wie von selbst zu saugen und zu lutschen. Max führte sie noch tiefer und wieder hoch, tiefer und wieder hoch, schob ihren Kopf auf seinem Männchen auf und nieder.

Er begann schwer zu atmen und Risa, die erkannte, welch unsägliche Lust sie ihm bereitete, fuhr fort ihn kräftig zu lutschen und auf und ab zu fahren, als er ihren Kopf schon längst losgelassen hatte.

Max stöhnte wild und bewegte seine Hüften in dem Takt, den Risas Lippen ihm vorgaben. Stundenlang war er nun erregt worden, zuerst beim Zusehen im Bad, dann hier im Kabinett, er stand voll im Saft und es bedurfte nur noch einiger winziger Bewegungen und die Leidenschaft würde überquellen.

Instinktiv erfasste Risa die Situation; sie saugte und lutschte, so fest sie konnte, und spürte auch schon eine Veränderung, wie ein herannahendes Grollen, der Vorbote einer Eruption, und dann stieß der Baron einen gurgelnden Schrei aus und pumpte heißen, klebrigen Samen in ungeheuren Mengen in den Schlund des Mädchens. Risa schluckte, schmeckte seinen Saft und schluckte wieder; Max spritzte sich leer, dreimal, viermal, fünfmal zuckten Ströme von Liebeslava aus ihm heraus, und was immer er von sich gab, nahm Risa willig in sich auf.

Dann verebbten die Konvulsionen des Barons und mit einem letzten genießerischen Zungenschlag trennte sie sich von Max Glied, sprang auf, fiel dem Mann um den Hals und begann ihn wie wild zu küssen.

Auch Emil und Edith waren zu einem glücklichen Ende gekommen und nun an das andere Paar herangetreten, gerade als Risa sich über ihren Geliebten gestürzt hatte. Beide erfreuten sich dieses Anblicks, denn er zeigte deutlich, wie rasch und innig die beiden einig geworden waren.

Max erhob sich aus dem Fauteuil und sein Mädchen schmiegte sich eng an ihn; diese beiden schönen Menschen in so trauter Umarmung zu sehen, gab ein wahrhaft wunderbares Bild. Noch dazu war des Barons Gemächt zwar ein wenig kleiner geworden, nichtsdestotrotz stand es immer noch sein Männchen; die langen Stunden der Erregung und die Nähe dieser unberührten, leidenschaftlichen Schönheit verhinderten, dass sein Liebeshunger nach dem eben erlebten Orgasmus bereits gestillt wäre.

Risa spürte das stramme Ding an ihren Hüften und ihrem Bauch und wusste genau, wonach es verlangte; es schien förmlich an die Pforten ihres Heiligtums zu klopfen und lautstark Einlass zu begehren. Das Mädchen war mehr als gewillt, diesem Ersuchen nachzukommen, und kam dem fordernden Besucher ein Stück weit entgegen. Sie öffnete ihre Schenkel und nahm das Kerlchen kurzerhand gefangen, indem sie es in ihrem Schritt einzwängte; von oben drückten jetzt ihre Schamlippchen auf den Schaft, von links und rechts die kräftigen Oberschenkel.

Der herrliche Druck des duftenden, heißen Mädchenleibes fachte das Verlangen des Barons von neuem an; es war als hätte er nach langem Hungern endlich eine Vorspeise erhalten, die wundervoll gewesen war, letztendlich seinen Appetit aber erst so richtig weckte.

Der Hauptgang würde auf dem Sofa serviert werden und dorthin drängte es die beiden jetzt; sehr langsam näherten sie sich, denn keines wollte vom anderen auch nur das kleinste Stück abrücken. Risa glaubte, sie zöge den Baron mit sich hin zu diesem Ort, an dem ihre Jungfernschaft enden sollte, und Max war sich sicher, das Mädchen mit sanftem Nachdruck eben dorthin zu bugsieren; in Wahrheit wollten beide das Gleiche und hatten das gleiche Ziel.

Dort angekommen, sank die schöne Serbin rücklings nieder und bot ihren wundervollen Leib der Betrachtung dar. Max konnte nicht anders, er musste einen Augenblick verharren, um sich des Bildes recht bewusst zu werden – die voll ausgebildeten, üppigen Formen einer Fünfundzwanzigjährigen im Körper einer Siebzehnjährigen, so fest und straff wie aus weißem Marmor gemeißelt, vollendet in der Proportion, überwältigend in seiner Sinnlichkeit. Vollbusig und schlank, jungfräulich und lüstern, wie sie war, entsprach Risa einem männlichen Traumbild, war klassisch schöne Liebesgöttin und sinnliche Verführerin in einem.

Max warf sich über sie und begann, begierig an ihren Brüsten zu lecken, nahm ihre Knospen zwischen die Lippen, saugte und zog daran; er bedeckte ihren ganzen Leib mit Küssen und drängte sich schließlich zwischen ihre Schenkel, ihren Körper umfassend und an sich ziehend.

Doch Edith gebot dem Baron Einhalt.

„Nicht so rasch, bester Baron“, sagte sie mit warmer, humorvoller Stimme, „so schnell geht das mitnichten! Vor dem Schwänzeln muss Risa gehuldigt werden, und zwar auf genau die gleiche, Weise wie Emil zuvor mir gehuldigt hat. Auf die Knie, Baron Max!“

Der Freiherr tat wie ihm geheißen. Edith rückte einen der Polstersessel neben den Diwan, ließ sich darauf nieder und beugte sich über ihre Freundin. Sie ergriff Risas Knie und drückte sie auseinander, bis die Schenkel so weit gespreizt waren wie irgend möglich.

Eine rosig und feucht schimmernde Spalte wurde sichtbar, deren Anblick Max sofort elektrisierte. Er strich mit beiden Händen von den Knien die Oberschenkel entlang bis zum Eingang in Risas Allerheiligstes, umrundete diesen mehrmals mit behutsamer, kraftvoller Hand, beugte sich vor, um die zarte Haut der Lenden zu belecken und drückte endlich seinen Mund auf das jungfräuliche Fötzchen.

Die Vorstellung des Barons zauberte ein zufriedenes Lächeln in Ediths Gesicht.

„Du hast Glück, liebste Risa“, sagte sie, „denn dein erster Mann ist einer, der sich auf die Kunst des Leckens wohl versteht.“

Da dieser Teil ihres Vorhabens getreu ihren Vorstellungen verlief, konnte Edith das Weitere getrost der erfahrenen Zunge des Barons überlassen. Sie lehnte sich in dem Fauteuil zurück und legte das rechte Bein über die Lehne, machte sich so mit weit geöffnetem Schoß bereit, ihrerseits die Huldigung zu empfangen.

Emil benötigte nicht mehr als diesen Anblick, um zu verstehen. Er machte es dem Baron nach, kniete sich vor seine Liebste und versenkte sein Gesicht in ihrer klaffenden Spalte, in der Minuten zuvor noch sein Glied gesteckt hatte.

Eine kleine Weile trat fast Stille ein; ab und zu ertönte ein schmatzendes Geräusch oder ein leises, unterdrücktes Stöhnen entrang sich einem der Mädchen.

Die Männer schleckten begierig, Lippen und Zungen arbeiteten im Wechselspiel, Zungenspitzen umkreisten die schwellenden Liebesknospen, Lippen umfingen sie, um daran zu saugen.

Risa wurde immer geiler. Zwar war sie von ihren Freundinnen schon oft geleckt worden, und wie diese wusste sie sehr gut, wie ihre Lustritze behandelt werden wollte, um Schauer der Erregung und Glückseligkeit durch ihren Körper zu jagen, aber von einem starken, gut gebauten und sehr ansehnlichen Mann geschleckt zu werden war ein ganz neues, noch stärkeres, nie gekanntes Gefühl; zumal der Baron sich wirklich darauf verstand, seine Zunge tanzen zu lassen.

Edith genoss die Leckdienste ihres Bräutigams ebenfalls in vollen Zügen; alles war zum Besten bestellt, um Risas erste echte Liebeserfahrung zum schönsten Tag in ihrem bisherigen Leben zu machen, und Edith erfreute sich nicht nur an Emils Zuwendungen sondern auch an dem Gedanken, welch gutes Werk sie ihrer besten Freundin tat.

Sie stöhnte ob der Lustschauer, die ihr verschafft wurden, vergaß aber dennoch nicht, auf Risa zu achten. Deren Gesicht war stark gerötet, sie bewegte unwillkürlich ihre Hüften, keuchte vernehmlich und rieb sich noch selbst ihre Brustwarzen; sie stand, wie Edith genau erkannte, kurz vor dem Höhepunkt.

Rasch erfasste sie den Hinterkopf von Emil und raunte ihm zu: „Halte ein, Geliebter!“ Dann lehnte sie sich zum Diwan, griff mit ihrer Rechten in die Haare des Barons und zog ihn ein Stück von Risa weg; ihrer Freundin schenkte sie einen feuchten, inbrünstigen Kuss. Risa öffnete die Augen und sah mit verschleiertem Blick in das Gesicht eines blonden Engels. „Jetzt“, flüsterte Edith mit rauer Stimme, halb an Risa und halb an den Baron gewandt, „jetzt ist es so weit. Noch ein letzter Kuss als Jungfrau.“

Damit presste sie erneut ihre Lippen auf Risas, spielte kurz mit deren Zungenspitze und überließ dann ihr und Max das Feld.

Letzterer hatte sich bereits auf den vor Erregung zitternden Leib des Mädchens gelegt, die ihn ihrerseits mit ihren Armen umschlang. Sie ersehnte diesen Moment, sie wollte es, und doch fürchtete sie sich auch; die Kraft der Begierde drängte sie, sich an den Baron zu pressen, die Angst vor dem Unbekannten ließ sie zurückweichen. So erlebte sie, bis ins Innerste aufgewühlt, aufs Höchste stimuliert, einen wahren Orkan der Empfindungen in sich, und blieb im Widerstreit der gegensätzlichen Kräfte auf der Stelle liegen.

Sie wusste, sie würde jede Sekunde das pralle Fleisch des Schwanzes an ihrer Ritze fühlen, es würde sich zwischen die beiden Lippen drängen, tiefer eindringen, noch tiefer – wie würde es sich anfühlen? Wie groß würde der Schmerz sein, wie groß die Lust?

Sie wagte nicht, die Augen aufzuschlagen, aus Furcht, der Mut könnte sie im letzten Moment verlassen. Ihre Hände glitten Max Rücken hinab, sie fühlte seinen Hintern noch hoch gereckt, wie sie es zuvor bei Emil gesehen hatte.

Zarte Finger berührten ihre Möse; Ediths Finger, die in sie eindrangen und sich befeuchteten, um den Schleim überall an ihrem Geschlecht zu verreiben, auf das alles gut geschmiert wäre. Sie fühlte, wie ihre Freundin ihre krausen Härchen, die teilweise über den Eingang wuchsen, beiseite schob und ihre Spalte gänzlich bloßlegte für das Eindringen des Barons. Und er war so groß, so groß!

Da – großer Gott – sie fühlte es, etwas fleischig Warmes, Pralles berührte sie, sie spürte, wie es von Ediths kundigen Fingern an die rechte Stelle gesetzt wurde, es bewegte sich, es drang ein – es war in ihr!

Zentimeter um Zentimeter rückte es weiter vor, langsam, behutsam, dann zog es sich wieder zurück, um erneut einzudringen. Ja, es glitt jetzt leichter als zuvor, es tat nicht weh, es fühlte sich gut an, doch da kam es noch näher, und in das Gefühl des Ausgefülltseins mischte sich eine Spannung, die nicht dazu gehörte, doch da ließ sie auch schon wieder nach, der mächtige Liebespfahl zog sich wieder zurück, weit zurück – und plötzlich wurde sie aufgespießt, so groß, so stark ... ah, der Schmerz ...

Risa schrie und bäumte sich auf, doch sie war Amors Angriff ausgeliefert, und schon mischte sich Lust in den Schmerzenslaut; Max hatte ihre Hüften fest umklammert und vögelte sie jetzt langsam, er zog sich weit zurück und schob sich bis zum Anschlag in sie hinein, ließ sie die ganze Länge seines Schwanzes spüren.

Mit wollüstigen Blicken sahen Emil und Edith zu, wie Risa in die Freuden der Liebe eingeweiht wurde. Die Blondine in der zufrieden stellenden Gewissheit, die Initiatorin dieses Ereignisses gewesen zu sein, ihr Bräutigam mehr mit dem wachsenden Verlangen, es dem Baron gleichzutun.

Das in Ekstase verbundene Paar gab aber auch wirklich ein aufregend schönes Bild ab. Beide Körper waren wohl geformt, Risas Leib auf sehr weibliche, Maxens auf sehr männlich kraftvolle Art. Das vornehm blasse, völlig glatte Mädchen und das dunklere, muskulöse, behaarte Fleisch des Mannes bildeten einen reizvollen Kontrast. Max schmaler Hintern bewegte sich rhythmisch auf und ab, stieß in kraftvollen, regelmäßigen Intervallen zu, und der empfangende Schoß Risas kam der unwiderstehlichen Ramme des Freiherrn begierig entgegen.

Edith konnte und wollte sich von dem faszinierenden Anblick nicht lösen; besonders genau studierte sie das gerötete, schweißüberströmte Antlitz ihrer Freundin, auf dem sich quälende Lust, wollüstiger Schmerz, fiebrige Hitze und ekstatische Gefühle abzeichneten. Ihr Mund war einen sinnlichen Spalt weit geöffnet und ließ stöhnende Laute frei, die sich aus den tiefsten Tiefen ihres durchbohrten Leibes ihren Weg zu bahnen schienen.

Emil ertrug es nicht länger und vergrub sich wieder zwischen den Schenkeln seiner Braut, um endlich wieder den einzigartigen Geschmack ihrer Säfte auf seiner Zunge spüren zu können.

Doch auch Edith war nicht mehr Herrin ihrer Gefühle und wollte mit ihrem Geliebten zu einem neuerlichen Gipfelpunkt der Lust eilen. „Leg dich auf den Rücken“, keuchte sie.

Emil blickte kurz auf, sah das unbändige Verlangen in den Augen seiner Liebsten und neigte sich nach hinten.

Kaum lag er, wie Edith ihn hatte haben wollen, kniete sie sich auch schon über ihn: Ihre Schenkel platzierte sie links und rechts neben seinem Kopf, ihr eigenes Haupt war dem steifen Glied des Mannes zugewandt.

Während sie seinen Schwanz mit dem Mund umfasste, lag er gerade richtig, um seine Zunge genau in ihre liebesfeuchte Grotte zu tauchen; in welch entzückende Verwirrung stürzte dieses Wechselspiel doch das liebende Paar! Denn jedes schenkte und empfing erregende Zuwendung zur selben Zeit, doch an verschiedenen Orten, und bald wusste keines mehr so recht, wo Lust gegeben und wo Lust bekommen wurde, ja es umfing sie das Gefühl, die eigenen Grenzen der Körperlichkeit zu verlassen und sich ineinander aufzulösen bis zum endlichen Erreichen jenes unbeschreiblichen Moments völliger Verschmelzung, der teuflische Liebe und himmlische Lust zugleich bedeutet.

Risa hatte diesen Augenblick allerhöchster Ekstase längst erreicht und dies dem Baron mit kehligen Schreien und heftigen Kontraktionen mitgeteilt; dieser aber hatte deshalb nicht innegehalten, sondern war weiter in das Mädchen gedrungen, hatte seine Standarte ein ums andere Mal aufgepflanzt zum Zeichen des Triumphs, hatte den heftig stöhnenden und sich windenden Leib der neu geborenen Frau weiter geöffnet.

Er gestattete ihr nicht, in den seligen Dämmerzustand der völligen Befriedigung zu sinken, sondern geilte sie mit den unablässigen Stößen seines gewaltigen Gerätes immer wieder aufs Neue auf, sodass sich Risa mehr und mehr in ein zuckendes, vor Lust schreiendes Bündel Fleisch verwandelte, in eine Göttin der Liebe, die ihrem Jünger gestattete, sie über alle Grenzen hinweg in ein Reich zu entführen, in dem nichts mehr von Bedeutung ist als das animalische, reine Empfinden, in dem der ungehemmte Trieb die Herrschaft inne hat und alle gleich werden im Rausch der Sinne.

# 5

# DER NACKTBALL

Fräulein Lilly von B., die älteste Tochter des Landesgerichtsrates von B., stürmte ohne anzuklopfen in das Gemach ihrer Base Erna, die der geneigten Leserschaft sicherlich noch aus dem Kapitel zwei unserer Erzählung erinnerlich ist.

„Bist du so weit, liebe Cousine?“, fragte sie die schöne Erna. „Wo ist denn die Tante?“

Dann nahm sie Erna erst richtig in Augenschein und musste ihrer Bewunderung Ausdruck verleihen. „Ich fass es nicht, wie schön du bist, Erna!“

Erna lächelte stillvergnügt.

„Meine liebe Mama ist noch in ihrem Boudoir und legt letzte Hand an sich“, erklärte sie dann.

„Dann will ich ihr rasch meine Aufwartung machen“, sagte die gertenschlanke Lilly. „Nachher komme ich sofort wieder zu dir zurück, meine Liebe.“ Und schon hatte die junge Dame Ernas Zimmer wieder verlassen.

Dies gibt uns die Gelegenheit, der schönen Erna über die Schulter zu schauen, während sie sich für den heutigen Abend schönmacht.

Die Kapitelüberschrift hat bereits klargestellt, um welchen besonderen Abend es sich handelt. Der lang ersehnte, viel besprochene Nacktball, seit Wochen Gesprächsstoff Nummer eins in der gesamten vornehmen Gesellschaft der Stadt, würde endlich stattfinden.

Dem Anlass entsprechend wurden die Vorbereitungen in weiblichen Kreisen in hektischer Betriebsamkeit durchgeführt; die Herausforderung konnte wahrlich nicht größer sein.

Die unzähligen Einzelheiten, die vielen kleinen und kleinsten Details, die sich letztendlich zu einem idealen, verehrungswürdigen Bild weiblicher Schönheit zusammenfügen, verlangen nach dem größtmöglichen fraulichen Scharfsinn. Dabei gilt: Je gewagter, je eigenwilliger die Aufmachung sein soll, desto mehr ist der schöpferische Geist der Damen gefragt, um das Endergebnis so zu gestalten, dass es die beabsichtigte Wirkung erzielt.

Für diesen lang erwarteten Ball nun war ja, wie wir bereits wissen, die abstrakteste aller Kostümierungen vorgesehen, und eine Frau die sich genötigt sieht, auf alle hübschen Hüllen ebenso zu verzichten wie auf ein Form gebendes Mieder, ist verständlicherweise im höchstmöglichen Maße gefordert. Die Nacktheit selbst ins beste Licht zu rücken verlangt sicherlich nach dem Einsatz aller weiblichen Vorstellungskraft.

Mitten in diesen Vorbereitungen treffen wir Erna an. Die Uhr hatte gerade die sechste Stunde geschlagen; bis zum Ball, der um halb neun eröffnet werden sollte, war also noch etwas Zeit. Dennoch befand sich die liebreizende Erna bereits seit zwei Stunden in den Händen ihrer Zofe, die es sich zum ehrgeizigen Ziel gesetzt hatte, ihre Herrin so zu schmücken, dass sie die Königin des Abends werden würde.

Ernas Haut schimmerte leicht, und selbst aus einigen Schritten Entfernung war man bereits vollends überzeugt, dass sie sich samtweich anfühlen und einen betörenden Duft ausstrahlen würde. Das Geheimnis hinter diesem Effekt war ein Vollbad, das Erna gemeinsam mit ihrer Mutter genommen hatte; ein Vollbad in lauwarmer Milch, die reichlich mit kostbarem Rosenwasser versetzt worden war.

Jetzt lag das Mädchen ganz entspannt auf einem Diwan; die Beine hatte sie weit gespreizt, denn eine Friseurin war gerade dabei, ihr das Schamhaar zu machen. Mit Brenneisen, Kamm und Bürste suchte sie die widerspenstigen Löckchen in die gewünschte Form und Lage zu bringen.

In diesem Moment kehrte Lilly von ihrer Stippvisite bei ihrer Tante zurück; diese war in ihren Vorbereitungen ähnlich weit gekommen wie ihre Tochter. Lilly selbst war bereit und hätte in derselben Minute zum Ball aufbrechen können.

Das Fräulein trug einen Mantel, den sie jetzt ablegte; darunter kam ein locker fallendes, weites Gewand zum Vorschein unter dem, wie Erna wusste, Lilly das eigentliche Ballkostüm trug – gar nichts.

Die junge Dame setzte sich neben ihre Cousine auf die Chaiselongue, machte es sich bequem und beobachtete, wie die Friseurin geschickt zu Werke ging.

Erna war wirklich entzückend anzusehen. Ihr glatter, schlanker Leib sah aus wie aus poliertem Marmor gehauen; ihre Arme hatte sie hinter den Kopf gelegt, was in Verbindung mit ihren weit gespreizten Beinen den Eindruck erweckte, als wäre sie völlig geöffnet und bereit, jeden Liebhaber willig zu empfangen. Tatsächlich waren auch ihre Schamlippen leicht geöffnet, ließen ein wenig von der rosigen Spalte sichtbar werden und verstärkten noch den Eindruck von Laszivität.

Das siegessichere Lächeln, das ihr Antlitz schmückte und von glückseliger Vorfreude und der Gewissheit ekstatischer Triumphe sprach, passte vortrefflich zu ihrer sonstigen Erscheinung. Lilly verspürte einen kleinen Stich des Neides angesichts solcher Vollendung.

„Du siehst wunderhübsch aus“, sagte sie dann mit Blick auf das geschäftige Hantieren der Friseuse. „Die weiße Haut, die dunklen Haare, der rosige Spalt, das ergibt zusammen ein reizendes Bild.

Ich habe leider auch zwischen den Beinen blonde Haare; ich finde das langweilig. Besonders von weitem sieht das beinahe aus, als wäre hier gar nichts. Und es ist ja auch weniger, denn die Dunkelhaarigen haben nicht nur das viel besser sichtbare, sondern auch mehr Haar als die Blondinen. Ich gestehe, dass mich das ein wenig ärgert.“

„Das ist doch verrückt, Lilly.“ sagte Erna. „Komm, lass sehen, wie du aussiehst; bestimmt ganz entzückend.“

„Überhaupt nicht“, widersprach Lilly ein wenig missmutig. „Aber wenn du darauf bestehst, liebste Cousine ...“

Das Fräulein von B. erhob sich und nahm auf einem gegenüber liegenden Polstersessel Platz. Sie ergriff den Saum ihres weiten Kleides und zog ihn über ihre Hüften hoch bis knapp unter ihre Brüste.

Zuerst wurden schwarze Seidenstrümpfe sichtbar, die sich glatt an ihre Waden legten und bis über die Knie hoch reichten. Daraus erwuchsen volle, sehr weiße Schenkel, die in einem wunderbar flachen Bauch zusammenfanden. Dazwischen glänzten feine, goldene Härchen.

Lilly spreizte ihre Beine leicht, um Erna und der Zofe den ungehinderten Blick auf ihre ungeliebte untere Frisur zu ermöglichen; beiden entfuhr ein Ausruf der Bewunderung.

„Also wirklich, Lilly“, sagte Erna mit spielerischem Tadel, „ich weiß wirklich nicht, was du hast. Das sieht einfach hinreißend aus, es gefällt mir sogar besser als meine eigenen dunklen Haare. Dieser goldene Glanz! Entzückend!“

Lillys Stimmung hellte sich merklich auf, besonders als auch die Expertin für Haare, die Friseurin, in das Loblied Ernas einstimmte und ihr versicherte, welch reizenden Anblick sie böte.

Dann fragte sie Erna: „Wirst du dich parfümieren?“

„Ja“, antwortete diese. „Mama hat mir dazu geraten; sie meinte, man könne ja nicht wissen, was alles passieren würde, überhaupt beim Kotillon.“

„Woran denkst du denn dabei?“, fragte Lilly neckisch und leckte sich viel sagend über die Lippen.

„Ich denke, woran du auch denkst, liebste Cousine“, ging Erna gerne auf das Spiel ein. „Das heißt, ich erhoffe es mir zumindest und möchte für den Fall bestens gewappnet sein.“

„Ich denke, das bin ich schon“, meinte Lilly. „Ich werde keinen Duft verwenden, weil ich glaube, dass den Herren, wenigstens jenen, die es gerne würzig haben, der unverfälschte Geschmack gerade recht kommt.“

„Das kannst du halten, wie du möchtest“, versicherte ihr Erna. „Ich für meinen Teil werde mich mit Veilchenduft besprenkeln; Baron Max schätzt diesen Geruch über alle Maßen, und wenn er mich liebkost, soll er seiner Nase und seinen Sinnen schmeicheln.“

„Ach ja?", gab Lilly mit leichter Häme in der Stimme zurück. „Das heißt wohl, dass dein Verlangen nach Benjamin sich merklich abgekühlt hat."

„Sprich mir nicht von dieser – Nutte; ein Mann ist er jedenfalls nicht. Schlimm genug, dass wir ihm ganz sicher auf dem Ball begegnen werden; welchen Herren er sich wohl dieses Mal angeln wird?"

Sie lachte verächtlich; insgeheim aber hatte der junge Benjamin durchaus noch seinen Platz in ihren Träumen und Sehnsüchten, und sie hoffte sehr, ihn gebührend beeindrucken zu können. Der Anblick der vielen nackten Haut sollte ihn noch zusätzlich erregen. Sie würde es ihm schon zeigen; jedoch wagte Erna nicht, dies ihrer Cousine zu gestehen, dazu steckte ihr das katastrophale Ergebnis ihres ersten Verführungsversuches noch viel zu tief in den Knochen.

Unter weiterem Geplauder wurde die schöne Erna zurechtgemacht, und reichlich vor der Zeit war sie bereit – wie auch ihre Mama, zu der sie sich bald gesellten.

Die Möbelfabrikantin stellte sich ein letztes Mal prüfend vor den großen Spiegel ihres Ankleidezimmers, flankiert von den beiden jungen Mädchen.

Als einzige Kleidungsstücke waren Strümpfe und Schuhe gestattet; ansonsten verlangte die Ballordnung nackte Haut. Freilich konnte diese mit allerlei schmückenden Accessoires behängt werden – Ketten, Halsbänder, Ringe, Armbänder und dergleichen durften beliebig verwendet werden, und die Damen hatten von dieser Möglichkeit eifrig Gebrauch gemacht.

Mutter und Tochter trugen etliche Brillanten, die auf ihrer nackten Haut göttlich zur Geltung kamen.

Zufrieden mit dem Gesehenen hüllten sich die drei Frauen schließlich in ihre Mäntel und bestiegen die Kutsche, die seit einiger Zeit bereit stand. Ein kurzer Ruck an den Zügeln, und der Wagen setzte sich in Bewegung. Während der ganzen Fahrt wurde kaum ein Wort gesprochen; immerhin waren die Damen unter ihren Mänteln völlig nackt und dieses Wissen führte nun doch zu einem etwas beklemmenden Gefühl.

Sie hatten die Vorstadt erreicht und schlugen nun die Richtung zum Rosenberg ein, einem nahe gelegenen Hügel, auf dem etliche vornehme Villen mit Gärten errichtet worden waren. Eine davon, in besonders schöner Lage, war ihr Ziel: Das Anwesen des Konfektionärs Hinterlieb, dem die Rolle des Gastgebers für den heutigen Abend zugefallen war.

Die Nacht brach herein. In völliger Dunkelheit erreichten sie die Villa; auf dem letzten Stück davor waren ihnen einige Equipagen entgegen gekommen, andere konnten sie hinter sich hören. Die Ankunft der Gäste war in vollem Gang.

Der Kutscher wendete halb vor dem Eingangsportal, sprang vom Kutschbock und öffnete den Schlag; Erna, ihre Mutter und Lilly von B. stiegen wortlos aus und eilten auf die Türe zu. Die Möbelfabrikantin vollführte das vereinbarte Klopfzeichen, woraufhin sich die Pforte öffnete.

Ein Lakai im Frack empfing sie, nahm ihre Einladungen entgegen und nickte nach einem kurzen Blick darauf fast unmerklich. Dann führte er sie zu einer weiteren Tür, die beinahe vollkommen mit der tapezierten Wand verschmolz, öffnete diese, verbeugte sich ehrerbietig und deutete mit der Hand den Damen, einzutreten.

Sie betraten das Foyer, dessen Interieur das Auge rundweg erfreute. Elektrisches Licht erhellte den geschmackvoll eingerichteten Raum; wertvolle Perserteppiche bedeckten den Boden, exotische Pflanzen entlang der Wände schufen eine einladende und zugleich geheimnisvolle Atmosphäre.

Der Anblick am Fuß der Treppe wäre geeignet gewesen, alle vielleicht noch vorhandenen Zweifel am Charakter der Veranstaltung endgültig zu zerstreuen.

Dort stand Karl, den wir als Zimmerkellner und Gatten der schönen, heißblütigen Almy kennen gelernt haben. Für dieses Ereignis hatte er die Rolle des Portiers übernommen und sich entsprechend in Schale geworfen: Er trug Dreispitz und Schärpe und hielt einen schwarz glänzenden Stock mit Silberknauf in der Hand. Ansonsten bestand seine Livree aus nackter Haut.

Der Stock war nicht das einzig Steife an Karl: Auch sein eigener Stab reckte sich stolz in die Höhe und erntete dafür einen anerkennenden Blick der vorbeischreitenden Damen.

Am Kopf der Treppe angelangt wurden sie von einer Schar Jungen und Mädchen im Alter von vielleicht sechzehn oder siebzehn Jahren in Empfang genommen. Sie alle trugen keine einzige Faser am Leib. Ihnen war die Aufgabe übertragen worden, den Ankommenden die richtige Tür zu weisen; Knaben geleiteten die Damen in die Damengarderobe, die Mädchen führten die Herren in die ihnen zugewiesenen Räumlichkeiten.

Dementsprechend betraten unsere drei Schönheiten die Damengarderobe, wo ein allgemeines Herzen, Küssen und Begrüßen eintrat, denn etliche bekannte Gesichter waren bereits anwesend. Noch mehr junge Burschen eilten hier herum, alle natürlich splitternackt, um den Damen die Wünsche von den Augen abzulesen und für rasche Bedienung zu sorgen.

Alle Knaben waren sorgsam ausgewählt worden; gesunde, kräftige und sehr hübsche Burschen waren gefunden worden. Sie alle waren voll jugendlicher Geilheit und trugen ihre Lanzen hoch erhoben. Manch eine der Damen ergriff einen der Knabenschwänze im Vorübergehen, streichelte flüchtig darüber oder warf auch nur einen prüfenden Blick darauf; je nach Wohlgefallen ließen sie auch das eine oder andere gut bemessene Trinkgeld dafür springen.

Die Herrinnen in der Garderobe waren entweder nackt oder am besten Wege dazu. Allenthalben wurde kräftig getuschelt, letzte Hand an Frisuren gelegt, Schmuckstücke um Millimeter an die perfekte Position verschoben – jede wollte natürlich die Königin des Balls werden.

Lassen wir die Damen aber für den Moment mit ihresgleichen und den hübschen Knaben alleine. Wir möchten die schöne Leserin nämlich bitten, uns noch für einen Moment in die Garderobe der Herren zu folgen.

Die Stimmung war hier völlig anders. Die Männer verhielten sich ruhig und gemessen und ließen gleichgültige Blicke über die Mädchen gleiten, die ihnen die Mäntel abnahmen und in jeder sonstigen Weise zu Diensten gewesen wären; allein die Herren unterhielten sich über Alltäglichkeiten und widmeten den nackten Dingern kaum ihre Aufmerksamkeit. Gelegentlich fasste einer einem der willfährigen Geschöpfe zwischen die Beine und kraulte ihm ein wenig das Möschen.

Die Kostümierung der Männer war ebenfalls genauestens festgelegt worden: schwarze Socken und schwarze Lackschuhe waren erlaubt worden, sowie nach Wunsch ein ebenfalls schwarz glänzender Zylinder. Ansonsten unterbrach fast nichts die vollständige Nacktheit der Herren; allenfalls baumelte ein Monokel von einem Seidenband, einige hatten sich eine Frackfliege umgebunden.

Unser guter Bekannter, der Baron Max von P., machte ob seiner edlen Gestalt und seiner hervorragenden Ausstattung auch in dieser Runde eine ausgezeichnete Figur. Im Augenblick stand er Seite an Seite mit Emil und musterte aufmerksam seine Umgebung. Beide hatten ihre Straßenumhänge schon lange abgelegt und präsentierten offenherzig all ihre Vorzüge.

Namentlich jene von Max erregten sogleich die Aufmerksamkeit einer Dienerin.

„Um den sind die hochwohlgeborenen Damen wirklich zu beneiden“, flüsterte sie einem anderen Mädchen ins Ohr. „Wir Armen müssen mit dem zurechtkommen, was übrig bleibt.“

„Keine Sorge“, flüsterte die Angesprochene tröstend zurück, für die es nicht der erste Nacktball in ihrem Leben war. „Die Garderobe wird im Laufe des Abends immer wieder gerne aufgesucht, die Herren ruhen sich aus; das ist dann unsere Chance auf ein Stück vom Kuchen.“

„An Kuchen hatte ich eigentlich nicht gedacht ...“, witzelte das erste Mädchen mit einem anzüglichen Blick auf Max Gehänge.

Zweifellos würden sich die Wünsche der Mädchen erfüllen, denn auch bei der Auswahl der Dienerinnen hatte man höchste Sorgfalt walten lassen und nur ausgesprochen begehrenswerte, wohlgestalte Fräuleins verpflichtet.

Ein weiteres uns bereits bekanntes Gesicht war in der Menge zu erkennen: Benjamins. Auch dieser hübsche Jüngling war bereits gänzlich entkleidet und scharwenzelte mit Vorliebe in der Nähe von Max oder anderen ihm bekannten Herren herum.

Diese hatten alle einen Ständer, und auch Benjamins weißes, glattes Glied ragte stolz empor. Max hingegen verspürte rein gar nichts beim Anblick des nackten Männerfleisches, sein auch im schlaffen Zustand beeindruckendes Gemächt lag ruhig auf seinem Oberschenkel auf. Es ergab sich solcherart ein klar zu unterscheidendes Bild: Alle Herren, die mit Vorliebe der Päderastie frönten, bekannten sich auf hervorstechende Weise zu dieser ihrer Neigung.

Herr Hinterlieb, der stattliche, etwa fünfzigjährige Gastgeber, dem Max nun vorgestellt wurde, gehörte ebenfalls zu dieser Gruppe; er mache, so versicherte ihm Emil, seinem Namen alle Ehre.

Dann war der Zeitpunkt gekommen; Herr Hinterlieb bat die Anwesenden in den Ballsaal, denn das Fest sollte beginnen.

Sie traten in den herrlich geschmückten, prachtvollen Saal, und anerkennendes Nicken nach allen Seiten lobte den Arrangeur der Veranstaltung. Entlang des Randes waren Sofas aufgestellt worden, deren roter Samtbezug verschwenderisch und verführerisch zugleich wirkte. Ferner hatte der Hintern liebende Konfektionär Palmen aufstellen lassen, durch die sich überall Nischen ergaben. Darin waren weitere Diwans zu finden; die Nischen waren je nach Größe für Paare oder Gruppen geeignet.

Für die musikalische Untermalung sorgte ein Pianist von hervorragendem Ruf, Futolinsky mit Namen. Er saß bereits hinter einem Konzertflügel, der auf einem Podest aufgestellt worden war. Futolinsky war der Ballordnung entsprechend kostümiert; seine kraftvolle Erscheinung, seine ungebändigte Lockenpracht und seine geniale Ausstrahlung wirkten hüllenlos noch weit beeindruckender als sonst.

Die Herren näherten sich der Damengarderobe, vor der bereits zwei Männer Aufstellung genommen hatten, um die Frauen in Empfang zu nehmen.

Der eine würde jeder eintretenden Dame einen Herren zum Geleit übergeben; die Aufgabe des anderen bestand in der Überreichung der Damenspenden, die der Gastgeber eigens zu diesem Anlass in Paris hatte fertigen lassen.

Es handelte sich um kleine, erigierte Silberpenisse samt Hodensack, an denen an zwei Ketten ein Kärtchen baumelte. Auf diesem war die Tanzordnung gedruckt, wobei jeder Buchstabe aus der Darstellung halbnackter Figuren bestand, die, dem Alphabet gehorchend, in die freizügigsten Stellungen gezwungen waren.

Hinterlieb gab Karl ein Zeichen, der daraufhin die Flügeltür zum Damenzimmer weit aufschwang.

Max beugte sich unwillkürlich vor, um die weiblichen Verheißungen in Augenschein zu nehmen. Ein Odeur aus schwerem Parfüm über nackter Frauenhaut wehte in betäubender Intensität in den

Raum. Perlendes Gelächter war zu vernehmen und ein unüberschaubares Durcheinander aus Rundungen, Schenkeln, Brüsten und Hintern bannte seinen Blick.
Dann gelang es ihm doch, einige bekannte Gesichter zu erspähen – all jene, die er während des Kränzchens kennen gelernt hatte, waren anwesend. Er spürte, wie sich sein Herzschlag beschleunigte und Blut in seine Lenden schoss.

Als Erste betrat die Rätin Busenberg den Saal und löste unter den männlichen Gästen erstaunte Ausrufe aus.

Auch sie machte ihrem Namen alle Ehre – eine Matrone von 45 Jahren, mit überquellenden Brüsten, deren eine zu bedecken gut und gerne zweier Männerhände bedurfte. Ihre haselnussgroßen, bräunlich roten Warzen standen stramm hervor. Alles an ihr war füllig, und diejenigen Herren, denen es um weibliche Rundungen ging, bekamen einiges zu sehen. Nur ihre Füße, auf denen sich dieser Fleischberg bewegte, waren verhältnismäßig zierlich.

Sie verneigte sich gnädig vor den Herren und inspizierte dabei, inwieweit sie in Reih und Glied standen; sie durfte zur Kenntnis nehmen, dass sämtliche Szepter hoch erhoben waren.

Ihr Verehrer, der Kanonikus von Fucher, hatte sich sofort nach ihrem Auftritt in ihre Richtung zu drängen begonnen. Nun standen er, sein wulstiges, glatt rasiertes Gesicht und sein fetter Bauch vor ihr und boten ihr den Arm. Huldvoll ergriff ihn die Busenberg und die beiden wälzten sich als erstes Paar in den Ballsaal.

Weitere Damen traten hervor, dennoch wandte sich so manches männliche Auge der Rückseite der Rätin zu; man wollte den kolossalen Eindruck, den sie von vorne gemacht hatte, eben vervollständigen. Und tatsächlich lohnte dieser Blick, denn wenn auch ihre Vorderseite nicht jedermanns Geschmack entsprach, ihre Kehrseite hatte es wahrlich in sich.

Waren ihre Knöchel noch fest, aber dennoch fein, so gingen bereits die Waden wie ein Trichter auseinander und drohten die schwarzen Strümpfe jeden Moment zu sprengen. Um die Knie herum wurden die Säulen der Rätin wieder etwas schlanker, nur um sich in Oberschenkel zu verbreitern, die an Umfang jenen der Hüften der meisten jungen Fräuleins ohne weiteres in den Schatten stellten. Die Krönung war natürlich der Zusammenschluss dieser beiden fetten Ungetüme – der gewaltigste Arsch, den die Stadt in Jahren gesehen hatte.

Die Busenberg fühlte wohl die vielen Blicke auf sich, denn sie schritt majestätisch aus und schwang ihr Kronjuwel gekonnt hin und her.

„Ich mag ja weder jung noch schön sein“, teilte sie im Brustton der Überzeugung ihrem Galan mit, „und auch der Glätte des Gesichts muss ich entbehren, aber dennoch, mein lieber Sebastian, verfüge ich gegenüber den jungen Dingern über einen Vorzug, der die Männerherzen höher schlagen lässt, und das sind meine Rundungen. Wahrhaftige Schönheit steckt in den Rundungen, ist es nicht so, Sebastian?“

„Gewiss, meine Liebe, gewiss“, murmelte der Geistliche, der unverwandt auf die steifen Nippel auf den gigantischen Brüsten der Rätin starrte und ob dieser faszinierenden Erfahrung bereits knallrot im Gesicht angelaufen war.

Eine Dame nach der anderen betrat jetzt den Raum, jeder wurde ein Silberglied samt Tanzordnung und nackten Buchstaben überreicht, und jede erhielt einen Herrn zum Geleit. An die zwanzig waren es alles in allem; einige sind der schönen Leserin bereits bekannt, die anderen wird sie im Laufe des Abends kennen lernen können.

Die Frauen waren fast sämtlich schön anzuschauen – die Jugend wusste mit Figuren griechischen Statuen gleich zu reizen, die Mütter strahlten reife Sinnlichkeit aus und hatten, wenn auch nicht in solch überquellendem Ausmaß wie die Busenberg, attraktive Rundungen aufzuweisen.

Die glänzendsten Sterne unter all den nackten Weibern waren ohne Zweifel Erna und ihre Mutter.

Die Kleine war eine wahre Augenweide; all ihre Linien entsprachen dem klassischen Schönheitsideal, von allem hatte sie nicht zu viel und nicht zu wenig, sondern gerade so viel, dass der Eindruck von perfekter, harmonischer Proportion entstand.

Ihr siebzehnjähriger Busen war so voller Jugendfrische, dass er schier nach oben zu ragen schien. Bauch, Hüften, Schenkel verliefen in schlanken, flachen Kurven, die eine himmlische Melodie hätten beschreiben können. Ihr Hinterteil war einfach nur prachtvoll zu nennen; wir haben ja an anderer Stelle die Vorzüge des Allerwertesten von Ernas Mama ausführlich hervorgehoben – nun stelle man sich eine ähnlich formvollendete, jedoch zwanzig Jahre jüngere Ausgabe vor!

Kein Wunder, dass alle Damen mit neidischen Blicken auf Erna sahen, alle Männer hingegen große Mühe hatten, ihre Augen nicht zu weit hervorstehen zu lassen; namentlich beim Anblick von Ernas Podex verloren nicht wenige von ihnen die Kontrolle, fuhren sich unwillkürlich mit der Zunge über die Lippen und wirkten, als würden sie sich am liebsten der Schönheit zu Füßen stürzen und sich wie hungrige Tiere an ihr zu laben versuchen.

Schönheit zu Schönheit: Der Glückliche, der Erna zum Geleit zugeteilt worden war, war niemand anderer als der attraktivste Mann des Abends, unser geschätzter Baron Max. Auch an ihm war alles Kraft und Festigkeit, und sein kleiner Riese machte da keine Ausnahme; in voller Größe stand er, der Zeremonienstab eines Fürsten der Geilheit.

Ernas Mama, die sich bei einem Oberst der Berittenen untergehakt hatte, betrachtete mit mütterlichem Stolz und großer Freude für ihre Erna das herrschaftliche Paar. Ihr Kavallerist zählte einige Jahre mehr und mit einem Blick zwischen seine Beine sah sie auch den Unterschied – sein Glied war halb erigiert. Sie schlug mit dem Fächer danach und meinte scherzend: „Nicht wahr, lieber Oberst, wir beide waren auch einmal jung, und damals boten wir einen ähnlich überwältigenden Anblick wie die beiden heute!“

Der Oberst lächelte ihr zu, nahm dann die üppige Erscheinung einmal mehr genau in Augenschein, blickte auf die prächtigen Brüste, die vollen Schenkel und schließlich wieder ins Gesicht. Sein Lächeln war noch breiter geworden und in seinen Augen glomm ein kräftiges Feuer.

„Ihr seid die Mutter dieser Göttin, Madame, und daher eindeutig selbst eine Göttin. Euer Anblick kann einem Mann die Sinne rauben, seht mir in die Augen und überzeugt euch selbst davon, dass ich nicht übertreibe sondern nichts als die lautere Wahrheit spreche. Von Alter braucht ihr wahrlich nicht zu sprechen; ich schon, bei mir hat das Alter seine Spuren hinterlassen, aber wenn ich allzu matt und schlaff werden sollte, verspreche ich, meine Zunge und meine Finger nach Kräften einzusetzen, um euch zum Glück zu verhelfen."

In diesem Moment schlug der nackte Pianist eine Polonaise an, wie es das Programm vorsah. Alle Paare waren in den Saal getreten und verfielen jetzt in den Takt der Musik zur Etikettenpromenade.

Welch wundervoller Anblick! Das langsame, rhythmische, erhabene Schreiten ist ja stets schön anzusehen, um wie viel mehr aber, wenn wohlgestalte Menschen dies vollführen, die nichts am Leibe tragen.

Das Weib, das sich verbeugt, ist ein Bild bewunderungswürdiger Grazie. Der Po geht nach hinten, der Oberkörper sinkt nach vorne – eine einfache Bewegung, doch vermag die geschulte Dame beinahe ihr ganzes Wesen in diese schlichte Geste zu legen, offenbart sich dem geschulten Auge im Anblick der langsamen, fließenden Verbeugung beinahe der gesamte Charakter der Frau.

Üblicherweise trägt die Dame dabei natürlich Kleidung, die unter anderem ein beengendes Mieder und Röcke umfasst; die nackte Dame kann sich dem gegenüber frei bewegen und verbirgt nichts. Der sinnliche Reiz, der von dieser zwanzigfachen, nackten Polonaise ausging, lässt sich kaum in Worte fassen. Sicherlich hing er auch damit zusammen, dass die Frauen und Mädchen lediglich mit der Etikette bekleidet waren; für Ausschweifungen war es noch zu früh, und die überall aufflammende Wollust musste im Augenblick noch irgendwie gebändigt werden.

Freilich stand diesbezüglich den Ballgästen noch einiges bevor; denn nach der Polonaise folgte die nächste Herausforderung: der Tanz. Jetzt schmiegte sich Leib an Leib, muskulöse Lenden pressten sich an weiche Hüften, steife Glieder wurden zwischen warmen Körpern eingeklemmt, behaarte rieben sich an glockenförmigen Brüsten, glutvolle Blicke wurden getauscht.

Die Geilheit im Raum erreichte erste Höhepunkte, und es fiel den Anwesenden zunehmend schwer, nicht einfach übereinander herzufallen und ihren Trieben freien Lauf zu lassen. Namentlich den Damen erschien die Ballordnung, der zu Folge das wirkliche Vergnügen erst nach dem Kotillon beginnen sollte, beinahe als Folter.

Umso enger drängten sie sich an ihre Tanzpartner, umso heftiger rieben sie ihre liebeshungrigen Körper an den Männern. Dies entschädigte einesteils für das lange Warten, anderenteils erhitzte es die Damen nur noch mehr und machte alles nur noch schlimmer.

Manch eine, die ihrer zügellosen Geilheit einfach nicht mehr Herrin werden konnte, vollführte einen gewagten Sprung über den steifen Schwanz ihres Partners und nahm diesen derart zwischen den Schenkeln gefangen; auf die Art brachte sie dann den Tanz zu Ende. Die Herren wehrten sich natürlich in keiner Form gegen diese Inbesitznahme.

Der Beobachtung einiger älterer Damen zufolge sollte es bei diesem Manöver einigen besonders gelenkigen und geschickten Mädchen sogar gelungen sein, den Pfeil des Tänzers genau ins Schwarze zu führen; erkennen konnte man dies freilich nicht so richtig, aber manch einer der Tänze wollte und wollte einfach nicht enden und wurde dabei immer langsamer und langsamer. Es könnte sich dabei durchaus um eine Art Kopulation im Takt gehandelt haben.

Erna hing fast durchwegs an Max und absolvierte Tanz um Tanz mit ihm; offenbar setzte sie alles daran, diesen Mann für sich zu erwärmen, und sei es auch nur für eine Nacht.

Max stand anfangs noch das Bild seiner angebeteten Risa vor Augen, und er hatte das unangenehme Gefühl, ihr untreu zu sein. Das Beispiel seines Freundes, Dr. Emil Penis, beruhigte ihn aber rasch: Dieser stand ja mit Edith in ebenso leidenschaftlicher wie ernsthafter Verbindung, und dennoch ließ er sich das Ballvergnügen nicht entgehen und genoss es sichtlich, ein nacktes Weib an sich gepresst im Tanze zu drehen.

Max verscheuchte seinen Anflug von schlechtem Gewissen und gab sich ganz dem Genuss des Augenblicks hin. Erna und er tanzten so eng und in einem solch perfekten Gleichklang, dass ihre Körper wie miteinander verwachsen wirkten. Ein ums andere Mal beschwor er seine Ballkönigin, doch eine der Nischen aufzusuchen, wo er ihr seine Liebe beweisen würde. Erna bat jedoch ebenso oft, die Etikette zu wahren und bis zum Kotillon zu warten, ab dem die Ballordnung ja alle Arten der Liebesfreuden offen ließ.

Allzu lange dauerte es ohnedies nicht mehr.

Herr Hinterlieb, der Gastgeber, hatte die Zeichen wohl erkannt und daher im Einverständnis mit seinen Gästen beschlossen, zwei Tänze zu streichen und den Kotillon gleich nach der ersten Quadrille anzusetzen.

Diese war nun gerade dazu angetan, die Leidenschaft auf den Siedepunkt zu bringen. Dieser Tanz, bci dcm allc Tänzcr cinandcr von Angesicht zu Angesicht begegnen, enthält für sich genommen bereits etliche frivole Elemente und ist von einer gewissen graziösen Koketterie geprägt.

All dies wurde durch die allgemeine Nacktheit noch sehr gesteigert – und auch durch die raffinierten Einlagen, die sich der Arrangeur des Abends hatte einfallen lassen.

So gab es eine Figur, bei der Damen und Herren einander in Schlangenlinie begegneten. Anstatt im Vorbeischreiten aber einander an den Händen zu fassen, hatten die Frauen die vergnügliche Aufgabe, die schmerzhaft prallen Glieder der Männer zu ergreifen; beim Griffwechsel ergab sich so immer ein kurzer Moment, in dem die Dame einen Schwanz gerade noch hielt und mit der anderen Hand bereits den nächsten zu fassen bekam. Die Herren durften sich für diese Behandlung auf äußerst reizvolle und unterhaltsame Art revanchieren: mit einem Klaps auf den Po, der meist möglichst tief und satt auf die Spalte gezielt wurde.

Für ein anderes Spiel wurden zwei Sesselreihen zueinander gewandt in etwa einem halben Meter Abstand aufgestellt. Die Frauen hockten sich nun derart hin, dass sich je ein Fuß auf einer Sitzfläche befand; ihre Schenkel waren so weit geöffnet und ließen keine Geheimnisse mehr zu. Außerdem bildete sich ein tunnelartiger Gang, durch den nun die Männer auf allen Vieren krochen. War einer der Herren bei der letzten Dame in der Reihe angelangt, ließ sich diese auf seinen Rücken nieder und wurde für eine Runde lang die Reiterin. Die zweite Dame in der Reihe aber rückte nach und wartete ihrerseits auf den Moment, wo ihr Blick nach unten einen Männerkopf erfassen konnte, der aussah, als würde er geradewegs aus ihrem Schoß kriechen.

Als alle einmal rundherum geritten waren, folgte noch ein ausgelassener, schwungvoller Reigen, bei dem sich die Paare mit einem Arm umschlungen hielten und die zweite Hand das Geschlecht des anderen berührte.

Schließlich fand die aufreizende Quadrille ein Ende und das Signal zum Kotillon erscholl.

Mit heftig geröteten Gesichtern und unter schwerem Atmen wogenden Brüsten sanken die Damen auf die Diwans nieder und fächelten sich Luft zu. Die Herren verließen kurzzeitig den Saal, um sich mit den duftenden Rosenbouquets auszustatten, die sie für die Herrenwahl einzusetzen gedachten.

Die Aufregung unter den Frauen erreichte ihren Höhepunkt – nun würde es sich entscheiden, mit welchem Herrn sie sich im Tanz der Liebe vereint wieder finden würden.

Die Männer trafen ihre Wahl, und alle Damen fanden einen Kavalier; lediglich die Homoerotiker hielten sich für diese Runde abseits und sahen zu.

Während die Paare zueinander fanden, nahmen zwei hübsche Dienerinnen an beiden Saalenden Platz; in Händen hielten sie geflochtene Körbchen, die feinste französische Präservative enthielten sowie Pariser Schwämmchen. Je nach Gusto konnten sich die Anwesenden hier bedienen.

Max flog natürlich förmlich auf Erna zu, überreichte ihr den Blumenstrauß – die roten Rosen im Kontrast zu ihrer blassen Haut waren überwältigend – und stürzte sich mit ihr ins Getümmel. Erna beherrschte den schon beschriebenen Gliedsprung ausgezeichnet und nahm Max pochenden Riesen sofort zwischen ihre Schenkel; während des Tanzes entschlüpfte er freilich der Umklammerung und daher nahm ihn Erna bis zum Ende des Reigens in die Hand.

Dieses kam erfreulicherweise sehr bald; inmitten eines dichten Gewirrs tanzender Leiber waren Max und Erna zum Innehalten gezwungen worden, als sich plötzlich eine Lücke auftat und beider Blick auf eine der einladenden, palmenumsäumten Nischen beziehungsweise das darin befindliche rote Kanapee fiel.

Es bedurfte keiner Worte mehr; liebestrunken und toll, wie sie waren, gluckten sie nur fröhlich und zogen und schoben sich gegenseitig in die Richtung, in der die Erfüllung wartete.

Der samtige, dunkelrote Stoff empfing sie in schmeichelnder Wärme. Max gestikulierte heftig nach einem der Mädchen mit den Parisern, doch Erna hielt seinen Arm fest.

„Lass es, Max“, seufzte sie. „Ich will das nicht; nichts soll zwischen uns stehen.“

Damit spreizte sie ihre Schenkel so weit als möglich und zog Max über sich. Rundherum wurde getanzt, jedoch lichtete sich der Trubel am Parkett nach und nach, und immer mehr folgten dem Beispiel des Königspaares; bald war aus dem aufrechten allgemein ein mehr liegender Tanz geworden, und nicht lange danach befand sich niemand mehr auf der Tanzfläche und jedes Paar wie aneinander festgeklebt auf einem der Diwans.

Herr Futolinsky hörte auf, in die Tasten des Flügels zu hämmern, und erkor sich die Schenkel einer

Generalstochter als neuen Ort seines Wirkens. Die eintretende Stille wurde nun nur noch von schmatzenden Geräuschen und dem Klang von Fleisch, das auf Fleisch klatscht, unterbrochen.

Inmitten des Saals standen nun lediglich einige überzählige oder päderastisch veranlagte Männer und beobachteten den ringsum aufbrandenden Orkan der Lust; es glich ein wenig einer Sturmflut, wie sich eine immer größere Welle der Leidenschaft aufbaute, wie die Sinnlichkeit im Raum bald beinahe mit Händen zu greifen war. Das einsetzende Stöhnen, Ächzen und Keuchen untermalte dieses Bild aufs Trefflichste.

Höher und höher schlugen die Wogen der Wollust, lauter und lauter wurde das Rauschen des Lustozeans, und endlich brach die Welle an den ersten Stellen ein – die ersten Liebesgefechte waren zu einem glücklichen Ende gebracht worden. Andere folgten, spitze Schreie und brünstige Urlaute kündeten davon, und irgendwann hatten es alle geschafft und die Sturmflut verlor ihre Kraft und zog sich langsam wieder zurück.

Köstlich ermattet lagen die Leiber irgendwie auf den Kanapees, Hände spielten nachlässig mit sich oder dem anderen, Blicke nahmen langsam wieder das Geschehen rundherum wahr.

Auf diese Stimmung hatte Signorina Monabella gewartet. Die begnadete erste Sängerin des Theaters betrat gemeinsam mit dem leicht derangiert wirkenden Futolinsky das Podium, um unter dessen Begleitung einige Lieder zum Besten zu geben.

Von dieser Darbietung erwarteten sich die Gäste einiges, denn die Diva war nicht nur eine ausgesprochen sinnliche Frau, sondern auch für ihr äußerst lebhaftes Temperament bekannt. Und das kleine Programm hatte es wahrhaft in sich. Signorina Monabella hatte für den Anlass eine erlesene Auswahl der anzüglichsten Schlager zusammengestellt, die sie mit reichlich erotischem Schmelz in der Stimme vortrug.

Den Höhepunkt der Vorstellung bildete ein Cancan. Für diesen hatte die Sängerin ein raffiniertes Kostüm angelegt, das den Reiz weit über den völliger Nacktheit hinaus erhöhte. Sie trug ein schwarzes Seidenmieder, das unter den Brüsten endete, sodass diese herrlich hoch standen und ihre Brustwarzen den geilen Blicken offen lagen. Um ihre Hüften war ein gerade knielanges Röckchen geschlungen, das aber ihre Blöße nur bedeckte, solange sie still stand. Es bestand nämlich in Wirklichkeit aus einzelnen Streifen schwarzen und weißen Samtes, und jede Drehung ermöglichte sofort kurze Einblicke auf die nackten Schenkel der Primadonna. Beim Cancan schließlich, bei dem sich die Sängerin auch als ausgezeichnete Tänzerin präsentierte, flogen die Stoffstreifen mit jedem hoch geworfenen Bein zur Seite, was für Bruchteile von Sekunden ihr dunkles Dreieck zwischen den Schenkeln sichtbar werden ließ.

Die Signorina besaß sogar einen derart geschmeidigen Körper, dass sie in der Lage war, ihre Füße bis auf die Höhe ihres Kopfes zu bringen; in dieser Position konnten die besonders Glücklichen sogar ihre rosafarbene Spalte erkennen.

Der ständige Wechsel zwischen Bedeckung und Entblößung und die immer nur quälend kurzen Augenblicke, in denen etwas oder alles sichtbar wurde, ergaben in Verbindung mit den zugleich aufreizenden und anmutigen Bewegungen und der seidenweichen Stimme der Monabella eine unvergessliche Darbietung, die an erotischer Wirkung kaum zu überbieten war.

Dementsprechend brachen wahre Beifallsstürme los, als sie geendet hatte, und die Männer stürzten auf die Diva los und bedeckten ihren Körper mit Küssen.

Die Mutigeren unter ihnen hatten sich erfolgreich an ihrem Kleidchen zu schaffen gemacht, das bald achtlos auf dem Boden lag. In völliger Nacktheit bot die Primadonna wesentlich mehr nackte Haut, die berührt, geküsst, geleckt und gestreichelt werden konnte. Die Traube von Männern drohte die Signorina beinahe zu erdrücken; jeder suchte die beste Stelle zu erwischen, und jeder Quadratzentimeter ihres Körpers wurde gleichzeitig liebkost.

Die Sängerin nahm die Ehrungen huldvoll entgegen und versprach, nach dem Souper erneut die Bühne zu betreten, soferne sie dann noch dazu im Stande sein würde, wie sie scherzhaft hinzufügte.

Der Champagner, gestand sie ein, sei bei solch wunderbaren Anlässen nämlich eine große Versuchung, der sie nur zu gerne erlag. Schließlich erlöste Herr Hinterlieb die Monabella aus den Fängen der rasenden Begeisterung, indem er den zweiten Kotillon ankündigte. Diesmal waren die Damen aufgerufen, eine Wahl zu treffen; hernach würde das Souper aufgetragen werden.

Es wird die geneigte Leserschaft nicht verwundern, dass auch für diese Damenwahl spezielle Regeln galten, die sich deutlich von denen bei gewöhnlichen Bällen unterschieden.

Bei den Sitzungen des Ballkomitees hatte unter den Frauen nämlich weitgehende Einigkeit bestanden, dass es eine willkommene und ausgesprochen anregende Abwechslung wäre, die Herren blindlings zu wählen.

Der rührige Gastgeber war gerne auf diesen Vorschlag eingegangen und hatte die Idee auf folgende Weise in die Tat umgesetzt:

Die männlichen Gäste wurden in ihre Garderobe gebeten, und Hinterlieb brachte in einem kleinen Korb so viele lange Seidenbänder, wie eben benötigt wurden.

Die Dienerinnen eilten herbei, entnahmen eines der Bänder und banden es dem nächststehenden Herrn um das Glied. Nachdem alle derart behandelt worden waren, ergriff Hinterlieb die freien Enden aller Bänder und kehrte rückwärts gehend in den Ballsaal zurück. Stück für Stück rollte er dabei die Stoffstreifen auf.

Das weitere Procedere lässt sich denken: Begierig eilten die Damen herbei und schnappten sich eines der Bänder, an dessen Ende sich ihre „Wahl“ befand.

Es glich einer Tombola, und wie beim Erwerb eines Loses dauerte die Entscheidung oft eine ganze Weile. Für etliche der Damen stand der Hauptpreis fest: Max; namentlich Almy und Ernas Mama hätten nur zu gerne das Bändchen erwischt, an dessen Ende sich das sicherlich bereits wieder voll einsatzbereite enorme Glied und der dazugehörige starke, schöne Mann befanden. Auch die Busenberg träumte von einem jungen Apoll anstelle ihres feisten, schwabbeligen Kanonikus.

Erna hätte gegen eine erneute Begegnung mit dem Freiherrn nichts einzuwenden gehabt, beteiligte sich aber nicht an den langwierigen Versuchen, irgendwie den Träger eines Bändchens zu erspüren, sondern griff einfach zu und fing sich das erstbeste Streifchen, das ihr in die Hände kam.

Schließlich lag jedes Band in einer Frauenhand, Hinterlieb trat zur Seite und gab das Kommando. Alle Damen durchquerten daraufhin den Saal und zogen kräftig an der Männerleine. Dabei kam es zu einiger Verwirrung, denn die Bänder verhedderten sich, und die meisten Damen liefen rückwärts, um möglichst rasch erkennen zu können, wen sie sich geangelt hatten.

Unter viel Gelächter fanden die Paare aber doch zusammen, das Band wurde einmal um die beiden Leiber geschlungen und so das Ergebnis der schicksalhaften Fügung für einen Tanz besiegelt; danach konnten alle nach Lust und Laune miteinander verfahren.

Den Hauptpreis gab es nur einmal zu gewinnen, und das große Los – Max – hatte keine andere als die Rätin Busenberg gezogen. Sie strahlte überglücklich, während etliche der anderen Damen sie mit missgünstigen Blicken bedachten.

Der Baron selbst war anfangs wenig begeistert. Sein pralles Gemächt und die Leidenschaft, mit der er die Busenbergschen Fleischmassen an sich drückte, sprachen jedoch bald eine andere Sprache. Ein weiblicher Koloss dieses Ausmaßes war in jedem Fall außergewöhnlich, und P. nahm die Herausforderung wie ein wahrer Fürst der Liebe in Angriff.

Almy hatte sich Dr. Penis geangelt – eine Fügung, mit der beide sehr zufrieden waren. Ernas Mama haderte ein wenig mit dem Schicksal, das ihr den Kanonikus zugeteilt hatte. Dessen Manneskraft hatte sich in der ersten Runde mit der Busenberg offenbar bereits gänzlich erschöpft; sein schlaffer Penis war unter seinen Fettwülsten kaum zu erkennen.

Die schöne Erna fühlte sich gar vom Glück verhöhnt, denn wer da am anderen Ende des Bandes stand, war ausgerechnet – Benjamin. Wie ein harmloser Freund eilte er auf sie zu und schloss sie wenig leidenschaftlich in die Arme.

Immerhin, und das war ein nicht geringer Trost für sie, war sein Glied voll erigiert; sie war sich natürlich bewusst, dass nicht sie für seine Geilheit verantwortlich war, aber dennoch fühlte sich sein Ständer an ihrem Bauch recht angenehm an. Den Jüngling zurückzuweisen verbot ohnedies der Anstand, also machte Erna gute Miene zum bösen Spiel und absolvierte den Tanz mit Benjamin, ein etwas künstlich wirkendes Lächeln auf dem Gesicht.

Für die übrigen Gäste bot sich ein anderes, sehr ansprechendes Bild: Die beiden waren wirklich schön anzusehen, Benjamins Haut beinahe so blass und weich wie Ernas, sein für einen Mann recht rundlicher Arsch ein passendes Gegenstück zu ihren vollendeten Halbkugeln. Namentlich sein Penis war außergewöhnlich: sehr weißlich, sehr lang und sehr dünn ragte er hervor, eine Form, die gewöhnlich nur unter Päderasten zu finden ist.

Mehr und mehr gestand Erna sich ein, dass sie sich genau dies insgeheim erhofft hatte, und rieb sich mit zunehmender Heftigkeit an dem glatten Jünglingskörper. Mit dem Ende des Tanzes hatte sie die Fügung akzeptiert und beschlossen, sich diese Gelegenheit nicht entgehen zu lassen.

Sehr zu ihrem Sinneswandel beigetragen hatte Benjamins Stäbchen, das sie irgendwann in die Hand genommen und genauer inspiziert hatte. Dabei war ihr ein Ausruf des Entzückens entschlüpft; so viel Schönheit hatte sie an diesem Körperteil noch nie wahrgenommen. Zumal es ja Benjamins

Glied war, zu dem sie sich immer noch hingezogen fühlte, und sie es zum ersten Mal in seiner ganzen steifen Pracht bewundern konnte.

Interessiert schob sie die Vorhaut zurück und beobachtete das Hervortreten der purpurfarbenen Eichel, auf der ein silbrig schimmerndes Geilheitströpfchen prangte.

Auch Benjamin fing an zu gefallen, mit welcher Hingabe sich Erna seiner annahm; die beiden eilten bald zum nächsten Sofa, auf dem der Junge sich niederfallen ließ. Erna kniete sich vor ihn hin, zwischen seine Schenkel, und war seinem Männchen so nahe, wie es ging.

Sie spielte ein bisschen damit und fühlte, wie die letzten dunklen Wolken verschwanden und die Sonne der Zuneigung, die einst auf sie beide geschienen hatte, wieder hervorkam.

Mit seiner Eichel an ihren Lippen blickte sie auf und sah in Benjamins einnehmend lächelndes Gesicht.

„Benjamin", sagte sie mit sanfter, sehnender Stimme, „Benjamin, fühlst du dich denn ein bisschen zu mir hingezogen?"

Zur Antwort nickte der junge Mann und wand seine Hüften, sodass seine Eichel zur Gänze in Ernas Mund verschwand.

Ermutigt und freudig erregt begann das Mädchen mit ihrem Zungenspiel. Bald spitzelte sie auf seiner winzigen Öffnung an der Spitze der Eichel, bald umfuhr sie die Furche zwischen Eichel und Schaft, bald umschloss sie das ganze Schwänzchen mit ihren Lippen und sog und lutschte daran. Immer wieder überzeugte sie sich durch Blick auf sein Gesicht, ob sie auch wirklich seine Lust zu steigern vermochte.

Dies war bald nicht mehr erforderlich, denn in wollüstigen Windungen streckte sich ihr Benjamins Leib entgegen, er hatte den Kopf weit zurückgelehnt und die Augen geschlossen. Sein Atem ging bereits stoßweise, und immer wieder mischte sich lustvolles Gestöhne in das Keuchen.

Erna war zufrieden damit, ihren Benjamin so weit gebracht zu haben. Obwohl sie gänzlich uneigennützig zu Werke ging, war es ein lustvolles und freudvolles Erlebnis für sie, denn zuweilen genügt es dem Weibe, Genuss zu schenken und sich nur an dem Erlebnis des Beschenkten zu erfreuen.

Inmitten des schönsten Lutschens und Saugens trat der Schauspieler M. hinzu und ergötzte sich an dem schönen Bild zweier lüsterner Menschen, die sich liebten.

Insbesondere hatte es ihm der stramme Pfeil des Jünglings angetan, denn M. frönte der Männerliebe und er war von Ernas Erfolgen ausgesprochen angetan; ihre Lippen hatten den Schwanz sichtlich nahe an die Explosion gebracht.

Als Benjamin seiner ansichtig wurde, reckte er ihm sehnsuchtsvoll die Arme entgegen.

„Ah, M., welche Freude. Kommen Sie, kommen Sie näher, geben Sie mir ihr Kränzchen (er meinte damit den Anus des Mannes), ich will es lecken.“

Erna begriff sofort und fürchtete, Benjamin könne einen Rückfall erleiden. Erschrocken ließ sie sein Glied, das eben noch ein wenig steifer geworden war, los, sprang auf und drängte M. beiseite, der bereits im Begriff gewesen war, Benjamin den Arsch ins Gesicht zu strecken. Dann beugte sie sich vor und flüsterte dem Jungen heiser ins Ohr: „Mach das bitte nicht, liebster Benjamin, weise mich nicht zurück. Ich weiß, ich vermag dir nicht das zu geben, was Männer dir geben können, aber ich liebe dich, und ein Kränzchen, das habe ich auch, und will es gerne mit dir teilen. Da, sieh her – und nimm es dir!“

Flugs hatte sie sich umgedreht und Benjamin ihren göttlichen Hintern vor das Gesicht gebracht. Mit beiden Händen spreizte sie ihre Backen und legte so ihre Rosette bloß. Nun war es an Benjamin, von Liebestaumel erfasst zu werden. Denn kaum war ihm dieser ungeheuer geile Anblick zuteil geworden, packte er die Dame auch schon an den Hüften, zog sie zu sich und vergrub sein Gesicht tief zwischen diesen himmlischen Pobacken, gegen die sich jene von M. überaus armselig ausnahmen.

Triumphierend saß Erna mit dem Hintern auf Benjamins Gesicht, ergriff wieder dessen Glied und schenkte M., der eine seltsame Grimasse schnitt, einen überlegenen Blick.

Benjamins Situation war nun wie ein wahr gewordener Traum, jedoch konnte der junge Mann, begraben unter Ernas Hinterbacken, kaum noch atmen. Das Mädchen hob daher ihr Gesäß ein wenig, sodass ihr Kränzchen genau vor seinem Mund zu finden war. Sogleich verspürte sie ein unbeschreibliches Kitzeln an dieser empfindsamen Stelle, eine kreisende und immer wieder sanft eindringende Zunge, die nie gekannte Gefühle in ihr auslöste.

Gerne hätte sie das Zungenspiel erwidert und Benjamins Ständer wieder in den Mund genommen, um dort fortzusetzen, wo sie aufgehört hatte; jedoch erlaubte ihr ihre Position nicht, sich so weit vorzubeugen – der junge Mann hätte dann ihr Fötzchen anstelle ihres Polöchleins zu schmecken bekommen, ein Risiko, das Erna keinesfalls einzugehen bereit war. Also begnügte sie sich damit, das dünne Stäbchen zu umfassen und langsam zu wichsen.

Währenddessen setzte Benjamin seine Leckereien ununterbrochen fort; er zog die Backen auseinander, umschmeichelte ihr rosiges, winziges Löchlein und schleckte mit der Zungenspitze den Innenrand aus.

Erna machte diese neuartige Art der Liebkosung völlig kirre. Sie wollte nun unbedingt erleben, wie es wäre, dies selbst an einem Manne zu versuchen.

„M.!“, rief sie daher dem Schauspieler hinterher, der sich nach seiner Verdrängung bereits einige Schritte entfernt hatte. Der Mann drehte sich um und warf ihr einen misstrauischen Blick zu.

„Herr M.“, rief Erna erneut. „Kommen Sie zurück. Seien Sie nicht ungehalten wegen vorhin; ich will mich Ihnen erkenntlich zeigen.“

M. trat heran und blickte nun erstaunt auf das lüsterne Weibsstück. „Wie darf ich das verstehen, gnädiges Fräulein?“, verlangte er zu wissen. „Sie wollen doch nicht etwa …?“

Er ergriff ihre Hand und drückte ihr einen innigen Kuss auf.

„Wie wollen wir es denn anstellen?“, fragte er dann.

Erna sah ihn tadelnd an. „Nun, das ist wohl das einfachste auf der Welt. Männer! Wie unbeholfen sie doch oftmals sind.“

Daraufhin bugsierte sie M. in eine kniende Position vor sich, sodass sein Allerwertester genau in Reichweite ihrer Zunge kam. Begierig griff sie zu und spreizte seine Backen, um einen besseren Blick auf das Kränzchen zu erhaschen. Es war dies die erste Gelegenheit für sie, sich diese spezielle Körperöffnung bei einem Mann genauer anzusehen. (Für M.s Hintern wiederum war es die erste Gelegenheit, an dieser Stelle von einem Mädchen betrachtet zu werden.)

Die Rosette zeigte sich bräunlich und unbehaart und war bei weitem gröber und auch größer, als sie es von ihren Freundinnen kannte.

Erna, stets bereit neue Erfahrungen zu machen, setzte die Untersuchung mit der Nase fort. Ein feiner Duft nach Vanille war zu riechen.

M. hatte sich nämlich im Anus parfümiert: Er hatte sich vom Apotheker wohlriechende Zäpfchen anfertigen lassen und sich diese eingeführt, wie es unter Homosexuellen des Öfteren geschieht. Deshalb verströmte sein Arsch jetzt den Duft der Vanilleblume.

Erna reizte dies nur noch mehr; zusammen mit dem Kitzel, den Benjamins Zunge an ihrem eigenen hinteren Pförtchen fortwährend verursachte, war es genug, um nach einer ausgiebigen Kostprobe zu verlangen. Sie schloss die Augen und drückte ihre Lippen auf das Kränzchen des warmen Bruders, leckte ein wenig, spitzelte mit der Zunge ...

Es schmeckte ihr nicht schlecht; doch Erna gelüstete es noch mehr nach den ureigen männlichen Vorzügen, und sie versuchte, den Mann am Schwanz zu fassen zu bekommen. Dies erwies sich als nicht so einfach durchführbar, weil M. fast auf Benjamin lag und Erna schlecht herankam.

Erna bedeutete daher dem Schauspieler, sich etwas zu erheben und seinen Hintern möglichst hoch zu recken. So kam sie nicht nur weit besser an seine Rosette heran, sondern hatte auch freien Zugriff auf beide steifen Glieder, was sie auch sofort ausnützte.

Sie führte die Eicheln der beiden zusammen und rieb sie aneinander, was in den beiden Männern eine kaum mehr zu ertragende Geilheit auslöste. Zugleich leckte sie weiterhin den Vanillearsch M.s, umschmeichelte die Rosette mit feuchter Hitze und schob immer wieder ihre Zunge so tief es ging hinein.

Die Zuckungen und Windungen, in denen sich der Hintern erging, sprachen von namenlos entzückenden Empfindungen – die auch sie selbst verspürte, denn ihr lieber Jüngling hatte nie aufgehört, ihr Polöchlein mit allergrößter Hingabe zu bearbeiten.

Bald erregte diese besondere Dreiergruppe Aufsehen, und von allen Seiten kamen Ballgäste herbei, um sich an dem Schauspiel zu ergötzen oder auch neidische Blicke darauf zu werfen. Zu den Schaulustigen gehörten auch Ernas Mama, Max, Almy und Lilly; sie verfolgten die geile Darbietung mit sichtlichem Vergnügen, besonders wie das Mädchen die Männer aneinander rieb, erweckte ihr größtes Interesse. Gespannt warteten sie auf den Moment des Abspritzens.

Die Möbelfabrikantin erkannte freilich auch, woran es in dieser Gruppe mangelte: Ihre Tochter wurde zwar reizend geleckt, jedoch nicht an der ganz richtigen Stelle, und ging im Vergleich zu den Herren, die unmittelbar vor der Explosion standen, praktisch leer aus. Kurz entschlossen sprang sie hilfreich ein, schob ihre Hand zwischen Ernas und Benjamins Bauch und erspürte auch schon das glühende Liebesnest ihrer Kleinen. Ihr erfahrener Mittelfinger fand sofort den entscheidenden Punkt und begann damit zu spielen.

Erna erschauerte auf eine Art, die Dankbarkeit über diesen dringend notwendigen Liebesdienst erkennen ließ, reagierte ansonsten aber in keiner Weise, da sie mit Lecken und geleckt werden und dem Schwanzreiben vollauf beschäftigt war und nicht einmal erkannte, wer sich da ihrer erbarmte.

Das Beispiel der Mutter machte Schule, und allenthalben erwachte nun der Wille, sich ebenfalls einzuschalten und zum Genuss beizutragen. Vor allem M. bot sich dafür an – er genoss, was ihm geschah, tat selbst jedoch gar nichts und hatte seine Zunge und beide Hände zur Verfügung.

Signorina Monabella erfasste die Lage als Erste und entschloss sich, dem passiven Urning zu einer Möglichkeit zu verhelfen, ins Geschehen einzugreifen. Dabei war sichtlich Eile geboten, denn die Leidenschaften waren bis zum Siedepunkt erhitzt worden und jeden Moment konnte der gesamte Druck mit einem Schlag entweichen.

Die Primadonna sprang also hinzu und hielt M. ihren prachtvollen Arsch vors Gesicht; dieser stieß einen Laut aus, der kaum menschlich genannt werden konnte, jedoch eindeutig nach zustimmender Begeisterung klang, packte die Sängerin und vergrub sich in ihrer hinteren Schlucht zwischen den göttlichen Backengebirgen.

Monabella erntete für ihre Initiative allgemeinen Beifall und die Wirkung auf die Gruppe blieb nicht aus: Als habe es gerade noch dieses Details bedurft, erbebten die Herren im selben Moment, aller Augen blickten gespannt, und besonders die Damen interessierten sich lebhaft für den Ausgang des Geschehens.

Jetzt erwies sich Ernas Platz natürlich als der allerbeste: Sie ließ von M.s Vanilleloch ab und wandte ihre ganze Aufmerksamkeit den beiden Schwänzen zu, die sie in der Hand hielt und immer noch an den Eicheln aneinander rieb.

Ein letztes Zucken, ein letztes heftiges Aufbäumen, dann schoss die weiße Creme aus beiden Rohren zur gleichen Zeit, vermengte sich miteinander und bespritzte Ernas Hände und die Schäfte, die sie hielt.

Beinahe im selben Moment hatten auch die Zuwendungen ihrer Frau Mama Erfolg, und Erna kam es mit aller Heftigkeit. Schnell beugte sie sich tiefer und drängte sich zwischen die immer noch zuckenden, ejakulierenden Glieder, um den Spermaduft einzusaugen und sich die Sahne ins Gesicht zu reiben, während ihr eigener Liebessaft überreichlich aus ihrer Quelle sprang.

Doch auch die allerhöchste Lustwoge muss einmal verebben, und nach einem Moment des Innehaltens, in der die Drei wie eine raffinierte erotische Skulptur wirkten, lösten sie sich voneinander und kehrten ein jedes ermattet in sich selbst zurück.

Ernas Herz schlug im Stakkato, ihr hübsches Gesicht war dunkelrot, was die weißlichen Samenspritzer, die es über und über bedeckten, besonders gut hervorstechen ließ.

M. entbot Erna in sympathischen, warmen Worten seinen Dank für den eben erlebten Genuss; Ernas Mama aber wusste, dass ihre Tochter einen Moment der Stille benötigte und nahm sie mit sich in die Damengarderobe, auch um sie von den Lustsäften, die ihre Spuren überall auf ihrem Körper hinterlassen hatten, zu reinigen.

Es war dies auch, was den weiteren Ablauf des Abends betraf, ein günstig gewählter Zeitpunkt, denn die Vorbereitungen für das Souper hatten eingesetzt. Auch alle anderen Gäste zogen sich daher in die Nischen zurück, teils einzeln, in Paaren oder in kleinen Gruppen, um die willkommene Stärkung abzuwarten.

Bald darauf war die Tafel festlich gedeckt, mit feinstem Porzellan, Silberbesteck und Servietten aus edlem Tuch, in die das Monogramm des Gastgebers gestickt worden war. Kerzenleuchter und Blumenarrangements wechselten einander die ganze Länge hindurch ab, und vor jedem Gedeck standen vier verschiedene Gläser aus schwerem Bleikristall bereit.

Die Brillanten und Juwelen, die die Damen reichlich angelegt hatten, funkelten im Lichterglanz des Saales mit der glänzenden Tafel um die Wette.

Wieder trug der Kontrast zwischen dem nach allen Regeln der Kunst und der Etikette geschmückten Saal und der völligen, so schamlosen Nacktheit der Gäste einen ganz besonderen Reiz in sich; das zuvor erlebte, zügellose Treiben und natürlich der reichliche Genuss der vorzüglichen Weine, die kredenzt wurden, stachelten die Festgäste nun umso mehr dazu an, auch in ihren Reden ganz und gar nicht den üblichen gesellschaftlichen Anstand walten zu lassen, sondern nach Herzenslust zu schweinigeln, wenn auch nicht auf plumpe, sondern ausgesprochen verfeinerte Art.

Jetzt wurde auch deutlich, dass sich unter den Damen einige befanden, deren Verlangen nach Genuss geradezu unersättlich war – und je mehr sie dem Genuss des Weines zusprachen, desto größer wurde ihre Gier, auch wieder in den Genuss der Liebe zu kommen.

Namentlich die Komtessen Xwitz, die, wie wir wissen, mit unserem geschätzten Herrn Baron Max P. in verwandtschaftlichem Bande standen, taten sich diesbezüglich deutlich hervor.

Die Aussichten der Komtessen standen ausgezeichnet, denn obgleich sie nicht mehr zu den Jüngsten gehörten, durfte man sie getrost nach wie vor zu den Attraktivsten zählen. Beide waren groß gewachsen, von üppiger Gestalt und mit wunderschönen Gesichtern gesegnet, in denen die jahrelange Verderbtheit winzige Spuren hinterlassen hatte, die sie aber für viele Männer nur noch anziehender erscheinen ließ.

Erna, von den Spuren der gerade überstandenen Ausschweifungen gereinigt, saß nun wieder neben Max; sein Glied hatte sie schon wieder Besitz ergreifend in die Hand genommen und ließ es keinen Augenblick los.

Die Rätin Busenberg war die einzige, die im Moment ein wenig säuerlich dreinschaute, denn rund um sie waren junge Damen von feschen Herren umgeben, während sie selbst wieder einmal den Domherrn als Tischnachbarn hatte. Dieser war zwar mit einem fleißigen Mundwerk ausgestattet und passte auch in seiner enormen Korpulenz gut zur Dame seines Herzens, leider aber war sein Liebeshunger nur sehr schwach entwickelt und seine Manneskraft konnte den diesbezüglichen Appetit der Rätin bei weitem nicht stillen.

Im geraden Gegenteil ihrer Stimmung befand sich Emilie Z., deren reizende Frechheiten wir bereits im zweiten Kapitel kennen lernen konnten. Die sechzehnjährige sich öffnende Blüte lachte und scherzte am lautesten von allen; dann aber verschwand sie während des Essens gemeinsam mit ihrer Mama in der Garderobe.

Zunächst wurde dem keinerlei Beachtung geschenkt und allgemein angenommen, es handele sich um menschliche Bedürfnisse, denen nachzukommen sei. Als jedoch während des gesamten dritten Gangs die Plätze leer blieben, wurde dies von allen bemerkt, und als auch der vierte Gang ohne die Z.s eingenommen wurde, machte sich Verwunderung breit.

In diesem Moment kehrte die Mama wieder zurück; sie strahlte wie jemand, dem etwas Besonderes gelungen war, zuckte jedoch auf die von allen Seiten auf sie hereinprasselnden Fragen nur mit den Schultern und weigerte sich, irgendeine Erklärung abzugeben.

Das steigerte begreiflicherweise die Spannung nur noch mehr, und die gesellige Runde übertraf sich gegenseitig in meist scherzhaften und immer schlüpfrigen Vermutungen, worum es sich bei diesem Geheimnis wirklich handeln mochte.

Dann schwang die große Saaltür auf. Aller Augen wandten sich einem Jungen und einem Mädchen von der Bedienung zu, die mit roten Seidenbändern vor ein kleines, vergoldetes Wägelchen gespannt waren.

Langsam zogen sie das Blumen geschmückte Gefährt herbei und einem nach dem anderen ging auf, was sich hinter den beiden befand: Es war die süße Emilie in einer riesigen silbernen Schüssel, garniert als lebendes Buffet.

Erdbeeren mit Schlagobers bedeckten ihre Brüste, darüber war ein Turm aus Backwerk errichtet worden.

In Händen hielt sie Silberkrüge mit Wein, Hüften und Schenkel waren von kaltem Braten umgeben und von Aal und Sardinen bekränzt. Die kindlichen Knie dienten Gänseleberpastete als Teller. Ihr Unterbauch und die Schenkel waren mit Kaviar bestrichen worden.

Tosender Beifall belohnte diese gelungene Einlage. Das Gespann zog nun den schmucken Wagen reihum, und jeder Gast gustierte lange, bis er sich für ein Häppchen von dieser oder jener Stelle entschied. Die appetitlichsten Stellen waren natürlich bald geplündert, und so blieb manchen nichts anderes übrig, als die letzten Schlagobers-Erdbeer-Spuren mit der Zunge von Emilies Brüsten zu schlecken oder sich tief zwischen ihren Schenkeln zu vergraben, um sich an den letzten Körnchen Kaviar gütlich zu tun.

Emilie genoss es in vollen Zügen, so viel Freude zu bereiten und so viel Aufmerksamkeit zu bekommen. Als schließlich alles von ihr genascht worden war, sprang sie munter auf und verließ für kurze Zeit die Gesellschaft, um nach einem erfrischenden Bad bald zurückzukehren.

Die Orgie kam jetzt in vollen Gang. Der Champagner wurde serviert und brach die letzten Schranken. Schon nach wenigen Gläsern verließen die Gäste die Tafel, gesellten sich zu den Kanapees und ließen ihren ausschweifendsten Fantasien freien Lauf.

Je nach Gusto ließen sich manche Damen ausschließlich in den Mund, andere nur in den Arsch ficken, während es die Unersättlichen in alle Löcher zugleich haben wollten.

Ernas Mama etwa hatte sich mit weit gespreizten Schenkeln über einen Herren hergemacht, der ihr als Unterlage diente. Gleichzeitig hatte sie einen anderen bei den Hüften gepackt und war nun dabei, dessen Schwanz zu lutschen.

Benjamin sah das geile Ensemble und konnte nicht anders als auf den prächtigen, ihm entgegen gereckten Hintern des Weibes zuzustürzen und ihn zu küssen und sich darin zu vergraben.

Hemisphären der himmlischen Wollust waren sie, die hinteren Rundungen der Frau. Zudem war sie derart positioniert, dass Benjamin ihr Kränzchen ebenso gut sehen konnte wie ihre Scheide, in der sich ein pralles Liebesschwert heftig auf und ab bewegte. Das Bild strahlte eine elektrisierende Geilheit aus, der er einfach nicht zu widerstehen im Stande war.

Der junge Mann begann gierig an der Rosette zu lecken und züngelte darin herum; bald jedoch stand er auf, spuckte sich in die Hand und schmierte seinen schlanken Penis gründlich ein. Er setzte ihn an und rammte ihn kraftvoll in die letzte noch verfügbare Öffnung; im nächsten Augenblick spritzten alle drei Männer zugleich ab und Ernas Mama erlebte selbst einen dreifachen Orgasmus.

Andernorts waren Erna und Max gerade in ein sehr interessantes Gespräch vertieft. Es ging dabei um die Leckspiele, die zwischen dem Mädchen, Benjamin und M. stattgefunden hatten. Max vertrat den Standpunkt eines französischen Philosophen des neunzehnten Jahrhunderts, der es bedauert hatte, dass das Klosett und der Amüsiertempel so nahe beieinander seien. Auch Casanova, wusste Max zu zitieren, sei dieser Ansicht, und ein kultivierterer Mann der Sinne und der Liebe ließe sich sicherlich schwerlich finden.

Erna beeindruckte dies jedoch wenig und sie machte aus ihrer gänzlich anders gearteten Anschauung auch kein Geheimnis. Zunächst lehnte sie den Begriff „Klosett“ entschieden ab und legte Max daraufhin dar, dass diese Öffnung so ganz in der Nähe der Geschlechtsteile doch viel eher eine Zierde als eine Kloake wäre. Wenn Mann und Frau einander liebten und begehrten und an allen empfindsamen Stellen stimulierten, könnten sie das Kränzchen unmöglich vernachlässigen oder sich gar davor ekeln. Ekel und Wollust, so meinte sie entschieden, schlössen einander vollständig aus; die Wollust heilige alles und mache selbst ein „Klosett“ zum reinen Genuss.

Max konnte diesen Argumenten nur noch zustimmen, und um Erna davon zu überzeugen, dass er nun geläuterten Sinnes sei, bat er, sie als Geste der Entschuldigung lecken zu dürfen. Erna war sofort einverstanden, legte sich auf den Rücken und hob ihre Beine so hoch wie möglich, sodass Max nun die Auswahl hatte: Spalte und Kränzchen lagen vor ihm und schimmerten einladend.

Der Baron ging auf die Knie und begann, um seiner Entschuldigung Taten folgen zu lassen, hingebungsvoll das Poloch der jungen Dame zu lecken.

In der Zwischenzeit war auch den so jugendfrischen Dienerinnen und Dienern Einlass in den Saal gewährt worden, und Gäste beiderlei Geschlechts verlustierten sich an ihnen. Eine alte Spruchweisheit behauptet, in der Nacktheit seien alle Menschen gleich, und hier nun können wir erleben, wie viel Wahrheit in dieser Erkenntnis steckt.

Da waren ältere, schon etwas verlebte Herren zu sehen, die sich von jungen Dingern ihre versunkene Manneskraft zurücklutschen ließen.

Etliche der knackigen Jungen zog es unwiderstehlich zu reiferen, üppigeren Frauen hin, und da die reifste und üppigste von allen an diesen Spielen ebenfalls Gefallen fand, durfte nun endlich auch die dicke Busenberg in vollen Zügen in der Lust schwelgen.

Max beendete seine Leckbuße, und er und Erna schritten gemächlich den Saal ab, um sich am Anblick der überall stattfindenden geilen Spiele zu erfreuen.

Auch jenes besonders gelungene mit einer Frau und sechs Männern, das auf einer von Benjamins geheimen Fotografien zu sehen gewesen war, wurde an diesem Abend durchgeführt.

Laura K., eine Witwe von strahlendem Aussehen, hatte sich dazu bereit gefunden. Max und Erna beobachteten Herrn von S., der seinen Steifen langsam in die Liebesgrotte Lauras schob. Schon stellte sich Herr Hinterlieb an und versenkte sein bestes Stück im Arsch von S. Der nächste in der Reihe war Benjamin, dann folgten ein Graf D., ein Professor O. G. und zuletzt der warme Schauspieler M., mit dem wir bereits die Ehre hatten.

Das Arrangement war kunstvoll und humorvoll zugleich, denn die ineinander verbohrte Kette war gezwungen, einen Gleichklang im Stoße zu finden, um nicht aus der Bahn geworfen zu werden. Die Herren mühten sich wacker ab und waren leidlich erfolgreich; Laura K., die jeweils den gemeinsamen Druck von sechs Männern aushalten musste, hatte jedenfalls keinen Grund zur Klage, wie sich an ihrem keuchenden Atem und der Art, wie sie von der Wucht der sechsfachen Liebe beinahe stoßweise überwältigt wurde, erkennen ließ.

Max und Erna betraten die stille Damengarderobe, um sich ein wenig der Kühlung hinzugeben.

Gerade als sie sich in eine ruhige Ecke zurückziehen wollten, gewahrten sie die Rätin Busenberg, zwischen deren wuchernden Schenkeln der Kopf des Domherrn von Fucher begraben war. Der Geistliche leckte nach Kräften seine Gnädigste, während eines der siebzehnjährigen Bedientenmädchen – ein bildschönes, wie Max auffiel – sich seiner schlaffen Lenden angenommen hatte und versuchte, dem Gehänge mit Zunge, Lippen und Händen neues Leben einzuhauchen.

Max und Erna verlangte es aber nicht nach noch mehr geilen Erlebnissen, daher zogen sie beide einen Mantel über und verschwanden in den Garten, wo sie milde, sommerliche Nachtluft empfing und ihre von orgiastischen Ausschweifungen und reichlichem Champagnergenuss erhitzten Gemüter kühlte.

Sie spazierten die mondbeschienenen Wege entlang, atmeten die herrlich balsamische Luft und waren in wortlosem Glück vereint.

Bei einer nach Jasmin duftenden Laube angekommen, war Erna bereits wieder in Stimmung gekommen. Sie ließ sich auf eine Bank nieder, öffnete den Mantel und bot sich ihrem Kavalier mit weit gespreizten Beinen dar. Max konnte vor so viel lüsterner Anmut nur auf die Knie sinken.

„Was sich liebt, das leckt sich", sagte er leise und machte eben dies, bis eine heftige Konvulsion ihm zeigte, dass Erna den Gipfel des Glücks erreicht hatte. Er wollte sie nun vögeln, doch wurde er von seiner Königin der Nacht daran gehindert.

„Ich möchte auch dir diese Freuden zuteil werden lassen", seufzte sie. „Lass mich dich auf andere Weise lieben."

Und sie nahm Max unermüdlichen kleinen Ritter in den Mund und lutschte und saugte daran, bis auch der Freiherr zum wiederholten Mal ins Zentrum einer Explosion der Leidenschaft eintauchte.

Eine gute halbe Stunde später kehrten die beiden wieder in den Saal zurück, wo sich der Gastgeber Hinterlieb redlich darum bemühte, das Ende der Orgie mit einem letzten Aufgalopp noch ein wenig hinauszuzögern.

In diesem Moment ertönten trampelnde Schritte, die große Eingangstüre wurde aufgerissen und Karl, der nackte Portier, stürzte bleich vor Schreck in den Saal.

„Alarm!“, schrie er aus Leibeskräften. „Polizei!“, brachte er keuchend hervor. Dann versuchte er sich notdürftig zu sammeln und setzte lauthals hinzu: „Polizei im Haus! Rette sich, wer kann!“

Aber es war zu spät. Hinter ihm tauchte eine uniformierte Gestalt auf und überschritt die Schwelle. Der Polizeileutnant betrat die Szene, begleitet von einem Dutzend seiner Wachleute.

Mit Eiseskälte im Blick betrachtete er das Bild vor ihm: Mehr als fünfzig Personen standen oder lagen herum, aufeinander, ineinander verschränkt, und versuchten ihre Blöße irgendwie zu bedecken, hinter Palmen, mit Teilen des Sofabezuges oder indem sie sich in dunklen Ecken verbargen.

Der Polizist ließ sich davon freilich nicht im Geringsten beeindrucken. Er deutete seinen Untergebenen, die daraufhin in den Saal stürmten und sich blitzschnell an jeder einzelnen Türe postierten, bevor auch nur ein einziger der Anwesenden auf den Gedanken kommen konnte, die Flucht zu ergreifen. Dann trat er in die Mitte des Raums und sagte: „Im Namen des Gesetzes erkläre ich alle hier anwesenden Personen für verhaftet!“

Und damit endete der skandalöse Nacktball von Graz.

# Klassiker der Erotik

## Bedeutende Texte erotischer Literatur aus allen Genres und allen Zeiten – von den Lehrbüchern des Orients über die Orgien des galanten Zeitalters bis zu den Privatdrucken des frühen 20. Jahrhunderts.

Bisher sind erschienen:

### Honoré-Gabriel de Riqueti Comte de Mirabeau Lauras erotische Erziehung Biblion Erotikon

Ein Ausflug in das Frankreich des galanten Zeitalters, in die noch heile Welt der besseren Stände am Vorabend der französischen Revolution. „Lauras erotische Erziehung" schildert das Leben eines jungen Mädchens von der ersten Begegnung mit Erotik bis zu Orgien, bei denen nichts ausgelassen wird; im „Biblion Erotikon" beschreibt der Graf Arten der „normalen" und „abnormalen" Sexualität mit ihren Vor- und Nachteilen.

### Octave Mirbeau Das Tagebuch einer Kammerzofe

Ein Ausflug in die Welt der Dienstboten in Frankreich zur Zeit der Dreyfus-Affäre mit ihrem unterschwelligen Antisemitismus und ihrer Radikalisierung. Die Erzählerin beobachtet sehr genau – ihre Herrschaften ebenso wie ihresgleichen und nicht zuletzt sich selbst.

## Jean-Baptiste Louvet de Couvray
## Die galanten Erlebnisse des Chevalier de Faublas

Im Frankreich des galanten Zeitalters, eingepackt in eine köstliche Verwechslungsgeschichte, spielt sich das Leben eines jungen Mannes ab, der seine ersten Erfahrungen mit dem lasterhaften Leben macht – eine herrlich zeitlose Geschichte, die genauso gut in unserer Zeit spielen könnte.

## Li Yu-Chen
## Die Mädchen der Pagode
### Erotischer Roman aus dem alten China

Eine Reise ins alte China. Was tun 100 Freudenmädchen, wenn ihre Pagode von wilden Wassermassen eingeschlossen wird? Sie vertreiben sich die Zeit mit erotischen Geschichten – mal kurz und leidenschaftlich, mal lang und romantisch – bis das Wasser zurückweicht und sie ihre Kavaliere wieder empfangen können.

## Richard Werther
## Der skandalöse Ball

„Der skandalöse Ball" von Richard Werther führt uns in die Welt der guten Gesellschaft einer kleineren österreichischen Stadt, hinter deren Kulissen es alles andere als prüde zugeht. Werther beschreibt genüsslich und nicht ohne Humor die Abenteuer eines jungen Landadeligen, vom Schicksal bestens ausgestattet, in dieser Welt der Angebote und Verlockungen.

## Andréa de Nerciat
## Lolotte im Noviziat

Eine Reise in das Frankreich des galanten Zeitalters, in die heile Welt der besseren Stände am Vorabend der französischen Revolution. Lolotte beschreibt die drei Monate von ihrer ersten Begegnung mit Sexualität bis zu ihrer Eheschließung, eine Zeit, in der sie nichts auslässt, was ihr das Leben an erotischen Erfahrungen und Freuden bietet.

## Pietro Fortini
## Die Episoden der Liebe

Ein Abstecher in die Toskana der italienischen Renaissance, ins sittenstrenge Siena, in das Florenz der Geizhälse, zu den prahlerischen Neapolitanern. Mit einem liebevollen Schmunzeln schildert Fortini die manchmal komplizierten Wege, auf denen Liebende zueinander finden, um ungeliebten Partnern die Hörner aufzusetzen.

## Pierre Jean Nougaret
## Die Liebesabenteuer einer artigen Frau
### Die Amouren der Madame von Vilfranc

Ein Einblick in das Frankreich des galanten Zeitalters, in die noch heile Welt der besseren Stände am Vorabend der französischen Revolution.
Die Ich-Erzählerin hat den Ehrgeiz, die begehrteste Kokotte von Paris zu sein, und tut einiges, um diesem Ruf und Rang gerecht zu werden.